욕조

김 희 진 소설

민음사

M에게

차례

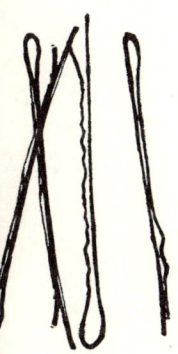

혀　　9

욕조　　43

읽어 주지 않는 책　　77

복도에서　　111

해바라기밭　　143

우리들의 식탁　　177

붉은색을 먹다　　211

면도　　243

작가의 말　　273

작품 해설　　275
그녀, 소설을 먹다 / 강유정

혀

식탁은 시끄럽다. 언제나 그랬듯 오늘도 마찬가지다.

그들이 떠먹는 건 밥이나 국이 아니다. 찌개도 아니고 형형색색의 반찬도 아니다. 그들은 매일 널따란 식탁에 둘러앉아 서로의 입에서 쏟아지는 말들을 집어먹는다. 유아기 때부터 익혀 온 능숙한 수저질로 수많은 말을 집어먹느라 정신없는 그들. 그들 틈에서 나는 늘 혼자다.

그들은 결코 허기진 배를 채우기 위해 식탁에 모이는 게 아니다. 그들은 자신들이 지닌 혀의 능력을 과시하기 위해 식탁에 모인다. 내 눈엔 분명 그렇게 보인다. 음식물을 골고루 섞어 맛을 음미하는 동시에 연속적으로 말을 쏟아 내는 그들의 혀. 음식물 섭취에 필요한 혀와 말하는 데 쓰이는 혀가 다르다는 듯 그들은 혀가 두 개인 사람들처럼 먹으면서도 끊임없이 말을 한다. 말 못하는 너를 대신해 우리라도 지껄여야 한다는 신조를 품고 있는 사람들, 그들이 바로 이 식탁에 모인 사람들이다. 그들 중 아버지라는 사람이 잠시 수저질과 얘기를 멈추고 나를 쳐다본다. 그리고 나를 향해 말한다.

"오늘은 왜 그렇게 말이 없냐?"

그들은 가끔 내가 말을 못 한다는 사실을 까맣게 잊어버린다. 자기들끼리 수다란 수다는 다 떨며 식사를 하면서 예의 없이 나보고는 왜 말이 없느냐고 묻는다. 잠시 동안이지만 나는, 내가 벙어리가 아니라 단지 말수가 적은 스무 살 청년일지도 모른다는 착각에 빠져든다. 그렇지만 여전히 내 입에서는 외마디 소리 하나 나오지 않는다. 짜증이 난 나는 시끄러워서 밥을 못 먹겠어요, 하고 말하려다 관둔다. 말을 못 하는 나는 말없이 다시 수저질을 한다.

오늘 식탁에 모인 그들의 혀에 걸려든 사람은 옆집에 사는 '마녀'다. 단지 매부리코라는 이유로 옆집 노파는 이사 온 지 열흘만에 마녀가 돼 버렸다.

"자식들이 꽤 잘된 모양이야. 그러니까 저런 큰 집에서 혼자 살지."

"고집은 되게 세 보이던걸?"

"늙으면 느는 건 주름하고 고집뿐이라니까. 당신도 그렇잖아. 아버님 어머님은 또 어떻고?"

할아버지와 할머니 그리고 아버지가 동시에 어머니를 쏘아본다. 아무리 그래도 어머니는 눈 하나 깜짝하지 않는다.

"노인네가 무슨 놈의 향수를 그리 뿌리고 다니는지, 멀리서도 알아볼 정도였어."

"너도 맡아 봤니? 싸구려 향수 같진 않던데?"

"저런 할망구가 옆집으로 이사 올 게 뭐야."

"왠지 불길한 기운이 느껴져."

식탁 위에 올려진 옆집 마녀는 그들의 혀와 말속으로 빨려 들어간다. 팔다리가 잘리고 몸통이 잘려 나간 옆집 마녀는 점점 해체돼 가더니 식사가 끝나 갈 즈음에서야 그들의 식탁에서 사라진다. 저렇게 얘기를 하는데도 그들의 밥이 줄어든다는 사실이 나는 마냥 신기할 따름이다.

"근데 너 정말 저 마녀 집에 피아노 쳐 주러 갈 거니?"

누나가 내게 묻는다. 나는 고개를 끄덕인다.

"엄청 괴팍스러운 여자일지도 모르는데 그래도 갈 거야?"

형이 다시 한번 묻는다. 나는 여전히 고개를 끄덕인다.

"네가 돈이 궁하긴 궁한 모양이다. 아 참, 나 있잖아······."

그들의 말은 계속 이어진다. 혀의 저주 같은 말, 말, 말들. 세상이 어지러운 건 저놈의 혀와 혀가 뱉어 내는 말들 때문일지도 모른다. 그러거나 말거나 나만의 조용한 식사는 오늘도 이렇게 끝이 난다.

사람들은 내게 말한다. 들을 수는 있어서 얼마나 다행이냐고. 그럼에도 난 종종 귀를 닫아 버리고 싶은 충동에 휩싸인다. 내가 밤마다 귀를 틀어막는 이유는 그 때문이다. 나는 눈을 감고 귀를 막은 다음 아무 소리도 들리지 않는 암흑세계를 상상해 본다. 아무도 말하지 않고 아무도 말 걸지 않는 세계. 온갖 소음이 사라진 태초의 세계. 그런데 그런 생각도 피아노 앞에만 앉으면 금세 잠잠해진다. 이 세상에 하모니의 결정체인 음악이 없었다면, 나는 귀가 열려 있는 것에 대한 고마움을 느끼지 못했을 것이다.

나를 피아노 앞에 앉힌 건 어머니였다. 말을 못 하는 내게 손쉬운 인생을 안겨 줄 도구는 피아노뿐이라고 생각한 어머니. 어머니의 탁월한 선택 덕에 나는 손가락이 내겐 언어이자 감정이고 표정이라는 사실을 깨달았다.

"넌 반드시 유명한 피아니스트가 돼야 해. 그게 네가 살길이야. 넌 피아노 교습소도 차릴 수 없잖아. 그러니까 일류가 아니면 안 돼!"

어머니는 피아니스트가 못 되면 꼬마 아이들이나 가르치면 되지, 하는 식의 생각이 내게는 통용되지 않음을 주지시켰다. 어머니의 바람대로 나는, 일류 피아니스트로 성장해야 할 뚜렷한 이유가 있었던 것이다. 하지만 내겐 대개의 일류 음악가들이 기본적으로 갖추고 있다는 그 천재성이 보이지 않았다. 결국 나한테 필요한 건 피나는 연습뿐이었다. 그러다 보니 내게 친구는 오로지 피아노였고, 나의 언어는 피아노 소리였으며, 피아노만이 내 전부이자 미래가 돼 버렸다.

마녀는 내 연주가 꽤 맘에 드는 눈치다. 연주가 시작되면서부터 마녀는 시도 때도 없이 놀려 대던 혀를 입속에 뭉개고 있다. 혹시나 마녀가 또 말을 걸어올까 봐 나는 연주에 심취한 듯 한번씩 눈을 감아 준다. 쇳소리를 닮은, 날카로운 마녀의 목소리는 꽤나 신경에 거슬렸다.

첫 대면 때 마녀는 우리 집 한 끼 식탁에 모일 법한 말을 혼자서 쏟아 냈다. 자식들과 죽은 남편에 대한 얘기, 오랜 세월 간직해 온

버릇과 좋고 싫은 사물과 사람에 대한 얘기 등 끝이 없었다. 마녀는 자신이 아직 살아 있다는 걸 끊임없이 말함으로써 확인하려는 것 같았다. 그래서 그런지 마녀는 말을 못 하는 나를 측은한 시선으로 바라보는 듯했다.

내가 말을 못 한다는 사실을 안 마녀는 내가 해야 할 말까지 찾아내느라 더욱 부지런히 혀를 놀려야 했다. 나와 마녀의 의사소통은 의외로 쉬웠다. 마녀는 뭐든 내게 질문을 던졌고 내가 해야 할 대답을 스스로 찾아냈다. 가령 이런 식이었다.

"나이는 몇 살이지? 스물둘?"

그러면 나는 고개를 가로저었다.

"그럼 스물하나?"

나는 또 고개를 가로저었다.

"그럼 스무 살이겠네."

나는 그때서야 고개를 끄덕였다.

"언제부터 말을 못 하게 된 거야?"

내 표정을 본 마녀는 단번에 쯧쯧쯧 태어날 때부터 그랬어, 하고 말했다. 그러고는 덧붙였다.

"그래서 피아노를 가르친 거야. 뭐 그다지 나쁜 선택 같진 않네. 근데 돈은 벌어서 뭐하게? 사고 싶은 거라도 있나 보지?"

내가 바로 고개를 가로젓자 마녀가 알겠다는 듯 끄덕이며 말했다.

"외국으로 나가 공부하고 싶은 모양이야. 암, 유명한 피아니스트가 되려면 외국으로 나가야지."

오랜 세월을 살아온 마녀는 뭐든지 꿰뚫어 볼 수 있는 능력을 지녔다. 사람에 대한 통찰력은 점쟁이 수준에 가까웠다. 나는 집에서도 모자라 밖에서까지 말 많은 사람을 상대해야 한다는 게 좀 골치가 아팠다. 하지만 사실 이만한 아르바이트도 없었다. 하루에 한 시간씩 피아노 앞에 앉아 있다 가면 되니 내겐 몸에 딱 맞는 아르바이트였다. 보수는 마녀가 자기 집 울타리에 써 붙여 놓은 것보다 훨씬 많았다. 더욱이 내 연주 실력을 보고 난 마녀는 보수를 더 올려 주겠다고 했다.

"이렇게 훌륭한 연주를 이 정도 돈으로 살 순 없지. 난 도둑년이 아니거든."

어머니의 혜안대로 피아노는 나의 좋은 밥벌이가 돼 가고 있는 것이었다.

내 연주에 푹 빠져 있던 마녀가 갑자기 소파에서 일어난다. 자신의 혀를 손으로 만지작거리더니 내게 다가온다.

"내 혀가 이상해. 학생, 잠깐 내 혀 좀 봐 줄 테야?"

나는 잠시 연주를 멈추고 근사한 그랜드 피아노에서 일어난다. 마녀는 내 얼굴 앞으로 혀를 잔뜩 늘여 빼고는 '에!' 소리를 낸다.

"혀가 좀 이상해 보이지 않나? 혀에 있는 기운이 몽땅 빠져나간 것 같은 게……."

나는 고개를 절레절레 흔들어 혀에 이상 징후 같은 건 보이지 않는다고 말한다. 백태가 낀 것처럼 조금 창백해 보이는 것 말고는 정말로 아무렇지 않아 보인다.

"혀 속이 텅 비어 버린 것 같은 게, 왠지 느낌이 이상해."

마녀는 손으로 혀를 비틀고 꼬집어 본다. 나는 혀가 아무렇지 않다는 뜻을 또 한번 전달하기 위해 고개를 가로젓는다.

나는 다시 피아노 앞에 앉아 마녀를 위한 연주를 계속한다. 마녀는 냉동실에서 얼음을 꺼내 입안 가득 털어 넣는다. 잠자는 혀를 깨우려는 듯한 몸부림에 웃음이 나온다. 나처럼 말을 못 하게 될 일도 없을 텐데, 마녀는 지나치게 호들갑이다. 마녀는 정말로 말을 통해 자신이 살아 있다는 걸 확인하는 게 아닐까. 태어나 한 번도 말을 해 보지 못한 나는 말의 중요성을 알 수 없다. 그러니 지금 마녀의 행동도 이해할 수 없는 것이다.

마녀는 얼음을 입에 물고 소파에 눕는다. 그리고 눈을 감는다. 마녀는 마치 지휘자라도 되는 양 한쪽 팔을 허공에 휘젓는다. 이 연주가 끝나고 나면 마녀는 또 나를 붙들고 무슨 말이든 하려 들 것이다. 70년 넘게 살아온 마녀에겐 70년만큼의 얘깃거리가 있다. 아, 세상엔 왜 말이라는 게 생겨난 걸까.

길 건너 앞집 지붕 위에 철학자의 고양이가 앉아 있다. 피아노 연습 중이던 나는 창가로 다가가 얼굴을 내민다. 앞집에는 철학 교수가 살고 있다. 그래서 나는 저 고양이를 '철학자의 고양이'라고 부른다. 철학자의 고양이는 집에서 양육됐지만 하는 짓은 꼭 들고양이 같았다. 집에 충분한 먹을거리가 있음에도 저 고양이는 종종 쓰레기통을 뒤지고 다녔다. 시금처럼 지붕에 앉아 있거나 밤마다 지붕과 지붕 사이를 배회하기도 했다. 도둑고양이처럼 지붕 위에 앉아 있는 고양이를 혼내 주기 위해 철학자는 매일 밖으로 나와 돌멩이를 던지며 소리를 질러 댔다.

"당장 내려오지 못해! 망할 놈의 고양이 새끼. 넌 들고양이가 아니란 말이야!"

그렇다고 해서 고양이가 순순히 지붕에서 내려오는 건 아니었다. 오히려 고양이는 상관하지 말라는 듯 철학자를 향해 앙칼지게 야옹댔다. 철학자와 철학자 고양이와의 신경전은 그래서 늘 재밌는 구경거리였다.

오늘도 어김없이 철학자가 집에서 나온다. 철학자는 들고 나온 두꺼운 책으로 챙을 만들어 햇빛을 가린다. 키가 작은 철학자는 까치발을 들고 지붕을 올려다본다. 여름방학을 맞아 집에 있는 시간이 많아진 철학자는 지루하게 두꺼운 책만 읽는다. 철학자의 고양이는, 수많은 관념들로 들어차 있을 것 같은 저 두꺼운 책에 머리를 얻어맞은 적도 있었다.

철학자가 돌멩이를 주워 지붕 위에 앉아 있는 고양이를 향해 던진다. 그런데 오늘은 아무 말도 하지 않는다. "썩을 놈의 고양이, 앞으로 밥을 주나 봐라." "다신 집에 못 들어오게 할 거야!" "너 같은 놈은 벼락 한번 맞아 봐야 해!" "그럴 바엔 아예 집에서 나가 버려!" 고양이에게 그렇게 많은 독설을 퍼부어 대던 철학자가 오늘은 웬일로 조용하다. 그저 한숨만 짓고 말 뿐이다.

그러고 보니 우리 집도 오늘 아침 식탁에서 전에 없이 조용했던 것 같다. 옆집 마녀에게 다녀온 뒤라 마녀에 대해 이것저것 물어봤을 식구들이 하나같이 조용했다. 모두들 말하는 데 지쳤다는 표정으로 나처럼 조용히 식사를 끝냈다. 처음엔 식구들이 정신을 차린 모양이라고 생각했다. 20년이 흐른 오늘에서야 혼자 말없이 밥을 먹어야 하는 나의 외로움을 이해하게 된 거라고 생각했다. 적어도 식사 예절이 뭔지 알게 된 것 같아 조금은 기분이 좋았다. 하지만 조용한 식탁은 왠지 불길하게 느껴졌다. 설마 그렇다고 그 조용한 분위기가 오늘 저녁 식탁에까지 이어지진 않을 것이다. 20년 넘게 이어 온 습관이 하루아침에 바뀔 리 없잖은가.

돌멩이에 맞은 철학자의 고양이가 털을 곤추세우며 자리에서 일어난다. 고양이는 지붕 꼭대기로 올라가더니 반대편 지붕으로 사라져 버린다. 그때서야 철학자가 입을 벌린다. 그런데 목소리가 나오지 않는다. 목을 부여잡고 소리를 내지르려고 무진 애쓰는 것 같은데도 소용이 없다. 이 삼복더위에 목감기라도 걸린 걸까? 왜 그러시냐고 물어볼 수 있으면 좋으련만. 사실 철학자가 날 쳐다봐 준다 해도 나는 철학자와 대화할 수 없다. 우리 집 식구들 말고 이 동네에서 수화를 할 줄 아는 사람은 없다.

말이 나오지 않는 철학자의 모습은 무척 답답해 보인다. 다른 사람들에게 나도 저렇게 답답해 보이겠지?

불길한 징조 같았다. 아무도 말하지 않는 식탁이라니, 이건 있을 수 없는 일이었다. 적어도 내가 사는 이 집과 이 집에 있는 널따란 식탁에 매일같이 모이는 사람들은 그럴 리가 없었다. 나 보란 듯 예의 없이 떠들어 대며 밥을 먹던 사람들이 오늘은 왜 이리 조용한 걸까. 나한테 시위라도 하는 걸까. 조용한 식탁이 얼마나 사람을 숨막히게 하고 음식 맛을 떨어뜨리는지 보여 주기라도 하려는 걸까. 아니면 시끄러워서 밥을 못 먹겠다는 내 마음속 푸념을 꿰뚫어 보기라도 한 걸까. 이때 다행스럽게도 누나가 말을 한다.

"요즘 내 혀가 좀 이상해. 입 속이 텅 비어 버린 듯한 느낌이야."

마녀가 했던 말을 누나가 똑같이 한다.

"어머, 너도 그러니? 나도 그런데."

덩달아 어머니가 맞장구를 친다. 이어서 아버지도 할아버지도 모두 모두 맞장구를 친다.

"설마 이 젊은 나이에 혀암이라도 생긴 건 아니겠지?"

누나의 표정이 조금 심각해진다.

"아무리 재수대가리 없는 집안이라도 온 식구가 그런 몹쓸 병에 걸리기야 하겠냐?"

아버지가 누나의 방정맞은 생각을 잠재운다. 아버지를 거들기 위해 나는 수저를 놓은 다음 누나에게 수화로 말한다.

"옆집 마녀도 그러던걸? 자기 혀가 좀 이상한 것 같다고. 누나처럼 입속이 텅 비어 버린 것 같다고 그랬어."

내가 먼저 마녀 얘기를 꺼내자 식구들은 그제야 마녀에 대해 묻기 시작한다. 식구들의 혀가 다시 활기를 되찾은 것 같아 불길한 기운이 조금이나마 가라앉는다. 나는 마녀 집에서 있었던 얘기를 하나도 빠뜨리지 않고 조목조목 늘어놓기 시작한다. 손을 움직이며 얘기해야 하는 터라 밥은 먹을 수가 없었다.

"정말 재수 없는 여자구나."

"고고한 척하기는."

"별로 친구하고 싶지 않은 할망구야."

"날카로운 목소리일 것 같더라니까."

"저 마녀 때문에 우리 혀가 이상한 건지도 몰라. 봐, 내가 왠지 불길하다고 했잖아."

그런데 말을 하는 식구들의 이마에서 일제히 식은땀이 흘러내린다. 에어컨은 아주 잘 돌아가고 있었다. 나는 식구들에게 왜들 그렇게 땀을 흘리는 거냐고 묻는다.

"모르겠어. 말하는 게 힘들어. 할아버지도 그러세요?"

"좀 그런 것 같구나."

"혹시 이 동네에 이상한 전염병 같은 게 도는 건 아닐까? 성대나 혀에 침투되는 바이러스 같은 거 말이야."

형이 힘겹게 말한다.

"저 마녀가 원흉이라니까!"

"쓸데없는 소리 그만하고 밥이나 먹자꾸나. 솔직히 우린 밥 먹을 때 너무 말이 많았잖냐."

할아버지의 말을 끝으로 식탁은 다시 조용해진다. 아무도 말하지 않는 식탁에서의 나는 외롭지 않다.

저녁 식사를 마치고 내 방으로 올라간다. 나는 침대에 누워 눈을 감고 귀를 틀어막는다. 고요한 세계로 막 빠져들려는 순간 누나 방에서 비명 소리가 난다. 이어 엄, 엄마! 하고 외치는 소리가 들린다. 각자 제 방에서 달려 나온 식구들이 누나 방으로 올라온다. 누나가 거울 앞에 머리를 움켜쥐고 서 있다.

"내 혀가 없어졌어! 내 혀가 안 보인다고!"

어머니가 누나의 입속을 들여다본다.

"무슨 소리야? 이렇게 멀쩡하게 있는데."
"아니야, 없어."
누나가 다시 한번 거울을 들여다본다.
"어? 이상하다. 분명 혀가 사라지고 없었는데."
"강박증 때문일 거야. 혀에 이상이 있다고 생각하니까 그런 망상까지 하게 되는 거라고."
"정말 혀가 사라지기라도 하면 어쩌지? 현석이처럼 말을 못 하게 되겠지?"
누나가 나를 쳐다본다. 나는 알 수 없는 두려움에 떠는 누나를 위해 말을 못 해도 불행한 건 하나도 없다고 얘기해 준다.
"그리고 혀가 사라졌으면 온 식구들이 몰려올 정도로 누나가 비명을 지를 수 있었겠어? 엄마, 하고 외칠 수나 있었겠냐고."
내 말에 누나가 진정하는 눈치다. 식구들은 누나의 엉뚱한 환각에 인상을 찌푸리며 각자의 방으로 돌아간다.
고요한 밤이다. 식구들은 모두 잠자리에 들었다. 귀뚜라미와 매미 울음소리가 창 너머로 들려온다.

마녀의 집에서 두 시간째 피아노를 치고 있는 중이다. 컨디션이 안 좋은 마녀는, 일당을 후하게 쳐줄 테니 연주를 더 해 달라고 부탁했다. 오늘 마녀는 말을 거의 하지 않았다. 나는 연주를 시작하기 전 마녀의 입을 가리키며 좀 어떠냐는 제스처를 내보였다. 마녀는 더 심해졌다는 듯 말없이 고개를 절레절레 흔들었다. 순간, 이 동네에 무슨 일인가 일어나고 있다는 생각이 들었다. 우리 식구들도 그렇고 마녀도 그렇고 철학자도 그렇다. 그러고 보니 옆집 밤무대 가수의 노랫소리를 들어 본 지도 오래된 것 같았다.

내리 두 시간째 소파에 누워 있던 마녀가 갑자기 자리에서 일어난다. 마녀가 힘겹게 말한다.

"학생, 저기 좀 봐."

마녀가 손으로 바깥을 가리킨다. 공중에 이상한 것들이 떠다닌다. 그럴 리는 없지만 붉은색 타원형의 그것들은 마치 혀처럼 보인다. 독실한 개신교 신자인 마녀는 예수가 내려보낸 성령이라며 놀라워한다. 마녀는 즉시 맨발로 뛰쳐나가더니 잔디밭에 엎드려 절을 한다. 마녀의 뒤를 쫓아 나도 연주를 멈추고 밖으로 나간다. 마녀의 말대로 진짜 성령일지도 모른다는 생각에 몸이 오싹해진다. 그런데 그때였다. 한차례 절을 하고 일어선 마녀의 입에서 무언가가 빠져나간다. 그러더니 그것 또한 공중에 둥둥 떠다니기 시작한다. 역시 붉은색 타원형이다. 방금 마녀 입에서 빠져나간 것을 마녀도 봤을까? 다급한 마음에 나는 바지 뒷주머니에서 수첩과 펜을 꺼내 든다. 수첩과 펜은 수화를 알아먹을 수 없는 사람들을 위해 내가 늘 휴대하고 다니는 것이다. 나는 수첩에 "방금 저거랑 똑같이 생긴 게 입에서 빠져나갔는데 보셨어요?"라고 쓴다. 마녀는 다소 겁에 질린 듯 양미간을 찌푸리며 고개를 좌우로 흔든다.

입에서 붉은색 타원형이 빠져나간 즉시 마녀는 단 한마디의 말도 하지 못한다. 나는 마녀에게 내 손가락을 오므렸다 펴 보인다. 내 제스처를 알아먹은 마녀가 입을 크게 벌린다. 나는 마녀의 입속을 들여다본다. 짐작대로 마녀의 혀가 사라지고 없다. 손발 다음으로 활동적이고 자유로운 기관인 혀가 보이지 않는다. 그럼 어제 누나가 본 게 환각이 아니었단 말인가. 입안에 손가락을 넣어 혀가 사라진 걸 확인하고 난 마녀는 망연자실해 있다. 그리고 그때 공중에서 들려온 건, 마녀의 것과 닮은 날카로운 목소리였다.

"그래서 피아노를 가르친 거야. 뭐 그다지 나쁜 선택 같진 않네. 근데 돈은 벌어서 뭐하게? 사고 싶은 거라도 있나 보지?"

"이렇게 훌륭한 연주를 이 정도 돈으로 살 순 없지. 난 도둑년이 아니거든."

끊임없이 말을 쏟아 내는 그것은 방금 전에 빠져나간 마녀의 혀가 분명했다. 마녀가 내게 했던 말들, 마녀 혼자 중얼거렸던 말들, 그리고 나 아닌 다른 사람과 했을 마녀의 말들이 마구잡이로 쏟아져 나온다. 이어 다른 혀에서도 낯선 목소리와 말들이 쏟아져 나온다. 목소리는 섞이고 섞여 웅성거림으로 변한다. 마치 군중 속에 파묻혀 있는 듯한 기분이었다.

마녀는 자신의 말이 쏟아져 나오는 혀를 낚아채려고 제자리에서 폴짝폴짝 뛴다. 늙은 몸에 달린 검버섯투성이의 팔을 힘껏 뻗어 보지만 쉽사리 잡히지 않는다. 그나저나 공중에 떠다니는 저것들은 혀가 분명한 걸까. 나는 귀를 틀어막고 집으로 돌아간다.

공중에 수많은 사람들의 혀와 말 들이 떠돌아다닌다. 혀의 개수는 날이 갈수록 증가했다. 공중에 떠다니는 혀들이 많아질수록 말을 못 하는 사람들도 늘어났다. 말을 못하는 사람들이 늘었지만 세상은 오히려 시끄러워졌다. 하늘을 뒤덮을 정도로 많아진 혀들이

메뚜기 떼처럼 몰려다니기 때문이었다. 밤낮없이 웅성거리는 소리는 따가울 정도로 귀를 괴롭혔다. 혀들이 잠시 다른 곳에 머물러 있으면 그나마 동네가 쥐 죽은 듯 고요해졌다. 문제는, 철학자 고양이의 울음소리와 개 짖는 소리와 자동차 소리와 내 피아노 소리 따위는 소음 축에도 끼지 않게 됐다는 것이었다. 그리고 불행인지 다행인지, 이제 우리 식구들도 나처럼 말을 못 하게 돼 버렸다. 처음에 식구들은 공중에 떠다니는 것들이 혀라는 내 말을 믿으려 하지 않았다.

"도대체 저건 뭐지?"

"글쎄, 새는 아닌 것 같은데 뭐죠?"

내가 혀라고 말했지만 모두들 말도 안 된다는 듯 웃어넘기기만 했다. 마녀 입에서 빠져나간 혀를 내가 직접 봤다는 말에도 시큰둥했다.

"지금 마녀 혀는 사라지고 없다니까요. 그때 누나가 본 게 단순한 환각이 아니었다고요."

"헛소리 작작해라."

내 명백한 주장은 보기 좋게 묵살당했다. 하지만 식구들도 곧 혀가 사라져 말을 못 하게 되고 주변 사람들까지 말을 못 하게 되자 식구들은 그제야 내 말에 수긍하는 분위기였다.

"현석이 말이 맞았어. 저건 분명 혀야. 생긴 것도 비슷하잖아. 저게 혀가 아니라면 도대체 우리 혀는 어디에 있겠어? 게다가 말 못 하는 사람이 늘수록 저것들도 늘어나고 있다고."

아버지가 수화로 말했다.

"그럼 저 혀들 중에 우리 것도 있겠네요?"

"그렇지."

아버지는 나를 제외한 식구들을 향해 고개를 끄덕였다. 20년간 써 온 내 수화 덕에 그나마 우리 가족들은 손쉽게 의사소통을 할 수 있었다. 그렇다고 가족들이 나를 위해 일부러 수화를 배운 건 아니었다. 티끌 모아 태산이라더니, 내게서 익힌 수화가 쌓이고 쌓여 자연스럽게 손으로 하는 대화가 가능해진 것이었다.

혀를 잃어 가는 사태에 동네 사람들의 시름은 늘어만 갔다. 동시통역사가 꿈이었던 누나는 앞으로 어떻게 해야 할지 모르겠다고 했다. 옆집 밤무대 가수 또한 뭘 해서 먹고살아야 할지 모르겠다는 표정이었다. 개강을 앞둔 철학자도 걱정이 되긴 마찬가지였다. 그런데 엉뚱하게도 동네 사람들은 자신들이 말을 못 하게 된 것을 모두 마녀 탓으로 돌렸다. 마녀가 이 동네로 이사 오면서 이런 일이 벌어졌다는 게 이유였다. 급기야 어제는 마녀를 쫓아내기 위해 동네 사람들이 한자리에 모였다. 동네 사람들은 화이트보드에 자신들의 의견을 개진했다. 말 못 하는 사람들이 모여 회의를 열다 보니 진행 상황은 더디고 답답하기만 했다. 의견은 분분했다. 마녀 짓이라는 사람과 아니라는 사람, 또 다른 원인이 있을 거라는 사람 등 가지각색이었다.

"저 어르신 때문이라면 어르신은 말을 할 수 있어야 하는 거 아닌가요? 혀도 있어야 하고요."

누군가가 반박했다.

"단순하기는. 자기가 한 짓이라는 걸 감추기 위해 혀와 말을 잃은 척한 거죠."

동네 사람들은 손짓 발짓 해 가며 서로 자신들의 생각이 맞다고 주장했다. 분분한 의견과 논쟁에 지친 동네 사람들은, 그럼 확인해 보면 알 거 아니냐며 마녀의 집으로 쳐들어왔다. 그때 나는 한창 피아노 연주 중이었다. 동네 사람들은 마녀 집 현관문에 돌을 던졌고 울타리를 발로 마구 걷어찼다. 느닷없는 난동에 놀란 마녀와 나는 밖으로 나갔다. 동네 사람들이 들고 있는 화이트보드에는 "당신이 이사 온 뒤로 사람들이 말을 못 하게 됐다. 어서 이 동네를 떠나라!"라고 쓰여 있었다. 마녀의 혀가 공중으로 빠져나간 걸 직접 목격한 나로서는 가만히 있을 수 없었다. 나는 화이트보드에 이렇게 썼다.

"혹시 이 할머니가 말하는 거 보셨나요? 가까이에서 지켜본 저도 외마디 소리 한번 듣지 못했습니다. 그리고 저는 며칠 전에 이 할머니 입에서 혀가 빠져나가는 걸 직접 봤습니다. 물론 그때 할머니도 무척 놀라셨죠."

동네 사람들은 원조 벙어리인 저 청년이 거짓말할 리는 없어, 하는 표정을 지으며 날 쳐다봤다. 평소 나는 동네 사람들에게 말 못하는 착한 청년으로 비춰지고 있었다. 장애가 있는 사람은 으레 그래 보이는 모양이었다.

"그럼 입을 벌려 보세요."

좌장이 화이트보드에 큼지막하게 글자를 썼다. 마녀가 동네 사람들을 향해 입을 크게 벌렸다. 마녀의 혀가 없다는 걸 확인하고 난 동네 사람들은 겸연쩍게 서로의 얼굴만 쳐다봤다. 마녀가 입을 다무는 동시에 한 아주머니가 좌중 앞으로 나왔다. 아주머니는 보드에 빠르면서도 또박또박하게 글자를 써 나갔다.

"우리 동네뿐만 아니라 다른 데서도 이런 일이 벌어지고 있잖아요. 그러니까 저 어르신 때문은 아닌 것 같네요."

사람들은 이 말에 일제히 고개를 끄덕였다. 그때 몇 시간 동안 보이지 않던 혀들이 멀리서 다가오기 시작했다. 혀의 수는 어제보다 더 많아진 것 같았다. 차츰차츰 동네 사람들 가까이 다가온 혀가 온 하늘을 뒤덮었다. 먹구름이 낀 것처럼 사위는 삽시간에 어두워졌다. 머리 위로 몰려든 혀들이 웅성거리는 소리를 냈다. 동네 사람들은 일제히 귀를 틀어막고 각자의 집으로 돌아갔다.

사람들이 흩어져 사라진 뒤에도 마녀와 나는 혀들을 쳐다봤다. 마녀는 자신의 혀를 찾겠다는 일념으로 그 혀들을 쳐다보는 것 같았다.

"가끔은 저렇게 혀들이 몰려와 있는데도 그다지 시끄럽지 않을 때가 있어요. 왜 그런 걸까요?"

나는 수첩에 글자를 적어 마녀에게 내밀었다. 자신의 혀에서 쏟아져 나온 말을 목격한 적 있는 마녀는 말했다.

"저 혀들은 시간을 거슬러 올라가면서 혀의 주인이 했던 말들을 쏟아 내고 있지. 말수가 적은 건 아마 혀 주인이 잠들었던 새벽녘이기 때문일 거야."

마녀의 말을 듣고 보니 정말 그런 것 같기도 했다. 혀들이 왠지 조용하다 싶을 때면 코 고는 소리가 유독 많이 들려왔다. 취객들의 혀 꼬부라진 소리나 싸우는 소리는 분명 밤의 소리였다. 그뿐만이 아니었다. 이름 모를 남자와 여자들이 성교할 때 질러 대는 신음 소리는 얼굴을 붉힐 정도로 본능을 자극했다. 결과적으로 공중에서는 혀를 가진 모든 사람들의 사적인 대화나 혼잣말이 무방비로 방출되고 있는 셈이었다. 그러니까 현재 일어나고 있는 일들은 거대한 불법 도청과도 같은 것이었다. 나는, 머지않아 지금까지 감춰졌던 추악한 비밀이나 사건 들이 누설되고 탄로 날지도 모른다는 생각에 온몸이 오싹해졌다.

동네 한복판에서 조용한 싸움이 벌어진다. 장씨 부인과 최씨 부인이 각자 화이트보드를 들고 서 있다. 얼굴이 붉어질 대로 붉어진 그들은 화이트보드에 글자를 썼다 지우기를 반복한다. 이유인즉, 오밤중에 혀 하나가 장씨 집에 머물다 간 모양이었다. 무리를 지어 다니는 혀들 중엔 개인 행동을 일삼는 녀석들이 있었다. 며칠 전 우리 집에도 그런 혀 하나가 나타났다 사라진 적이 있었다. 술집 사장으로 짐작되는 목소리는 언성을 높이며 말했다.
"물을 적당히 타야지 안 그러면 뽀록난다고. 저놈들 표정 봐라 표정. 쇠고랑을 차도 내가 찰 테니까 걱정 붙들어 매. 이건 다 손님들을 위한 배려라고 독한 술 마셔서 좋을 거 뭐 있냐? 위에 빵꾸나 나고 간이나 굳지. 안 그래? 우린 국민들의 건강을 걱정하고 염려하는 애국자라고 애국자. 하하하."
형은 그 혀를 잡기 위해 갖은 노력을 기울였다. 하지만 워낙 민첩하게 움직이는 바람에 잡을 수는 없었다. 책을 읽고 있던 나는 조용한 싸움판으로 달려간다.
"당신 목소리를 닮은 수상한 혀가 우리 집에서 한참 지껄이다 갔다고!"

장씨 부인은 어젯밤 자기 집에 머물다 간 혀의 목소리가 최씨 부인의 것이라고 생각하는 모양이다. 그러자 최씨 부인은, 저렇게 많은 혀들 중에 나 같은 목소리가 어디 하나뿐이겠느냐며 반박한다.

"우리 남편 엉덩이에 사마귀가 있다는 걸 당신이 어떻게 알았는지는 모르겠지만 남의 얘기를 그렇게 하고 다니면 안 되지."

장씨 부인이 최씨 부인을 향해 삿대질을 한다.

"어디다 대고 삿대질이야 삿대질은."

"말해 봐. 당신 우리 남편이랑 붙어먹었지!"

"당신 남편한테 물어보면 알 거 아냐. 그리고 엉덩이에 사마귀 있는 사람이 세상에 당신 남자 하나뿐이겠어!"

"하나라면 어쩔 건데?"

"난 몸에 사마귀 있는 남잔 딱 질색이야. 근데 징그럽게 그런 사람하고 어떻게 그 짓을 해."

"뭐가 어째! 징그러워?"

동네 여자들의 싸움은 좀체 흥이 나지 않는다. 여자들은 글자 쓰는 데 바빠 머리끄덩이를 잡아당길 여력도 없다. 그래서 상대방 입에서 나온 말을 즉시 맞받아치는 흥미진진한 설전도 펼쳐지지 않는다. 싸움은 음소거가 된 슬로 모션처럼 답답하기만 하다. 어쩌면 어젯밤 장씨 부인 집에 머물다 간 그 혀는 최씨 부인과 닮은 목소리에 지나지 않았을지도 모른다. 최씨 부인 말대로 엉덩이에 사마귀가 있는 남자는 세상에 적어도 둘은 될 것이다.

나는 다시 집으로 돌아가 책을 읽는다. 모두가 아무 말도 못 하는 집 안은 조용하다. 간간이 들리는 건 내 피아노 소리뿐이다. 식사 시간엔 오직 식사만 한다. 음식물을 골고루 섞어 주던 혀가 없어서 밥을 먹는 데는 시간이 좀 필요하다. 게다가 혀와 함께 달아난 미각세포 때문에 맛을 느낄 수도 없다. 음식 먹는 일은 굶어 죽지 않기 위한, 하기 싫지만 어쩔 수 없이 해야만 하는 귀찮은 일이 돼 버렸다.

요즘은 텔레비전도 꿀 먹은 벙어리다. 가끔 배경음악만이 흘러나올 뿐 앵커나 엠시나 연기자들의 목소리는 들을 수 없다. 위성방송에서 재방영되는 프로그램에서만 사람들의 목소리가 들려온다. 정규 방송에서 흘러나오는 모든 프로그램에는 말 대신 자막이 뜬다. 한시도 눈을 떼서는 안 되기 때문에 텔레비전 보는 일은 아주 귀찮아졌다. 라디오에서는 장르를 가리지 않고 연일 음악만 내보낸다. 디제이와 초대 손님들의 잡다한 얘기가 듣기 싫어 라디오를 멀리하던 사람들이 이제는 라디오만 찾는다. 그중 한 사람이 바로 누나다. 누나는 요즘 공중에 떠다니는 혀를 보며 세계 공용어는 수화가 될지도 몰라, 하고 농담조로 말했다. 누나는 한차례 혀들이 몰려오면 긴 밀걸레 자루를 들고 나갔다. 누나는 혀를 향해 자루를 마구 휘두르며, 어렵게 들어간 국제 통역학과였는데 너희들이 다 망쳐 놨다고, 입 모양으로 말했다. 원래 벙어리였던 나만이 잃은 거 하나 없이 그대로인 것 같았다.

혀 떼들이 몰려오는 소리가 들린다. 나는 책을 내려놓고 창밖으로 얼굴을 내민다. 갖가지 말들이 들린다. 듣지 말아야 할 말도, 비밀스러운 말도, 친절한 말도, 악의에 찬 말도 들린다. 그래서 정치나 경제계 권력자들은 비밀리에 이루어진 대화 내용이 혹시라도 새어 나갈까 봐 전전긍긍하는 눈치다. 남의 사생활에 지나치게 관심이 많거나 관음증이 있는 사람들은 은근히 혀 떼들이 오기만을 기다린다. 한쪽은 혀 떼들로 열광하고, 다른 한쪽은 그것들 때문에 두려움과 근심에 휩싸이고 있다.

옆집 밤무대 가수가 죽었다. 노래를 부를 수 없는 가수는 생업에 막대한 타격을 입었다. 동네 사람들은 자살한 게 분명하다고 수군덕댔다.
"마흔 살을 넘기고도 결혼 한번 못 했는데, 거기다 입에 거미줄까지 치게 생겼으니 살고 싶었겠어."
사람들은 일제히 혀를 차고 싶었지만 혀가 없어 그렇게 할 수도 없었다. 물론 그런 말들은 모두 화이트보드에 나열되었다. 동네 사람들은 내가 수첩과 펜을 휴대하고 다니듯이 화이트보드와 마커펜을 갖고 다녔다. 어떤 사람들은 휴대폰 문자 메시지를 이용하기도 했다. 간단한 대화에는 휴대폰을 이용한 문자나 스마트폰을 이용한 채팅이 아주 용이했다. 몇 년간 휴대폰을 소지하고도 문자 기능에 대해 관심 없던 나이 든 사람들까지도 문자 연습에 열을 올리기 시작했다. 사실 통화가 불가능하니 문자 말고는 휴대폰이 쓰일 만한 데가 없었다.
백차와 구급차가 요란한 경광등 소리를 내며 가수의 집 앞에 선다. 밤무대 가수의 죽음을 경찰에 신고한 사람은 앞집에 사는 철학자였다. 철학자는 밤무대 가수의 집 지붕 위에 앉아 있는 고양이를 잡으러 갔다가 사건 현장을 목격했다고 했다. 학자다운 품위를 지닌, 점잖은 철학자가 남의 집 울타리를 넘는 모습은 상상만 해도 웃음이 나왔다.

철학자의 진술은 필담 형식으로 이루어진다.

"그러니까 선생님 말씀은 자살은 아니란 얘기죠?"

"네. 목소리를 들었습니다. 노래도 불렀어요. 분명 고미숙 씨 노랫소리였습니다."

철학자는 혀 하나가 가수를 괴롭히는 것 같았다고 말한다.

"그 혀는 고미숙 씨 혀가 분명합니다."

"구체적으로 그 혀가 무슨 말을 했나요?"

"라이브도 안 되는 너희 같은 것들은 죽어야 해! 너같이 노래도 못 하는 게 이런 데서 밥 벌어먹고 살 수 있겠어? 내가 최고야. 나 말고 모든 가수들은 목소리를 잃어버려야 해! 돈만 두둑이 주면 알몸으로도 노랠 부른다며? 너 같은 싸구려들이 이쪽 물을 다 흐려 놓는 거야! 뭐 대충 이런 말들이었습니다."

"근데 그 목소리가 정말 고미숙 씨 본인 목소리였단 말이죠?"

"그렇다니까요."

그러다 밤무대 가수는 혀의 공격을 받았다고 한다.

"어디서 나타났는지 다른 혀들이 몰려왔습니다."

가수의 혀를 비롯한 스무 개가량의 혀들이 가수를 괴롭혔고, 혀들의 공격을 피하려다 그만 가수는 뒤로 넘어졌다고 한다. 밤무대 가수는 커피 테이블 모서리에 머리를 찧었고, 철학자가 집으로 달려 들어갔을 땐 이미 숨이 끊어진 상태였다고 한다. 철학자의 진술대로라면 범인은 혀들이었다. 정확히 말하면 밤무대 가수 자신의 혀였다.

사건 현장이 카메라에 찍히고 밤무대 가수가 들것에 실려 나온다. 흰 천에 가려 가수의 마지막 모습은 볼 수 없었다. 사람들이 다시 목소리를 찾게 되더라도 앞으로 저 밤무대 가수의 노랫소리는 들을 수 없을 것이다.

가수의 죽음이 알려진 후, 혀가 살인을 일삼고 다닐지도 모른다는 소문이 삽시간에 퍼져 나갔다.

"글쎄, 혀가 사람을 죽였대. 혀가 하는 말이 사람을 죽였다는 소리도 있어."

벙어리가 돼 버린 사람들 사이에서도 소문은 발 없이 잘도 돌아다녔다. 밤무대 가수의 사인을 실족사로 처리한다 해도 엄연히 혀라는 피의자가 있었다. 그래서 혀는 잠재적 살인범으로 지목되었다. 공중에 떠다니는 그것들은 이제 단순한 혀가 아니었다. 혀가 하는 말 또한 단순한 말이 아니었다. 이제 혀 떼들은 사람들의 목숨을 해칠 수도 있는, 칼이나 독약과도 같은 것이 돼 버렸다.

사람들은 앞으로 귀를 단단히 막고 다녀야겠다고 했다. 내가 밤마다 귀를 틀어막고 아무 소리도 들리지 않는 암흑세계를 상상하듯이, 사람들은 듣지도 않고 말하지도 않는 세계, 온갖 소음이 사라진 태초의 세계로 회귀하려는 듯 보였다.

혀 떼들 때문에 시끄러워 잠을 잘 수가 없었다. 며칠 전에는 다른 지역에서도 밤무대 가수와 비슷한 사건이 일어났다. 혀가 저지른 사건이 하나씩 터질 때마다 사람들은 과거에 자신이 어떤 말을 했는지 하나씩 반추해 나가기 시작했다. 그러면서 애써 태연한 척했다.

"그래, 내 혀는 나를 죽일 만큼 그렇게 잔인하진 않았어. 홍! 얼마든지 올 테면 와 보라지."

"이래 봬도 난 남한테 해코지 한번 안 해 본 사람이라고. 난 꿀릴 거 하나 없어!"

그러면서도 사람들은 혀가 집 안으로 들어올까 봐 문을 꼭꼭 걸어 잠갔다. 혀 떼들의 목소리를 듣지 않기 위해 이어폰을 꽂고 음악을 듣기도 했다. 그런다고 해서 들리지 않는 건 아니었지만 사람들은 최대한 혀 떼들의 소리를 외면하려 했다. 자기 앞에 자신의 혀가 나타날지도 모른다는 강박에 시달리다 못한 일부 사람들은 혀를 죽여 버리자고 제안하기도 했다.

"총으로 쏴 죽여 버리자고요."

그러면서도 누구 하나 선뜻 나서지는 않았다. 혀를 죽임으로써 또 어떤 일이 벌어질지 알 수 없기 때문이었다. 인간의 머리로는 상상할 수 없는 혀의 복수가 일어난다면 큰일이었다. 혀는 충분히 그럴 수 있는, 생각보다 지능적이고 잔인한 녀석들이었다. 사람들은 더 이상 혀로부터 괴롭힘을 당하고 싶지 않았다.

마녀가 마당 잔디밭에서 무언가를 열심히 만들고 있다. 어디서 구해 왔는지 긴 대나무도 보인다. 대나무 끄트머리엔 큼지막한 망이 달려 있다. 잠자리채였다. 내 의아한 표정을 보더니 마녀가 수첩에 글자를 쓴다.

"저 혀를 잡아야겠어. 잡아 삼키면 나도 다시 말을 하게 될지 모르잖아."

마녀도 그 소문을 들은 모양이었다. 어떤 남자가 우연찮게 혀를 잡아먹었는데 다시 말을 하게 됐다는 소문이 밤무대 가수의 사망 사건 이후 떠돌아다녔다. 근데 공교롭게도 그 남자는 본래 자기 혀가 아닌 다른 사람의 혀를 삼켰다고 했다. 다른 사람의 혀를 갖게 된 그 남자는 가끔 본인도 이해할 수 없는 수상한 말을 지껄이고 다닌다고 했다. 다른 사람의 목소리와 말투와 억양과 말본새를 갖게 된 남자. 다른 사람 혀의 지배를 받게 된 남자는 점점 다른 사람이 돼 가고 있다고 했다. 급하게 저질러진, 생각 없는 행동이 결국 화를 부른 셈이었다.

"그건 아주 위험한 일이에요."

나는 마녀에게 충고한다.

"혹시 다른 사람 걸 먹게 되면 상황은 더 나빠진다고요."

그래서 마녀는 꼭 자기 혀를 찾을 거라고 한다. 저렇게 많은 혀 중에서 어떻게 자기 걸 찾겠다는 건지 나는 도통 이해할 수 없었다. 모래사장에서 바늘을 찾는 게, 아니 우주에서 먼지 하나를 찾는 게 더 쉬워 보였다.

"다 똑같이 생겼는데 어떻게 찾아내실 건데요?"

"이 잠자리채로 혀를 잡은 다음 귀에 갖다 대보는 거야. 자기가 한 말이나 목소리는 자기가 더 잘 아는 법이거든."

마녀는 다 만들어진 잠자리채를 들고 허공을 향해 휘두른다. 전쟁터에 나가기 전 전의를 다지는 사병처럼 의지가 굳어 보인다.

혀를 삼킨 남자 이야기가 떠돌면서 사람들은 더 이상 자신의 혀가 나타나는 것을 두려워하지 않게 되었다. 오히려 위기 상황을 유리한 상황으로 반전시킬 수 있다는 기대감에 한껏 부풀어 있었다. 이제는 눈앞에 자기 혀가 나타나기만을 은근히 기다리는 분위기였다. 말을 하고 싶어 안달하는 사람들은 아무거나 잡아먹을 심산이었다. 소문대로 다른 사람의 혀가 자기를 지배하게 되더라도 상관없다는 거였다. 그들은 인간을 지배하는 건 머릿속 뇌지 그깟 혀가 아니라며, 혀 또한 뇌의 지배를 받는다는 상식을 굳게 믿으려 했다.

"정신만 똑바로 차리면 그게 누구 혀든 상관없이 자기 자신으로 살아갈 수 있어."

확고한 자기 암시를 거친 사람들은 혀를 잡아먹기만 하면 다시 말할 수 있게 된다는 사실에 흥분하기 시작했다. 말을 찾겠다는 신념 하나로 혀 잡기에 나선 사람들만 있는 건 아니었다. 그중엔 제대로 된 키스를 하고 싶다거나, 음식을 골고루 씹으며 맛을 음미하고 싶다는 사람들도 있었다. 대체로 그런 사람들은 누구 혀든 상관없다는 식이었다.

혀 떼들이 보인다. 마녀가 잠자리채를 들고 울타리 밖으로 나간다. 동네 거리에는 마녀 말고도 혀를 잡겠다고 나와 있는 사람들로 북적인다. 모두들 직접 제작한 큼지막한 잠자리채를 들고 있다.

혀 떼들이 머리 위로 지나간다. 사람들이 부산하게 움직인다. 제

자리에 서서 몸을 공중으로 있는 힘껏 띄워 잠자리채를 휘두른다. 기동성 뛰어난 혀라지만 잠자리채를 피해 가진 못한다. 한 젊은 사내가 잠자리채에 잡힌 혀를 꺼낸다. 혀는 어망에 걸린 싱싱한 물고기처럼 팔딱댄다. 사내가 혀를 삼킨다. 사내 입에서 외모와 어울리지 않는 여자 목소리가 나온다. 한 노파의 입에서는 남자아이의 목소리가 나오고, 젊은 처녀의 입에서는 생전 들어 보지도 못한 외국어가 튀어나온다. 한 중년 남자는 연방 응애응애, 하고 울어 댄다. 그 틈에서 마녀는 신중히 자신의 혀를 찾고 있다. 수많은 혀가 마녀의 귀를 스쳐 지나간다. 정말 요원해 보이는 일을 마녀는 차분히 해 나가고 있었다. 그러나 나는, 혀를 잡아먹는 게 좋은 건지에 대해서는 아직 정확한 판단이 서지 않는다.

마녀는 아직도 자신의 혀를 찾지 못했다. 어쩌면 죽을 때까지 찾지 못할지도 모른다. 몇몇 사람들은 자기만의 목소리와 말을 가졌다. 하지만 의사소통은 제대로 이루어지지 않았다. 빈번하게 자신의 신분과 자신이 처한 상황에 맞는 말을 제대로 꺼내지 못하기 때문이었다. 모든 언어가 뒤죽박죽 섞여 있기 때문이기도 했다. 어떤 사람은 자기 의지와 상관없이 입에서 수상한 얘기가 튀어나오자 직접 경찰서를 찾아간 적도 있었다. 범죄를 모의하는 듯한 말이었는데, 경찰은 그것을 토대로 미제 사건을 해결하기도 했다. 결과적으로야 좋은 일이었지만 그것은 혼돈의 일부일 뿐이었다.

소문대로 혀를 잡아먹은 사람들은 혀의 지배를 받는 것처럼 보였다. 그래서 정부는 요즘 벌어지고 있는 일련의 사태에 대해 해결

책을 내놓았다. 당분간 혀를 잡아먹지 말라는 것이었다. 막무가내로 저질러지는 이기적인 행동에 모두가 피해자라는 인식을 심어 줬지만 소용없는 일이었다. 중요한 건 자신들이지 타인이 아니었다.

우리 가족은 아직 혀를 잡아먹지 않고 있었다. 그래서 우리 집 식탁은 여전히 조용했다. 식구들도 마녀처럼 원래 자기 혀를 찾아야 한다는 생각이었다. 이러한 사람들의 뜻이 전달되어 정부는 가칭 '혀 찾아 주기 운동 본부'라는 기구를 창설할 계획이었다. 다른 나라와 연합해 범세계적인 기구로 확장해 나갈 구상이라고도 했다. 우선은 혀가 진짜 주인에게 돌아가 언어가 섞이고 사적인 말이 노출되는 일이 없어져야 한다는 게 정부의 뜻이었다. 무엇보다 정부로서는 비리덩어리 인사들의 혀가 무슨 무슨 연대에 소속된 사람들에게 잡아먹히는 일만은 막아야 했다. 혀가 저지르고 다니는 범죄 행위도 더 이상 묵과해 둘 순 없다고 했다. 그 밑바닥엔 국내 정치나 외교에 미칠 파장을 염두에 둔 계산이 깔려 있었다. 그도 그럴 것이, 정부 요직에 있는 사람들은 일명 '소리 수집가'라는 작자들의 협박에 몸살을 앓고 있었다. 거래 목적으로 제작된 테이프에는 비밀스러운 말들이 담겨 있었다. 물론 혀 떼들이 쏟아 낸 말을 채록한 테이프였다. 중구난방으로 쏟아지는 말이라도 한 목소리만 집중해 따라가다 보면 내용을 어느 정도 간파할 수 있어 가능한 일이었다. 디지털화하고 첨단화된 녹음 기기와 편집 기술도 이에 한몫 거들었다. 이런 어수선한 상황을 호기로 만들려는 사람들 때문에 정관계는 물론 경제와 언론계까지 파장이 확산될 조짐을 보였다.

아침 식사를 마친 나는 마녀의 집으로 간다. 피아노를 쳐 주러

가는 게 아니라 마녀의 혀를 찾아 주기 위해서다. 자신의 혀를 찾아 주면 마녀는 더 많은 보수를 내게 주겠다고 했다. 이미 다른 사람이 마녀의 혀를 먹어 버렸는지도 모르지만, 그래도 나는 앞으로 마녀를 위해 혀를 찾아야 한다. 조금만 기다리면 정부가 혀를 찾아 줄지 모른다는 내 말도 마녀에게는 먹히지 않는다.

"내 말과 목소리는 내가 더 잘 알아. 게다가 그때까지 어느 세월에 기다려. 앞으로 어떻게 될지 알 수 없는 게 이 늙은이 목숨이야."

"그래도 너무 불가능해 보여요."

"지성이면 감천이라고 했어. 자, 가자고."

마녀가 앞장선다. 나는 마녀가 손수 만들어 준 잠자리채를 높이 쳐들고 마녀의 뒤를 따른다. 마녀는 자신의 목소리와 비슷한 게 잡히면 일단 자기에게 건네라고 했다.

밖에는 여전히 혀를 잡아먹겠다는 사람들로 북적인다. 아마 여기 모인 사람들은 자신의 정신력에 확신이 있거나 혀의 다른 기능이 절실히 필요한 사람들일 것이다. 아니면 마녀처럼 자신의 진짜 혀를 찾으려는 사람들일지도 모른다. 어찌 됐든 여기 모인 사람들이 말 못해 안달하는 사람들인 것만은 틀림없다.

나와 마녀는 혀 떼들이 오기만을 기다린다. 혀 떼를 기다리는 동안 나와 마녀 앞으로 철학자의 고양이가 유유히 걸어간다. 잠시 걸음을 멈춘 고양이가 꼬리를 곧추세우더니 날카로운 눈빛으로 날 쳐다본다.

"당장 내려오지 못해! 망할 놈의 고양이. 넌 들고양이가 아니란 말이야!"

"썩을 놈의 고양이, 앞으로 밥을 주나 봐라."

"다신 집에 못 들어오게 할 거야!"

"너 같은 놈은 벼락 한번 맞아 봐야 해!"

"그럴 바엔 아예 집에서 나가 버려!"

나는 주위를 둘러본 다음 새끼손가락으로 귓속을 후벼 판다. 그럴 리 없다. 고양이 입에서 철학자의 말과 목소리가 나올 리가 없다. 나는 마녀에게 저 고양이가 말하는 거 들었느냐고 묻는다. 마녀가 고개를 끄덕인다. 고양이가 자기 주인인 철학자의 혀를 삼켜 버리다니, 있어서는 안 될 일이었다. 세상이 어떻게 돌아가려고 이 모양인지 도통 알 수가 없다. 그럼 앞으로 철학자는 어떻게 되는 걸까. 혀를 잡아먹더라도 다른 사람의 혀를 먹어야 하나? 저러다 철학자가 지붕 위에 앉아 있게 되는 건 아닌지 모르겠다. 그나저나 철학자의 고양이는 그 수많은 혀 중에서 어떻게 철학자의 혀를 잡아먹게 된 걸까.

혀 떼들이 몰려온다. 마녀가 내 어깨를 톡톡 건드리며 수첩에 뭐라고 끼적인다.

"학생, 저런 하찮은 동물도 말을 갖게 됐잖아. 그러니까 학생도 저 무리 중에 아무거나 잡아먹어. 혹시 알아? 학생도 말을 하게 될지."

정말 나도 혀를 잡아먹으면 철학자의 고양이처럼 말을 하게 될까. 나도 식탁에서 식구들과 잡다한 수다를 떨며 식사할 수 있을까. 혀의 저주 같은 말, 말, 말을 하게 될까.

때마침 혀 떼들이 내 머리 위로 지나간다. 나는 마녀와 함께 잠자리채를 들고 혀를 잡는다. 말을 못 해 안달하는 사람들을 위해 혀를 잡는다. 잠자리채에 혀 몇 개가 걸려든다. 아주 싱싱해 보이는 혀 하나를 꺼낸다. 나는 누구 것인지도 모를 그 혀를 입으로 가져가려다, 만다. 내 손에서 벗어난 혀는 다시 허공을 맴돈다.

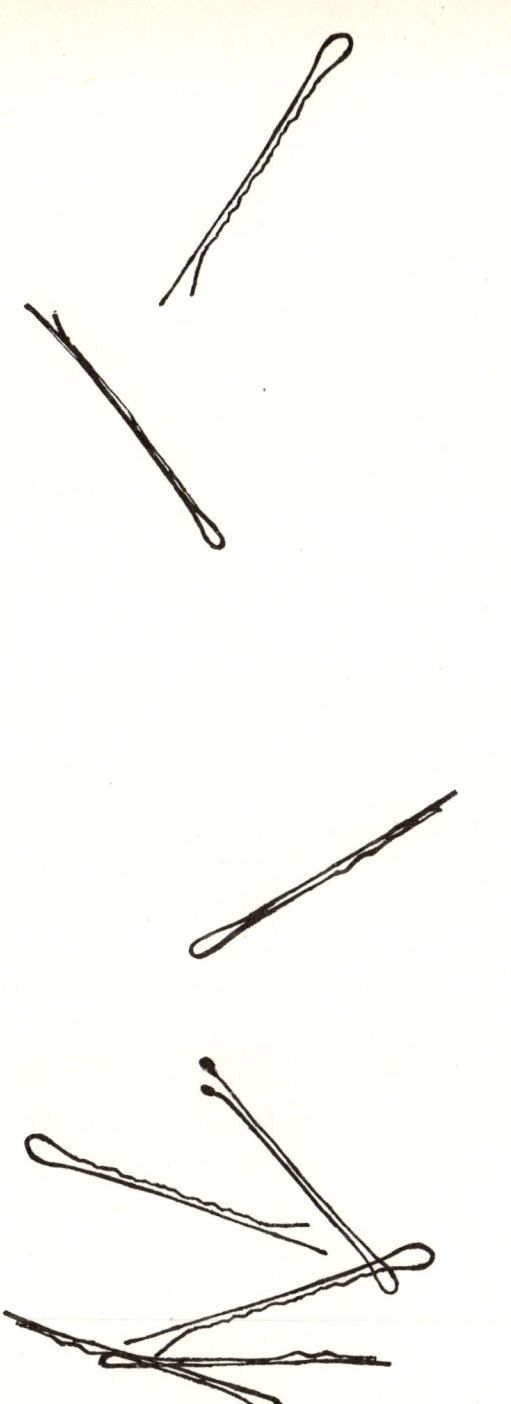

옥
조

눈사람이 또 사라졌다. 놀이터 벤치 옆에 있어야 할 내 눈사람이 보이지 않는다. 벌써 두 번째다.

"이번에도 누가 가져간 걸까. 일단 나가 봐야겠어."

베란다 창문을 닫고 코트를 걸친다. 현관문을 열자 차가운 공기가 뺨을 때린다. 아파트 통로를 파고드는 냉기에 몸이 움츠러든다. 텅 빈 엘리베이터는 사람들이 남기고 간 발자국으로 지저분하다. 눈 때문이다. 입춘이 지났지만 며칠째 눈이 내린다. 눈은 어린아이의 울음처럼 그칠 듯하면서 다시 내리기를 반복한다. 자정까지 내려 준다면 오늘 퇴근 후에도 눈사람을 만들 수 있을 것이다.

쌓인 눈을 밟고 아파트 놀이터로 터벅터벅 걸어간다. 눈사람이 있었던 자리를 확인한다. 역시 사라지고 없다. 벤치 옆에 남아 있는 건 잔가지를 없앤 나뭇가지 몇 개뿐이다. 그 나뭇가지는 눈사람 눈 코 입을 만들기 위해 내가 꺾어 손질한 것이었다. 나뭇가지 끄트머리엔 눈사람 얼굴 일부로 짐작되는 작은 눈덩이가 붙어 있다.
"부서진 게 확실해!"
주위를 살핀다. 그러나 부서진 듯한 눈덩이는 어디에도 없다. 남아 있는 나뭇가지로 봐선 누가 부순 게 분명한데도 말이다. 첫 번째도 그랬다. 첫 번째 눈사람도 감쪽같이 사라져 버렸다. 오늘처럼 신체 일부인 나뭇가지조차 남아 있지 않았다. 누군가가 내 눈사람을 가져갔을 거라는 생각은 그래서 나온 것이었다. 어리석은 생각이었지만 나는 그렇게 믿었다.
"너네들이 눈사람 부쉈지!"
눈싸움하는 여자아이들을 쏘아보며 거칠게 말을 뱉는다.
"네?"
겁먹은 아이들의 표정이 일제히 내 쪽으로 향한다.
"혹시 여기 있던 눈사람 못 봤니?"
목소리는 다소 부드러워진다.
"아니요. 우리 오기 전에도 눈사람 같은 건 없었는데요."
사람들은 참 이상하다. 모든 연약한 존재는 발로 짓밟아야 직성이 풀리는 모양이다. 녹아 없어질 때까지 좀 지켜봐 주면 안 되나. 나는 투덜거리며 코트 깃을 여민다. 그러고는 내가 찍어 놓은 발자국을 되밟아 돌아간다. 팔자걸음이라 내 발자국을 찾는 데 어려움은 없다. 팔자걸음을 고치지 않는 이상 돈 모으기는 글렀다고 말한 건 엄마다. 정말 엄마 말대로 팔자걸음 때문에 돈이 자꾸 새어 나가는 걸까. 알 수 없는 일이다.
나와 동갑내기인 옆집 여자가 뒤뚱거리며 저만치에서 걸어온다.

임부복이 참 잘 어울리는 여자다. 임신한 여자도 저렇게 예쁠 수 있다니. 그녀를 볼 때마다 드는 생각이었다. 여자는 몸이 붓지도, 얼굴에 기미가 끼지도 않았다. 화장을 해도 잘 먹어 들어갔다. 배 속에 아이를 담고 있는 그녀는, 여자인 내 눈에도 사랑스러워 보였다. 나는 여자에게 눈인사를 건넨다. 동갑내기이지만 그녀와 얘기를 나눠 본 적이 없었다. 새침데기에게 말을 건네기란 쉬운 일이 아니다.
 신발에 묻은 눈을 털어 내고 아파트 현관으로 들어선다. 내 눈이 현관 게시판으로 향한다. 빨간색 글씨가 쓰인 A4용지가 유독 눈에 띈다.

동물을 사랑하시나요? 토끼 키워 주실 분을 찾습니다. 904호로 방문해 주세요.

 오늘 새벽 퇴근해 돌아왔을 때만 해도 못 보던 것이니, 이른 아침에나 붙여 놓은 모양이다. 주위를 살핀 나는 A4용지를 게시판에서 떼어 코트 주머니에 찔러 넣는다. 904호라면, 그 남자 집이 분명하다. 막 돋아난 듯한 턱수염이 있는 남자. 남자는 약간의 길이를 남겨 둔 채 수염을 깎았다. 전기면도기 대신 클리퍼를 사용한다는 뜻이다. 거품 면도를 하지 않는다는 뜻이기도 하다. 그래도 남자의 턱수염은 지저분하거나 징그럽지 않았다. 오히려 남자에게 수염은 없어서는 안 될 그 무엇처럼 보였다. 특히 피곤에 찌들어 있는 날이면 턱수염은 더욱 매력을 발산했다. 언젠가 남자는 토끼장을 들고 엘리베이터에 탄 적이 있다. 하얀색 토끼였다. 오늘에서야 남자가

904호에 산다는 사실을 알게 되었다. 좀 더 적극적이었다면 진작에 알았을 일이다.

엘리베이터는 내가 내려야 할 6층을 지나 9층에서 멈춘다. 엘리베이터에서 내린 나는 천천히 걸어가 904호 앞에 선다. 망설이던 내 손가락 끝이 초인종을 누른다. 문이 열리고 남자가 얼굴을 내민다. 촉촉이 젖어 있는 남자의 머리카락. 남자는 막 머리를 감았거나 목욕을 끝냈다. 근데 뭔가 허전하다. 턱수염이 없다. 그 멋있는 수염을 왜 깎아 버린 걸까. 물어봐야겠다. 목을 가다듬고 입을 뗀다.

"토끼……."

"아, 네."

남자의 얼굴이 밝아진다.

"이렇게 금방 나타나 주실 줄은……."

남자는 들어오라는 말 대신 현관문을 활짝 열어젖힌다. 그런데 남자의 살림살이가 골판지 상자에 꾸려져 있다. 남자는 이사를 간다. 토끼를 내게 맡기고 남자는 이 아파트를 떠나려 한다. 아무래도 잘못 찾아온 것 같다. 돌아가 버릴까.

"이사, 가시나 봐요?"

"네."

남자가 머리를 긁적이며 토끼 있는 데로 날 안내한다. 당장 발걸음을 돌리고 싶지만 마땅한 핑곗거리가 생각나지 않는다.

"동물 키워 본 적은 있으세요?"

남자의 정중한 물음에 나는 네, 하고 대답한다. 거짓말은 너무나 자연스럽게 입 밖으로 튀어나온다.

"정말 키워 주실 수 있겠습니까?"

"그럼요. 토끼는 처음이라 잘할 수 있을지……."

"까다로운 놈이 아니라 키우기 어렵진 않을 겁니다. 먹이는 야채나 과일 같은 거 주면 돼요. 풀도 좋고요. 특히 이 녀석은 고구마를 좋아해요. 음, 목욕은 아주 가끔 시켜 주세요. 귀나 코에 물 들어가지 않도록 주의해 주시고요. 귀 청소는 일주일에 한 번이면 될 거예요. 이 청소액으로요."

남자는 내게 귀 청소액을 보여 준다.

"악취가 나거나 염증이 보인다 싶으면 병원 한번 데려가 주시고요. 발톱은…… 예방접종은……."

남자는 계속해서 주절거린다. 토끼 한 마리 키우는 데 쏟아부어야 할 정성이 만만치 않다.

"몇 호에 사시죠?"

남자가 내 아파트 호수와 휴대폰 번호를 메모지에 받아 적는다.

"성함이?"

"차현희예요."

다행이다. 짐작했던 대로 토끼는 나와 남자를 잇는 다리가 된다. 튼튼한 다리가 될 수 있도록 정성껏 길러야 할 것 같다.

긴장이 풀린 나는 남자 집을 기웃거린다. 3분의 2쯤 열린 욕실 문 사이로 남자가 사용했던 욕조가 보인다. 욕실 거울에 김이 뿌옇게 서려 있다. 이제 막 목욕을 끝낸 남자 몸에선 비누 냄새가 난다. 욕조에는 물이 가득 채워져 있다. 남자도 나처럼 욕조 목욕을 즐긴다. 남자의 알몸을 품었을 욕조. 나는 그 욕조에 서서히 몸을 담근다. 남자의 몸에서 떨어져 나온 은밀한 체모가 수면 위를 떠다닌다. 한때 남자의 페니스를 감싸 안았을 체모는 시체처럼 둥둥 떠다니다 내 젖가슴에 와 달라붙는다. 남자의 욕조가 내 몸을 완전히 품는 순간, 몸은 어느새 따뜻해진다.

"여기 있습니다."

내 시선이 남자의 욕조에서 멀어진다. 남자가 토끼장과 토끼 관리에 필요한 용품들을 건넨다. 나는 엉겁결에 그것을 받아 든다.

"토끼 키울 만한 곳이 아닌가 봐요? 이사갈 곳요."

"그런 게 아니라, 와이프 될 사람한테 털 알레르기가 있어서요. 동물도 별로 안 좋아하고……."

"아, 네."

한껏 부풀어 오른 고무풍선이 '뻥' 소리와 함께 터져 사라진다. 갑자기 팔자걸음을 고치라는 엄마의 말이 귓가에 맴도는 이유는 뭘까. 남자는 그새 토끼와 아쉬운 작별 인사를 나눈다.

"건강하게 오래오래 살아야 돼."

그 말은 마치, 오래오래 살아서 저 통통한 여자의 지갑 속 배추잎을 몽땅 먹어야 돼, 하는 말로 들린다.

토끼장을 들고 현관문을 나선다. 남자는 마지막으로 내게 고맙다는 말을 건넨다. 그것도 두 번이나. 나는 인사 대신 토끼 이름이 뭐냐고 묻는다.

"그러고 보니 이름을 안 가르쳐 줬네요. 고구마예요. 그냥 구마라고 부르면 돼요. 아, 그리고 토끼장 안에 너무 오래 가둬 두면 스트레스 받을지 모르니까 종종 꺼내 주세요. 그럼."

현관문이 닫힌다. 따뜻해졌던 내 몸이 조금씩 떨려 온다. 남자의 몸에서 나던 비누 냄새도 사라진다. 고개를 돌려 닫힌 현관문을 쳐다보며 묻는다.
"왜 수염을 깎아 버린 거죠?"

토끼는 기운이 없다. 토끼장 구석에서 꼼짝하지 않는다. 주인이 자길 버렸다는 사실을 안 것인지도 모른다. 냉장고에서 당근을 꺼내 막대 모양으로 썰어 토끼장에 넣어 준다. 당근 가까이 다가오는가 싶던 녀석은 다시 구석으로 방향을 튼다. 친구는커녕 골칫덩어리를 떠안은 것만 같아 후회가 된다. 내가 하는 일은 늘 시곗바늘을 거꾸로 돌리고 싶게끔 만든다.
초인종이 울린다. 인터폰 액정에 낯선 사내 얼굴이 뜬다.
"누구세요?"
"욕조 배달입니다."
기다리던 욕조가 드디어 도착했다. 문을 연다.
"차현희 씨 댁 맞습니까?"
"네."
두 사내는 박스 포장된 욕조를 가볍게 들어 올린다.
"어디에다 놓을까요?"
잠시 고민하던 나는 거실을 손으로 가리킨다. 박스 포장과 에어캡을 벗겨 내자 바다 빛 이동식 욕조가 몸체를 드러낸다. 내 몸을 받쳐 줄 부드러운 면과 곡선들. 출렁이는 바다를 닮은 욕조. 저 욕조라면 제대로 잠을 청할 수 있을 것이다.

나는 욕조를 좋아한다. 물론 욕조에서 하는 행위인 목욕 또한 좋아한다. 경우에 따라 횟수가 늘 때도 있지만, 나는 보통 일주일에 두 번 목욕을 한다. 거품 목욕부터 시작해 허브 목욕, 아로마 향 목욕, 장미 목욕, 오이 목욕 등 목욕법은 몸 상태에 따라 매번 달라진다. 각종 천연 재료를 이용한 목욕법은 욕조의 색깔과 디자인만큼이나 무궁무진하다. 개중에는 그 목욕법이 제시한 효과에 만족한 적도 있지만, 그렇지 않은 경우도 많았다. 굳이 목욕물에 몸이나 피부에 좋은 것들이 첨가될 필요는 없었다. 내겐 욕조와 물만 있으면 된다. 김이 모락모락 피어오르는 욕조에 몸을 담그고 나면 불면증에 시달리는 내게도 잠이 쏟아진다. 비록 잠시뿐인 잠이긴 하지만 말이다.

이제 내게는 한 개의 욕조가 더 생겼다. 욕실에 있는 욕조가 목욕을 위한 것이라면, 거실에 있는 욕조는 잠을 위한 것이 될 것이다. 친구의 친구의 친구 말마따나 욕조에 이불을 깔고 자면 정말 잠이 잘 오게 될까.

"내가 아는 사람 중에 잠이 안 와서 미치고 환장하는 언니가 있었는데, 그날 새벽에도 잠이 안 오더라는 거야. 그래서 이불 빨래나 할까 싶어 두꺼운 솜이불을 들고 욕실로 들어갔대. 이불을 욕조에 넣고 수도꼭지를 막 비틀려는데, 저 욕조에 들어가 누우면 왠지 잠이 잘 올 것 같은 느낌이 들더라는 거야. 그래 들어가 옆으로 누웠는데 아니나 다를까 일어나 보니 아침이었다지 뭐야. 근데 문제는 그것 때문에 남편하고 밤마다 싸운다는 거지. 욕조에서 자려고 하는 부인이 반가울 리 없잖아?"

욕조 안에서의 잠이라…… 불면증과 잠자리의 상관관계가 얼마나 되는진 알 수 없지만, 나는 친구의 친구의 친구의 아는 언니처럼 해 볼 참이었다.

"배수 호스는 거기 욕조 안에 있습니다."

"네, 수고하셨습니다. 안녕히 가세요."

두 사내가 나가자, 나는 여체를 더듬듯 욕조의 곡선을 손가락 끝으로 음미한다. 실내화를 벗고 욕조에 들어가 누워 본다. 욕조는 두 사람이 들어가도 될 만큼 충분히 넓고 크다. 굳이 다리를 구부리지 않아도, 몸을 웅크리지 않아도 된다. 내 통통한 몸을 수용할 만큼 욕조는 포용력이 좋다.

"사랑합니다, 고객님. 쟁반 노래방 말씀이십니까? 네, 안내해 드리겠습니다. 감사합니다."

나는 하루 여덟 시간 컴퓨터 자판 앞에 앉아 전화를 받는다. 세상에는 전화번호도 많지만 알고 싶어 하는 전화번호도 많다. 장난 전화에 요령 있게 응대할 일만 없다면 꽤나 재미있는 일이다. 그래도 오늘은 장난 전화가 한 건밖에 걸려 오지 않았다. 이례적인 일이었다. 취기 가득한 목소리로 자기 딸네 집 전화번호 좀 알려 달라는데 마땅한 대처 방법이 떠오르지 않았다. 하는 수 없이 나는 아무 번호를 대 주고 말았다. 성적 농담이나 욕설을 해 댄 게 아니니 장난 전화라도 양반 축에 끼는 경우였다. 장난 전화 말고는 이 일에 대한 불만은 없다. 몸을 크게 움직이지 않아도, 상대방 얼굴을 쳐다보지 않아도 되니 말이다. 무엇보다 즐거운 일은, 아름다운 내 목소리에 대한 고객들의 상상을 유추하는 것이다. 고객들에게 내 외모는 목소리만큼이나 아름답다. 인간이 목소리로만 존재한다면 어떨까, 하는 엉뚱한 상상은 그래서 늘 유쾌하고 재밌다.

지금 막 자정이 지났다. 밖에는 눈이 내린다. 퇴근 후, 내 세 번째 눈사람을 만들 수 있을 것 같다. 한 시간 후면 교대 시간이다. 삶아 넣어 준 고구마를 구마가 다 먹었는지 모르겠다.

놀이터에는 눈이 수북이 쌓였다. 새벽 2시를 향해 가는 시간이라 인적은 없다. 나는 눈밭에 가방을 내려놓고 주먹만 한 눈덩이를 굴리기 시작한다. 두텁게 쌓인 눈 덕분에 눈덩이는 사채 이자처럼 금세 커진다. 어제와 그저께 만들었던 것보다 더 크고 단단하게 만들 것이다. 누구도 부수지 못하도록 말이다.

눈덩이를 굴리는 사이 가로등이 소등된다. 언제부터 내리기 시작했는지 다시 눈이 내린다. 눈은 도둑고양이보다 더 노련한 자태로 소리 없이 내린다. 앙큼하다, 라는 형용사는 이럴 때 쓰라고 있는 듯하다. 가로등은 소등됐지만 쌓인 눈 때문인지 사위는 그다지 어둡지 않다.

생각보다 빨리 눈사람 몸통과 머리가 만들어졌다. 이제 눈사람 머리를 몸통 위에 올리기만 하면 된다. 하지만 혼자 올리기엔 역부족이다. 힘에 부쳐 떨어뜨리기라도 하면 큰일이다. 때마침 손전등 불빛이 놀이터를 비춘다. 경비 아저씨다.

"거기서 뭐하시는 겁니까?"

나는 손으로 손전등 불빛을 가리며 우물거린다.

"아니, 그냥……."

이 나이에, 그것도 혼자서 눈사람이나 만들고 있는 나 자신이 처량해진다. 나는 다가오는 경비 아저씨를 향해 애써 미소 지어 보이고는 쌓인 눈이 아깝잖아요, 하고 말한다. 경비 아저씨가 너털웃음을 터뜨린다.

"오신 김에 이것 좀 들어 주실래요?"

경비 아저씨는 흔쾌히 눈사람 머리를 몸통 위에 올려 준다. 그러면서 이걸 혼자 만들었느냐며, 뻔한 물음을 던진다.

"심심해서요."

"그럼 수고하십시오."

나는 돌아가려는 경비 아저씨를 불러 세운다.

"아저씨, 잠깐만요! 한 번만 더 도와주시면 안 될까요? 이거 가져가고 싶어서 그러는데……."

"네? 눈사람을요?"

경비 아저씨가 황당한 표정을 짓는다. 그러나 아저씨는 이내 눈사람 머리를 굴리며 앞장서 가는 내 뒤를 따라온다.

"이걸 가져다 뭐하시게요?"

눈사람 몸통을 조심스럽게 굴리며 아저씨가 묻는다.

"저기다 놔두면 누가 또 부쉬 버린다고요."

내 말에 아저씨가 또 한번 너털거리며 웃는다.

"애써 만들었는데 부수게 놔둘 순 없잖아요."

"그렇기야 합니다만……."

눈사람은 무사히 엘리베이터에 오른다. 경비 아저씨는 두 개의

육조　　55

눈덩이를 내려다보며 말한다.

"어차피 녹아 없어질 텐데……."

나는, 우리도 어차피 죽어 없어질 거 이렇게 살아가잖아요, 하고 말하려다 관둔다. 그쯤에 정지 신호음과 함께 엘리베이터 문이 열린다. 나는 서둘러 열쇠로 현관문을 연다. 눈사람을 어디에다 놓을지 잠시 고민한다. 때마침 거실에 놓인 이동식 욕조가 눈에 띈다.

"저 욕조에다 넣을까요?"

눈사람 몸통을 경비 아저씨와 함께 들어 올린다. 눈사람은 욕조에 넉넉히 자리를 잡고 앉는다. 몸통에 머리가 얹어지는 순간, 눈사람은 아이스크림 그릇에 담긴 아이스크림처럼 보인다. 경비 아저씨는 나를 향해 재밌는 아가씰세, 하고 말하며 돌아간다.

코트와 장갑을 벗으며 토끼장 안을 들여다본다. 고구마가 하나도 보이지 않는다. 입에 아무것도 대지 않던 녀석이 고구마를 다 먹어 치운 것이다. 904호 남자 말대로 토끼는 고구마를 아주 좋아한다.

몸에서 열이 난다. 장시간 몸을 움직였더니 온몸이 쑤시고 아프다. 욕실 욕조에 물을 받는다. 물이 받아지는 동안 귤껍질과 생강 끓인 물을 준비한다. 감기 예방이나 피로에는 이 방법이 좋다.

옷을 벗는다. 뽀얀 살결은 내가 지닌 것 중에 엄마가 가장 탐내는 것이었다. 엄마는 내가 목욕하는 데 들이는 비용과 정성을 못마땅해했다. 그럴 돈 있으면 착실히 모아 시집갈 궁리나 하라며 타박하기 일쑤였다. 엄마에게 욕조는 빨랫감을 쌓아 두거나 배추나 무를 절이는 데 필요한 도구에 지나지 않는다. 나는 엄마에게도 욕조의 매력을 가르쳐 주고 싶었다. 가끔은 욕조가 남자보다 더 쓸모 있다는 걸 어떻게 보여 줘야 할까.

　욕조 깊숙이 몸을 담근다. 뒤섞인 귤과 생강 향이 코끝에 와 닿는다. 욕조가 거부감 없이 나를 끌어안는다. 세상에서 가장 아름다운 여자인 양 나를 품어 감싼다. 편안하다. 이대로 죽어도 좋을 것 같다. 작지만 나만을 위한 공간이 있다는 게 얼마나 행복한지 모르겠다.

　물 위에 둥둥 떠다니는 귤껍질 사이로 내 까만 음모가 보인다. 나는 초등학교 1학년 때 처음이자 마지막으로 공중목욕탕에 갔다. 그 후 발길을 끊은 이유는 여자들 생식기에 달린 음모 때문이었다. 발가벗은 여자들의 몸 한가운데에 돋아난 머리카락은 내게 너무나 낯설고 충격적이었다. 징그럽게 저게 뭐야? 왜 저런 곳에 털이 나 있는 거지? 이상한 걸 달고 있는 여자들이 어린 내겐 마녀처럼 보였다. 늙은 마녀가 심어 놓고 간 후계자의 표식쯤으로 생각되었다. 거기에 있다간 그 표식이 내게도 옮겨붙을 것만 같았다. 나는 엄마 눈치를 살핀 뒤, 뒤도 돌아보지 않고 목욕탕을 빠져나와 줄행랑을 쳤다. 음모의 충격은 그날 점심을 거르게 할 정도였다. 엄마는 그 뒤로도 날 목욕탕에 끌고 가려 했다. 하지만 허사였다. 나는 엄마 몸 가운데에도 머리카락이 있을지 모른다고 생각했다. 그러나 상상하고 싶진 않았다. 그걸 내 두 눈으로 확인하는 일은 더욱 싫었다. 결국 나는 예전대로 부엌이나 방에 큰 고무 통을 놓고 목욕을 했다. 내게 욕실이 생긴 건 아홉 번째로 이사 간 집이었고, 욕조가 생긴 건 열한 번째로 이사 간 집이었다. 물론 지금 내 생식기에도 정상적인 성인의 상징인 음모가 있다. 마녀들의 전유물이라 생각했던 그것 말이다. 이젠 오히려 무모증 있는 여자를 보면 그때만큼이나 놀랄지도 모른다. 그러나 내가 아직도 공중목욕탕에 가지 않는 이유는, 내 사적인 털을 남에게 보이고 싶지 않기 때문이다. 그래서 나는 임신한 옆집 여자와 아이를 낳은, 이 세상 모든 여자들이 대담해 보인다. 모르는 남자나 여자 앞에 다리를 벌리고 누워, 자신의 가장 은밀하고 깊숙한 털을 내보여야 하다니. 생각만으로도 끔찍하다. 나는 나만의 음모를 내려다보며 입가에 지그시 미소를 짓는다.

내 세 번째 눈사람이 사라졌다. 욕조 안에는 흙먼지 섞인 물만 덩그러니 남아 있다. 그래도 이번엔 자신의 명을 다해 살다 간 것이니 안타까움은 덜하다.

눈사람이 남기고 간 물에 손을 담가 본다. 아주 차갑다. 나는 옷을 벗고 발 하나를 욕조에 담근다. 다른 쪽 발을 집어넣고 서서히 앉는다. 차가움을 넘어선 통증이 하반신을 휘어 감는다. 한겨울에 냉수욕이라니. 욕조에 등을 기댄다. 두 팔로 가슴과 목을 감싼다. 몸과 입술이 오돌오돌 떨린다. 삼촌의 생을 앗아 간 물은 이보다 더 차가웠을 것이다. 엄마의 하나밖에 없는 남동생. 삼촌은 혈기왕성한 스물여섯이라는 나이에 세상을 등졌다. 깨질 것 같은 차가움을 이기지 못하고 삶을 놓아 버린 삼촌. 엄마는 그래서 겨울을 싫어했다. 겨울보다 더 싫은 건 꽁꽁 얼어붙은 강물의 속임수였다.

냉통을 견디지 못하고 욕조에서 일어난다. 몸이 산산조각 부서질 것만 같다. 나는 욕실로 들어가 따뜻한 물로 샤워를 한다. 얼얼했던 다리와 엉덩이에 금세 생기가 돈다.

목욕 가운을 걸치고 욕실에서 나온다. 눈사람이 남긴 물을 빼내기 위해 이동식 욕조 배수구에 호스를 꽂는다. 욕조는 몸을 움찔대며 신음이라도 토해 낼 태세다. 고무마개를 빼자, 자그마한 구멍 속으로 물이 빨려 나간다. 구멍은 자궁을 잇는 질의 내부 같기도 하고 내 목구멍 속 같기도 하다. 물이 돼 버린 눈사람은 호스를 타고 욕실 수챗구멍으로 흘러내려 간다.

"안녕, 내 세 번째 눈사람."

삼촌도 머지않아 저렇게 떠나보내질 것이다.

욕조 바닥에는 미처 떠내려가지 못한 흙먼지가 남아 있다. 나는 깨끗이 빤 수건으로 욕조 바닥을 닦아 낸다. 더러워진 수건을 주물러 빨아 토끼장 위에 널어놓는다. 토끼장 안은 구마가 싸 놓은 변으로 지저분하다. 구마는 고구마 색깔 그대로 변을 눴다. 저 녀석 죽을 때까지 변을 치워 내야 하다니. 그때 9층으로 발을 옮기지 말았어야 했다. 아니 게시판으로 눈을 돌리지 말았어야 했다.

휴대폰 벨이 울린다. 혹시 904호 남자일까. 이사 가기 전에 인사라도 하려는 건지 몰라. 나는 발신부터 확인한다. 그러나 엄마다.

"응, 엄마."

화장대 거울에 비친 내 얼굴이 심드렁하다.

"삼촌 화장 날짜 잡기로 했다. 화장은 손 없는 날 안 따져도 된다지만, 이왕 하는 거 좋은 날로 잡아야 하지 않겠냐?"

"언젠데?"

"3월 말쯤에 윤달이 들었다니까, 그쯤에 하게 될 것 같다. 별도 좋을 때야."

"얼마나 보태면 되는데?"

"못해도 100만 원은 들어야……."

엄마는 말끝을 흐린다. 절반 이상 부담해 주길 바란다는 뜻이다.

"이번에 식당 내부 공사하는 데 돈이 다 들어가는 바람에……."

"50이면 돼?"

엄마는 대답이 없다.

"알았어. 80."

"다 너 좋자고 하는 일이잖냐. 이참에 영혼 결혼도 해 주면 좋을 텐데……."

"그건 내년에 해 드리기로 했잖아."

"절에 다니는 친구한테 그 얘길 했더니, 자기 스님한테 미리 부탁해 놓으란다. 그렇게 할까? 좋은 상대자 만나려면 몇 년은 기다려야 된대. 사주며 궁합이며 집안까지 따져야 하니까."

"엄마 좋을 대로 해."

엄마는 독실한 개신교 신자였다. 미신 따윈 믿어 본 적 없던 엄마가 이렇게 된 데는 내 책임이 컸다. 서른 접어들기 전까지 내게 남자 하나 안 붙는 이유가 죽은 삼촌 때문이라나 뭐라나. 밖에서 무슨 얘기를 듣고 들어온 날 엄마는 내게 일장 연설을 토해 냈다.

"집안에 젊어서 죽은 사람이 있으면 그렇게 남자가 안 붙는단다. 시샘을 내서 그러는 거라고 하더라. 죽은 혼이 훼방꾼 노릇을 하고 다닌다나 어쩐다나. 얼른 짝을 지어 줘 버려야 한대. 그리고 젊은 사람이라도 묏자리가 안 좋으면 살아 있는 사람한테 안 좋단다. 그러니까 화장해서 날려 버리라고 하더라."

살아생전 끔찍이 아끼고 사랑했던 동생이었지만, 지금 엄마에게 삼촌은 딸의 앞길에 누가 되는, 죽은 사람일 뿐이었다. 나는 전화를 끊으려는 엄마를 붙든다.

"엄마, 토끼탕 어떻게 끓여?"

엄마는 엄마 친구와 10년 넘게 식당을 운영해 오고 있었다. 엄마에게 있는 쓸 만한 재주는 요리 솜씨뿐이었다.

"갑자기 토끼탕은 왜?"

"글쎄, 필요해서 그래."

엄마는 세세하게 토끼탕 끓이는 법을 가르쳐 준다. 나는 열심히 수첩에 받아 적으며 구마를 쳐다본다.

904호 남자가 이사 간 지 일주일이 지났다. 그리고 또 일주일이 지났을 때, 내 앞으로 상자 하나가 배달돼 왔다. 고구마 한 박스였다. 발송자는 '차진권'이라는 사람이었다. 904호 남자의 이름이었다. 남자는 나와 같은 성이었다. 내가 남자였다면, 그리고 같은 성을 쓰고 있다는 사실을 먼저 알았더라면 반가워했을 텐데, 남자는 그렇지 않았다. 904호 남자는 택배가 도착한 다음 날 내게 전화를 했다. 구마 안부를 물은 다음, 내게 감사의 표시로 고구마 한 박스를 보낸다고 했다. 나는 물론 토끼는 잘 있다고 했다. 904호 남자는 구마를 잘 부탁한다는 말과 함께 내 전화 목소리가 예쁘다며 전화를 끊었다. 그 뒤로 904호 남자에게서는 소식이 없었다. 전화 말미에 나는, 그때 왜 수염을 깎아 버렸느냐고 물으려다 관뒀다. 그 매력적인 수염을 다시 길렀느냐고 묻고 싶었지만, 이 또한 관뒀다.

생고구마 하나를 깎아 입에 물고 욕조에 들어가 옷을 벗는다. 몸에 아무것도 걸치지 않아야 편안한 잠을 이룰 수 있다. 욕조에는 물 대신 담요가 깔려 있다. 담요의 여분은, 막 흘러넘치는 물처럼 욕조 밖으로 나와 있다. 팬티와 브래지어까지 벗은 나는 등과 발에 쿠션을 받치고 눕는다. 욕조 안에 쿠션 몇 개만 받쳐 놓으면 잠은 소파에서 자는 것보다 더 편해진다. 나는 이불을 가슴까지 끌어다 덮고 리모컨으로 오디오 전원을 켠다. 출근 전까지 잠을 청할 생각이었다.

 욕조가 좌우로 흔들리는 것 같다. 조각배를 탄 나는 잔잔한 강물 위를 떠다닌다. 따뜻한 봄 햇살에 얼굴을 들이민다. 봄 냄새가 난다. 어서 겨울이 가고 봄이 왔으면 좋겠다. 이번엔 요람에 누워 있는 듯한 기분이 든다. 갑자기 아이처럼 울어 버리고 싶어진다. 누군가가 내 입에 젖을 물려 준다. 나는 입술을 오물거린다. 빨면 빨수록 유두는 점점 길어지고 비대해진다. 유두는 단단한 페니스가 되어 입안을 휘젓는다. 그것이 목구멍 깊숙이 들어온다. 순간 기도가 막힌다. 숨을 쉴 수가 없다. 상반신을 일으켜 세운다. 눈을 뜬다. 입안에 든 것을 몽땅 뱉어 낸다.

 "휴! 하마터면 죽을 뻔했잖아!"

 내가 던진 고구마가 빈 토끼장 옆에 가 떨어진다.

 거실 벽에 걸린 다비드의 그림 속 마라가 나를 쳐다본다. 「마라의 죽음」은 뭉크의 복제화를 사려던 중 발견한 것이었다. 친구는 어두운 색조와 우울하고 음침한 분위기의 뭉크 그림을 좋아했다. 친구 집 하얀 벽 곳곳에는 뭉크의 복제화들이 걸려 있었다. 공포와

슬픈 색조가 하얀 벽면과 어울리지 않니? 그래서 난 뭉크 그림이 좋아, 하고 친구는 말했다. 친구는 자신의 생일 선물로 뭉크 그림이 갖고 싶다고 했다. 언제나 그랬듯 친구는 나한테서 선물 받기를 미안해했다. 잊을 만하면 찾아오는 내 생일 때문이었다. 친구는 오는 2월 29일에 레스토랑에서 근사한 저녁을 사 주겠다고 했다. 4년에 한 번씩 찾아오는 생일이므로 소중하게 기다려질 수도, 그냥 지나쳐 버릴 수도 있는 일이었다.

그림 속 마라는 죽었지만 내 눈엔 잠들어 있는 듯 보인다. 언뜻 보면 지금의 나처럼 욕조에 천을 깔고 앉아 있는 것 같기도 하다. 나는 욕조 밖으로 팔 하나를 힘없이 걸친다. 마라처럼 고개를 어깨 쪽으로 꺾고 눈을 감는다. 언젠가 다가올 내 죽음이 이처럼 섹슈얼했으면 좋겠다. 내 죽음에 비밀이나 의문이 깃들어 있다면 더욱 좋겠다. 욕조에서 발견된 변사체만큼 사람들의 호기심과 의혹을 증폭시키는 건 없다. 완전히 발가벗겨진 채 죽어 있는 여자라면 더더욱 그렇다. 욕조는 관능적인 살해 장소이자, 무한한 상상을 불러일으키는 매혹적인 장소다.

간단한 제(祭)가 끝난다.
"그럼 시작하겠습니다."
엄마와 나는 삼촌 묘에서 물러나 앉는다. 봉분에 삽이 꽂히는 것으로 파묘가 시작된다. 봄바람이 뺨을 스치고 지나간다. 새로 돋아난 풀이 봄기운을 한껏 돋운다. 친구는 약속대로 내 생일날 레스토랑에서 근사한 저녁을 사 주었다. 그리고 얼마 전, 나와 동갑내기인 옆집 여자는 아기를 낳았다. 딸이었다. 아기는 두 달을 채우지 못하고 세상 밖으로 나왔다. 아기가 본 세상은 인큐베이터가 전부였다. 아기는 그 작은 세상에서 꼭 열흘을 살다 갔다. 패혈증이었다. 이제 옆집 여자는 더 이상 예쁘지도, 사랑스러워 보이지도 않았다. 영양분이 모두 빠져나간 듯, 얼굴은 푸석푸석했다. 새침데기 같던 모습도 사라져 버렸다. 그래서 더욱 말을 붙일 수가 없었다. 그즈음 나는 경비 아저씨에 의해 '눈사람 아가씨'로 불리기 시작했다.

"미역국은 먹었냐? 식당에 들르라니까."

엄마가 산 아래를 내려다보며 묻는다.

"그깟 미역국 좀 안 먹으면 뭐 어때서."

"앞으론 음력 생일 쇠지 그러냐."

"생일이 뭐가 중요해. 4년마다 한 번 찾아오는 것도 귀찮아 죽겠는데, 그걸 매년 챙기려면 얼마나 귀찮겠어."

그건 그래, 라는 듯 엄마가 고개를 끄덕인다.

"근데 토끼탕 끓이는 법은 왜 알려 달라는 거였냐?"

엄마는 아직도 그게 궁금한 모양이었다.

"왜긴, 끓여 먹으려고 물어봤지."

"진짜 끓여 먹은 거냐?"

"그럼."

"토끼는 어디서 났는데?"

"그냥 공짜로 생겼어."

"징그러운 년."

그새 봉분 절반가량이 사라지고 없다. 산역꾼들 하반신이 땅속에 들어가 있다. 기름진 흙이 삽에 퍼 올려진다. 곧 있으면 관이 드러날 것 같다.

풍수쟁이 노인이 엄마와 나를 향해 손짓을 한다. 잔뜩 긴장된 엄마의 표정에 나도 동요된다. 엄마가 내 손을 꽉 붙든다. 엄마와 나는 파헤쳐진 묘 앞으로 천천히 다가간다. 묘혈 속에 누워 있는 관이 보인다. 관 뚜껑 한쪽은 푹 꺼진 채 관 안으로 들어가 있다. 시간이 관의 영양분을 빨아들였다. 관 위에 덮인 명정(銘旌)도 삭을 대로 삭아 있었다.
"어서 서두르게."
산역꾼들의 막바지 삽질이 이어진다. 어디서 흘러들었는지 삽질한 자리에서 흙탕물이 올라온다. 노인이 관에 물이 차 있을지도 모르겠다고 말한다.
"들어 올리기 전에 일단 열어 보세나."
산역꾼 하나가 명정을 거둬 낸다. 안으로 푹 꺼진 뚜껑을 들어 올려 잡아당긴다. 관 뚜껑이 삐거덕대며 열린다. 애써 못을 뽑아낼 필요도 없다. 나는 고개를 옆으로 튼다. 다시 제자리로 돌아온 고개는 희고 노란 두개골에 가 머문다. 삼촌 몸을 감쌌던 삼베는 보이지 않는데. 17년의 세월이 삼베를 먹어 치웠다. 두개골 주위에 삼촌 머리카락이 보인다. 강력한 생명력을 지닌 털은 뼈와 함께 살아남았다.
노인의 짐작대로 관 바닥엔 물이 고여 있다. 그래도 유골은 생각보다 깨끗하다. 살아 있는 사람의 뼈처럼 단단하고 건강해 보인다.

젊은 사람이라 그런 거라고 노인은 말한다. 스물여섯이었던 삼촌은 아직도 스물여섯 그대로다.

"유골은 젊을수록 무겁고 단단한 법이지요."

노인은 삼촌 뼈를 자세히 살핀다.

"다행히 완전히 육탈한 뒤에 물이 찬 모양이오."

노인이 엄마의 일그러진 표정을 응시한다. 물이 차긴 했어도 잘 썩었으니 괜찮다며, 노인은 엄마를 향해 애써 위로하듯 말한다.

"저게 꿈에 자꾸 보이더니, 진작 해 줘 버릴걸……."

엄마는 화장이 늦어진 걸 후회한다. 울먹이는 목소리가 봄바람을 타고 주위를 맴돈다. 냉정하게 지켜보겠다던 엄마의 약속은 지켜지지 않는다. 살덩이는 사라졌지만 17년 만의 재회인 것이다.

나는 목을 최대한 늘여 빼고 관 속을 들여다본다. 저 작은 곳이 내가 차지할 수 있는 마지막 공간이라고 생각하니 숨이 막혀 온다. 내게 주어질 공간이 욕조만 한 크기밖에 안 되다니. 결국은 어둠뿐인 저 깊은 땅속으로 나도 엄마도 친구도 들어가야 한다. 아무리 발버둥 쳐도 어쩔 수 없는 삶의 끝이다. 유리 관이라면 죽음이 그다지 두렵지 않을 것 같다. 무덤이, 땅속이 아닌 광활한 우주라면 좋겠다. 유리 관에 누워 우주를 떠다니는 나를 상상한다. 대기권으로 내려와 신선한 공기를 마시고 구름 속을 거닌다. 조금 더 아래로 내려와 남겨 두고 온 사람들을 볼 수 있다면 좋겠다. 그렇다면 떠난 자도 남겨진 자도 슬프진 않을 것이다. 지상에 남겨진 사람이 하늘에 떠 있는 유리 관을 향해 손짓을 한다. 얼마 전에 죽은 아무개가 찾아왔네. 땅속에 감춰지지 않고 하늘에 떠다니는 죽음이 산 자와 생활한다. 삶과 죽음의 경계가 허물어지는 순간이자, 죽음에 대한 두려움이 소멸되는 순간이기도 하다. 사후의 몸뚱이가 진짜로 저 파란 하늘에 떠다닌다면 어떨까. '죽었어'라는 말이 '우주여행을 떠났어'라는 말로 대체된다면 어떨까. 그러면 '죽음'이라는 말에 덜컥 가슴이 내려앉는 일은 사라지겠지.

"하나 둘 셋!"

관이 서서히 들어 올려진다. 지상으로 올라온 관은 흉물스러운 흙가 같다. 관에서 배어 나온 음침한 기운이 주위를 파고든다. 저 관 속 물은 어디서 흘러 들어온 걸까. 삼촌은 목욕이라도 하고 싶었던 걸까. 갑자기 삼촌의 낡고 오래된 욕조를 말끔히 닦아 주고 싶은 충동이 인다. 흙탕물을 빼내고 깨끗한 물을 채워 준 다음 허브를 띄워 주면 좋을 것 같다. 라벤더가 좋겠다. 신경을 안정시켜 주고 스트레스와 두통과 불면증 해소에 좋은 라벤더.

노인이 관 속으로 손을 뻗친다. 삼촌의 유골은 하나하나 분리된 채 나온다. 물기를 닦아 낸 유골은 한지 위에 올려진다. 삼촌이 남긴 자리에 500원짜리 동전 하나가 보인다. 노인이 동전을 집어 엄마에게 건넨다. 17년 전에 엄마가 삼촌 입에 넣어 준 것이었다. 엄마는 동전을 옷에 문질러 흙먼지를 닦아 낸다. 삼촌이 17년 동안 입에 물고 빨아 온 동전. 동전 발행 연도는 삼촌이 죽은 해와 같았다. 그때는 반질반질 윤이 나던 동전이었지만, 지금은 반짝거리지도 않고 윤기도 없다. 엄마가 삼촌의 동전을 입에 넣으려 한다. 나는 말리려다 관둔다. 동전이 들어간 엄마의 입이 굳게 닫힌다.

화장터로 옮겨질 삼촌의 유골은 나무 상자에 정성스럽게 담긴다.

"성인 용품점 말씀이십니까? 네, 안내해 드리겠습니다. 감사합니다."

남자의 목소리는 꽤 당당하고 신경질적이다. 그곳에 전화를 걸어 무엇을 물어보려는 걸까. 신경질적인 어투로 미루어 보아, 구입한 상품에 대한 불만 사항을 전달하려는 게 분명하다. 남자는 거기에 전화를 걸어, 효과가 전혀 안 나타나던데 왜 그런 거요, 하고 따져 물을 것이다. 어쩌면 남자는 여자 엉덩이를 본뜬 리얼돌을 구입했는지도 모른다. 별 감흥을 느끼지 못한 남자는 불만 가득 찬 목소리로, 그때 본 전신 인형은 얼마냐고 물을 것이다. 그 남자의 전화 통화를 엿듣고 싶다. 낯 뜨거운 물건을 구입할 때 남자들의 태도는 어떨지 궁금해진다.

이어서 바로 전화가 걸려 온다.

"사랑합니다, 고객님."

"안녕, 목소리 예쁜 아가씨. 정말로 날 사랑하는 거예요? 나도 아가씰 사랑하고 싶지만 난 이미 임자가 있는 몸인걸요. 그러니까 토끼탕 끓이는 법이나 좀 가르쳐 줘요."

"네, 토끼탕 말씀이십니까?"

키보드 옆에 놔둔 수첩을 잽싸게 펼쳐 든다. 옆에 앉은 동료 미영 씨가, 그 미친놈이구나? 하고 묻는다. 나는 고개를 끄덕이고 수첩을 들여다본다.

"먼저 토끼 한 마리 준비해 주시고요. 그리고 무, 미나리, 쑥갓, 양파, 파, 마늘, 생강, 육수, 고춧가루, 고추장, 간장 등이 필요합니다. 토끼는 먹기 좋은 크기로 토막 낸 다음 갖은 양념에 재워 주세요. 냄비에 무를 깔고 양념한 토끼를 넣은 후 육수를 붓습니다. 끓어오르면 미나리, 쑥갓, 파를 넣고 계속 끓여 줍니다. 감사합니다, 고객님."

"목소리 예쁜 아가씨, 근데 보신탕은 어떻게 끓이죠?"

"네?"

"개고기요, 개고기."

"그건 다음에 알려 드리겠습니다, 고객님."

"그럼 다음에 또 전화할게요, 목소리 예쁜 아가씨들."

이 남자의 목소리에는 장난기가 가득했다. 남자는 잊을 만하면 한 번씩 전화를 걸어 왔다. 직원 중에 이 남자 전화를 안 받아 본 사람이 없을 정도였다. 남자는 무턱대고 토끼탕 끓이는 방법 좀 가르쳐 달라고 했다. 다시는 전화 못 하게끔 만들어 놨는데 또 시작인 것이다.

"뭐래?"

미영 씨가 궁금해 묻는다.

"이번엔 보신탕이 궁금하시단다."

"내가 못살아."

미영 씨가 혀를 내두르며 고개를 절레절레 흔든다.

초인종 소리에 잠에서 깬다. 펼쳐진 책이 가슴팍에 놓여 있다. 욕조에 누워 책을 읽던 중, 나도 모르게 그만 잠에 빠져들었다. 점점 불면증이 사라져 간다. 욕조는 이제 나의 포근한 수면제가 되어 버렸다. 친구의 친구의 친구의 아는 언니의 처방전은 내게도 유효했다.

인터폰 액정을 쳐다본다. 화면 상태가 좋지 않아 방문객을 정확히 확인할 수가 없다. 비가 오는 날은 으레 그렇다. 나는 큰 소리로 묻는다.

"누구세요?"

"나다."

엄마다. 나는 욕조에서 일어나 서둘러 겉옷을 걸친다. 팬티와 브래지어 차림을 엄마에게 들킨다면 민망할 일이다. 문을 연다. 우산을 들고 있지만 엄마의 머리와 어깻죽지는 비에 젖어 있다.

"봄비치고는 많이도 쏟아진다야."

현관으로 들어선 엄마가 우산을 내팽개친다.

"방수가 시원찮아. 새로 사야겠어."

"웬일이야?"

엄마가 신발을 벗고 거실에 발을 들인다.

"계 모임 있는 날이잖냐. 끝내고 그냥 가려다가 너 사는 꼴 좀 보려고 왔다. 아, 깜짝이야!"

엄마가 화들짝 놀라며 한 발짝 뒤로 물러난다. 구마가 엄마 발에 밟혔다. 깜짝 놀란 구마도 저만치 달아난다. 엄마가 구마를 걸레로 착각한 모양이었다. 한쪽에 움직이지 않고 있으면 꼭 걸레 같아 보인다. 잘 삶아 빨아 놓은 걸레.

"또 끓여 먹으려고 키우는 거냐?"

엄마는 토끼 눈을 해 가지고 날 쳐다본다. 나는 그냥 피식, 웃고 만다. 엄마가 담요 깔린 내 이동식 욕조를 쳐다본다.

"저건 또 뭔 꼬락서니래? 저 안에서 자는 거냐?"

"아늑하고 좋아. 이젠 잠도 잘 와."

"하여튼 유별나."

봄이 가고 여름이 오면 특히 유용해질 욕조다. 여름이 되면 저 욕조에 물을 채우고 얼음 몇 개를 동동 띄워 몸을 담글 생각이다. 거기에 앉아 책을 읽고 영화를 보고 음악을 들으면 세상 부러울 게 없다. 담요를 거둬 내고 그냥 알몸으로 들어가 누워 있어도 좋을 것이다. 욕조의 살갗과 내 살갗이 맞닿는 순간 더위는 달아날 테니까.

"이거 김장할 때 쓰면 좋겠다. 물 빠지는 구멍은 있냐?"

엄마가 담요를 들춘다. 고무마개를 확인한 엄마의 눈에 욕심이 동한다. 엄마네 식당을 찾는 대부분의 손님들은 엄마의 김치 맛에 반한다. 딱히 김장철이 아니어도 엄마는 늘 많은 양의 김치를 담근다. 엄마는 욕조에다 채소를 절인다. 처음엔 비닐을 깔았지만 요즘은 그것도 귀찮아 관뒀다. 엄마 친구는, 욕조에다 배추 절인 사실을 알면 손님들이 얼마나 불쾌하게 생각하겠느냐며, 걱정스러워한다. 한 번도 사용하지 않은 깨끗한 욕조인데 뭐 어떠냐며, 엄마는 오히려 당당하다. 물을 대기도 물을 빼기도 편하니, 욕조는 엄마에게 더없는 채소 절임 기구다.

지금 내 욕조는 엄마에게 강탈당할 위기에 놓여 있다. 식당 집에 있는 것보다 더 크고 게다가 이동도 가능하니 당연하다. 또 달라고 할까 봐 걱정이다. 내가 가진 것 중 맘에 드는 게 있으면 반드시 빼앗고 마는 엄마. 지금 엄마가 들고 있는 손가방도, 머리에 꽂은 핀도 모두 내 것이다. 그러나 내 뽀얀 살결만큼은 가져갈 수 없을 것이다.

엄마가 욕조에 들어가 눕는다.

"생각보다 편하다."

엄마가 눈을 지그시 감았다 뜬다.

"근데 왜 갑자기 네 삼촌 생각이 나는지 모르겠다."

화장터로 옮겨진 삼촌의 유골은 고운 가루가 되어 산에 뿌려졌다. 바람을 타고 입으로 들어온 뼛가루에서는 짭짤한 맛이 났다. 엄마는 입에 물고 있던 500원짜리 동전을 뼛가루가 뿌려진 그 어디쯤에 던졌다. 미안하다. 미안하다. 엄마는 그 말만 반복했다. 그러곤 곧 짝을 지어 주겠다는 약속을 하고 돌아섰다.

"다 산 사람 잘못이지 죽은 사람이 무슨 문제라고……."

삼촌을 산에 뿌리고 돌아온 날, 엄마는 그런 미신을 믿었던 자신을 잠깐 어리석어했다.

이동식 욕조에서 훈김이 올라온다. 물에 애플 민트를 띄운다.

"이제 들어가도 돼."

내 말 한마디에 엄마는 기다렸다는 듯 옷을 벗는다.

"근데 거품이 왜 안 생기는 거냐?"

비에 젖은 몸이 끈적끈적하다며 엄마는 샤워를 하고 싶다고 했다. 나는 엄마에게 욕조에 몸을 푹 좀 담가 보라고 권했다. 훈김이 욕실을 메우면 숨이 차오를지도 몰라 거실에 있는 욕조에다 물을 받았다. 엄마는 드라마 속 장면을 떠올리며 어린아이처럼 마냥 즐거워했다.

"엄마한테는 거품보다 이게 더 나을 것 같아서. 기분이 좀 좋아질 거야."

뭉게구름을 닮은 거품을 상상했던 엄마가 실망스러운 표정을 짓는다.

옷에 가려진 엄마의 늙은 몸이 모습을 드러낸다. 축 처진 젖가슴은 어떠한 성적 충동도 일으키지 못한다. 일부러 늘여 뺀 듯, 어디로 가야 할지 모르는 뱃가죽은 겹쳐지기에 바쁘다. 탱탱한 기운을 잃어버린 살가죽은 거칠고 쭈글쭈글하다. 엄마가 팬티를 벗는다. 윤기라곤 없는 엄마의 음모가 드러난다. 처음 보는 엄마의 거웃. 왜 지금껏 엄마는 저 음모의 존재에 대한 비밀을 내게 들키지 않았던 걸까. 아니, 들키지 않은 게 아니라 내가 보지 않으려 한 건 아닐까.

엄마가 욕조에 몸을 담근다. 물은 엄마 젖가슴까지 올라온다. 높은 운두 때문에 물이 흘러넘치지는 않는다.

"어때? 향 좋지?"

"잘 모르겠다. 근데 냄새가 뭐 이러냐?"

"처음엔 이상해도 맡으면 맡을수록 향에 심취하게 돼."

엄마는 입술을 삐죽거린다. 지금이라도 거품 목욕을 하고 싶은 모양이다.

"너도 들어와라."

엄마는 내게 물이 식기 전에 들어오라고 재촉한다.

"됐어."

나는 망설인다.

"얼른 들어와. 남도 아니고 엄만데 뭐 어떠냐."

고심 끝에 나는 옷을 벗는다. 팬티와 브래지어만 남았다. 엄마가

욕조

내 몸을 훑는다.

"돈을 쏟아부어서 그런지 아직도 탱탱하고 윤기가 흐르는 게 보기 좋다야."

"아직은 탱탱할 나이야 뭐."

"빨리 들어오기나 해."

브래지어를 벗고 마침내 팬티를 벗는다. 엄마의 시선이 위에서 아래로 내려온다. 젖가슴과 음부를 훑는 엄마의 눈빛에 나는 좀 민망해진다. 엄마가 남자라면 이렇게까지 민망해진 않을 것 같다.

"품는 맛 사그라지기 전에 얼른 시집을 가야 할 텐데······."

"······."

극히 사적인 공간에 둘이 몸을 섞는 순간이다. 내가 들어가자 물이 욕조 밖으로 흘러넘친다. 나는 엄마 반대편에 앉아 욕조에 등을 기댄다. 굴절된 엄마의 몸이 어긋나고 부풀어 보인다. 욕조는 둘이 앉아 있기에 적당하다.

"내가 널 목욕시킨 게 초등학교 4학년까지였나?"

"그래?"

"그 이후였겠지? 네 음부에 털이 나기 시작한 게?"

"창피하게 엄만 뭐 그런 걸 묻고 그래."

"혼자 목욕하겠다고 할 때 생각했지. 저게 벌써 여자가 됐구나 하고."

나는 무릎에 턱을 괴고 엄마의 몸을 관찰한다. 엄마의 팔다리에 핀 검버섯이 눈에 띈다. 또 다른 세상을 향한 출입증 도장이 몸에 하나씩 찍히고 있다. 흰머리는 무슨 힘으로 돋아나고, 살 속 영양분은 어디로 흡수돼 사라지는지 알 수 없다. 나이는 그렇게 몸의 것을 빼먹으며 살을 찌운다.

"몸이 나른해지는 게 아주 좋다."

엄마는 고개를 뒤로 젖히고 눈을 감는다.

"그치? 남자보다 더 낫지?"

"그래. 지금 같아서는 열 사내도 안 부럽다."

엄마 입에서 콧노래가 흘러나온다. 감칠맛 나는 엄마의 콧노래를 듣고 있으면 마음이 편안해진다.

"텔레비전에서 보니까 요즘엔 이런 데서 애도 낳고 그러더라……."

잠이 쏟아지려 하는지 말끝이 흐려진다. 엄마가 점점 잠에 빠져든다.

"엄마."

조용히 엄마를 불러 본다.

"이런 남자 나타날까? 이 욕조만큼 날 편안하게 감싸 줄 남자."

"응……."

엄마의 대답이 힘없이 가늘게 흘러나온다.

엄마의 몸이 점점 미끄러진다. 엄마가 잠깐 고개를 들고 다시 자리를 잡는다.

"엄마, 보신탕은 어떻게 끓이지?"

"저게 요즘 왜 저래. 보신탕은 또 왜?"

"그냥."

엄마는 고개를 뒤로 젖힌다. 늙은 몸이지만, 저렇게 고개를 젖히

욕조

고 있으니 선이 여성스럽다. 엄마 몸도 여자라는 생각이 뒤늦게 든다.

나는 좀 더 깊숙이 몸을 물속으로 밀어 넣는다. 물이 또 한번 흘러넘친다. 나와 엄마는 영면에 든 듯, 깊고 편안한 잠에 빠져든다. 물의 자장가가 내 귓가에 맴돈다. 빗소리가 잠을 더욱 부추긴다.

읽어 주지 않는 책

누구도 빌려 간 적 없는 책이 분명했다. 책은 아주 깨끗했고, 새 것처럼 아직 길들여지지 않아 표지를 여는 데도 좀 뻑뻑했다.
 나는 새 책을 처음 열 때의 그 순간을 좋아한다. 특히 이처럼 하드커버로 된 경우가 그렇다. 미닫이문을 열 때처럼 양장본 표지를 열 때도 미약하지만 '쩍쩍' 소리가 난다. 표지 안쪽의 책등 부분이 벌어지면서 나는 소리였는데 새 책일수록 그 소리가 컸다. 그러나 지금 내 책상 위에 있는, 방금 가방에서 꺼내어 올려놓은 책은 새 책이 아니었다. 새롭다는 기준이 작년이나 올해에 출간된 것이어야 한다는 내 개인적 잣대를 들이대자면 그렇다는 얘기다. 그런데도 이 책은 새 책인 것처럼 뻑뻑한 소리를 냈다.
 새 책처럼 보이지만 새것은 아닌 이 책의 발행일은 1996년 4월 17일이었다. 판권장에 찍힌 대로라면 이 책은 정확히 16년 전에 출간된 것이었다. 16년 동안 아무도 빌려 가지 않은, 그래서 아무도

읽어 주지 않는 책

읽어 주지 않았던 책. 겉보기와는 달리 실은 혼자서 열여섯 살이라는 나이를 먹어 버린 욕심 많은 책.

"지금까지 한 번도 대출된 적 없는 장서 목록을 알고 싶은데, 가능할까요? 학술서나 논문, 잡지, 고서, 원서 등을 제외한 책 중에서요."

대학 도서관 사서는 도서 대출 1위를 문의해 오는 사람은 있었어도 나 같은 사람은 처음이라며 의아하게 쳐다봤다. 그러면서 장담하듯 대답했다.

"아마 대출되지 않은 도서는 없을 겁니다. 이곳에 소장된 책들은 대부분 이용자들이 신청한 것이니까요. 그러니까 최소한 한 번 정도는 대출이 됐을 거라는 얘깁니다."

"그래도 한번 찾아봐 주시면 안 될까요?"

"뭐 정 그러시다면야……."

사서는 마지못해 컴퓨터 자판을 두드렸다. 마우스를 이리저리 옮기고 난 사서는 가운뎃손가락으로 안경을 밀어 올렸다. 그러고는 상체와 얼굴을 모니터로 끌어당겼다. 사서가 나를 힐끔 쳐다봤다.

"있죠? 그렇죠? 봐요, 제가 있을 거라고 했잖아요."

사서는 호들갑스러운 내 물음에 대답은 하지 않고 입을 앙다물었다. 게임에 진 사람의 표정 같기도 했고, 지나치게 장담하다 코가 눌린 사람의 표정 같기도 했다. 사서는 헛기침을 하며 메모지에다 청구 기호를 받아 적었다. 그리고 그것을 내게 건네며 말했다.

"한 권 있네요. 1996년에 출판된 거군요."

덧붙여 사서는 1996년 이전의 대출 기록은 전산화되기 전이라

알 수 없다고 했다. 나는 그런 건 상관없다고, 그다지 중요하지도
않다고 했다.
"16년이에요. 16년 동안 아무도 읽어 주지 않은 책 정도면 됐으
니까요."
　나는 사서가 적어 준 그 청구 기호를 찾아 발걸음을 옮겼다. 그
리고 그 책은 지금 내 책상 위에 놓여 있다. 물론 대출 기록은 없는
책이지만 도서관 열람실 내에서는 읽혔을 수도 있다. 하지만 책을
펼치는 순간 나는 이것이 관내에서조차 읽히지 않았다는 걸 알 수
있었다. 아니 책을 고르던 사람들에게 아예 잡혀 본 적도 없는 녀
석임이 분명했다. 그건 처음에 말했던 것처럼 책 표지를 열 때 감지
된, 잘 젖혀지지 않는 그 뻑뻑한 느낌과 '쩍쩍' 하고 내는 소리 때문
이었다. 책장 사이에 지렁이처럼 꾸불꾸불 짓눌려 있는 가름끈 또
한 그러한 사실을 말해 주고 있었다. 나는 진한 녹색 가름끈을 책
밑으로 쭉 잡아당겨 빼냈다. 16년간의 관성에서 헤어나지 못한 가
름끈은 다시 책 속으로 들어가고 싶은 듯 꾸불꾸불해졌다. 이번엔
볼펜을 들고 손바닥만 한 대출 기한표에 내 이름의 이니셜과 반납
날짜를 적었다. 요즘은 모든 게 바코드화되다 보니 책 맨 뒤에 부
착된 대출 기한표 따위엔 관심도 없었다. 그래도 나는 적었다. 내가
바로, 국내에서 열 손가락 안에 드는 장서 보유량을 자랑하며 일반
시민에게까지 대출 카드를 만들어 준 그 국립대 도서관에서 이 책
을 빌린 최초의 사람이기 때문이었다. 수천 혹은 수만 번의 손길을
교묘히 피해 간 책인 때문이기도 했다.
　대출 기한표에서 볼펜을 뗐다. 처녀지에 첫발을 디딘 것처럼 기

분이 좋아졌다. 나는 한 번의 연장을 포함해 앞으로 4주 전까지는 이 책을 읽어야 한다. 16년 동안 아무도 거들떠보지 않았던 책이라 이 책의 재미없음에 대해 감안하고 있는 터지만, 그래도 읽어 줄 것이다. 어쩌면 재미없을 거라는 선입견은 나중에 와르르 무너질지도 모른다.

　손목시계를 쳐다봤다. 벌써 나가 봐야 할 시간이었다. 나는 책을 책상 위에 그대로 올려놓고 집을 나섰다. 노 선생은 시간만큼은 엄수해 달라고 했다.

　문을 열어 준 사람은 노 선생의 부인이었다. 언제나 인터폰에서는 자넨가? 하는 노 선생의 근엄한 목소리가 흘러나왔다. 문을 열어 주기 직전 인터폰으로 흘려보내던, 노 선생의 그 짧고 간단한 의문형의 말은 어느새 출입을 허가한다는 뜻으로 해석돼 버렸다. 그런데 오늘은 그 말과 목소리가 들리지 않아 들어가는 게 왠지 망설여졌다. 자각하지도 못한 채 무언가에 길들여지는 건 아주 바보 같은 짓이라고 아버지는 말했다. 자각하고서는 길들여질 수 없는 거 아니냐는 내 말에 아버지는, 그거야말로 더 바보 같은 짓이라고 했다. 그 때문이었을까. 아버지는 술과 담배와 여자, 그리고 온갖 나쁜 습관들에도 결코 길들여진 적이 없었다. 그래서 아버지를 보고 있으면 숨이 막혔고 '아버지'라고 소리 내어 부르는 것조차 끔찍했다. 내게 한 가지 소원이 있다면 실수로 만들어 놓은 아버지의 빈틈을 찾아내는 것, 그런 다음 그 틈으로 비집고 들어가 맘껏 조소를 뱉어 내는 것, 그것이었다.

노 선생 부인은 여전히 말이 없었다. 남편의 실직과 관련된 얘기 말고는 그녀가 소리 높여 길게 말하는 걸 나는 본 적이 없다. 마치 그녀는 실직의 부당성을 누군가에게 토로하기 위해 말을 아껴 둠으로써 몸속 어딘가에 박혀 있는 배터리를 충전하려는 사람 같았다. 충전된 배터리의 힘을 빌린 덕택인지 한번씩 입에서 노 선생의 실직에 관한 얘기가 쏟아질 때면 그녀는 완전 딴사람이 돼 버렸다. 혼자서 가계를 짊어져야 했던 힘겨움이나 무능하게 변색된 남편에 대한 원망 때문일 수도, 내가 모르는 또 다른 이유 때문일 수도 있었다.

"곧 들어오실 거예요."

노 선생 부인은 부엌으로 들어가 얼음을 동동 띄운 주스를 내왔다. 그녀는 학교에서도 저렇게 말이 없을까. 교장 훈화 시간엔 어떨까. 혹 단상 앞에 서서 코흘리개들을 멀뚱히 쳐다보고만 있는 건 아닐까.

"신문은 거기."

부인은 소파 한쪽에 수북이 쌓인 신문을 가리키고는 자기 방으로 들어가 버렸다. 침실 겸 서재인 부인의 방 한쪽 구석에는 오래된 돌침대가 놓여 있었다. 방학을 맞은 그녀는 그 돌침대에 누워 책을 읽거나 하루 종일 잠을 잤다. 방에는 텔레비전도 있어서 부인은 먹고 싸는 문제가 아니면 방에서 잘 나오지 않았다. 그 말은 곧 노 선생과도 자주 마주치지 않는다는 뜻이었다.

나는 노 선생이 한번 들춰 봤을 오늘 자 신문을 한 장씩 넘기며 살폈다. 신문 곳곳 헤드라인과 리드에 빨간색 색연필로 동그라미가 쳐져 있었다. 동그라미가 쳐진 부분은 곧 내가 소리 내어 읽어야 할 기사였다. 물론 노 선생이 읽고 싶어 하는 기사이기도 했다. 그런데 오늘은 신문이 한 부 더 늘어나 있었다. 보수 성향이 짙은 신문이었다. 오늘부터 나는 세 신문사의 신문을 읽어 줘야 하는 것이다. 이 가죽 소파에 엉덩이를 붙여야 할 시간이 좀 더 길어지는 셈이었다.

노 선생은 아무리 하찮은 싸움판이라도 한쪽 사람 말만 들어서는 안 된다고 생각하는 부류였다. 하물며 세상 돌아가는 모든 이야기와 이치와 쟁점과 사건들을 쏟아내는 신문을 보는 데 한 가지만 고집할 순 없는 것이었다. 한 가지 논조에 일방적으로 길들여지다 보면 뇌가 죽어 가고, 다양한 목소리에 대한 수용 능력과 비판적인 시각 능력이 감퇴하며, 그러다 무슨 무슨 주의가 생겨나 편 가름과 싸움이 생기는 거라고 노 선생은 말했다. 그런 면에서 보면 아버지란 작자는 지독히도 한 신문만을 고집해 온 사람이었다. 변화를 좀체 받아들이지 못하는 데다 심리적이든 물질적이든, 모든 면에서 한 치의 흔들림도 없는 안정만이 최고의 선(善)이자 행복이라고 생각하는 아버지. 아버지의 그런 유연성이 결여된 생각은 신문에까지 미치고 있었다. 그래서 나는 아버지가 보는 신문의 신문사가 어서 빨리 망해 버렸으면 좋겠다고 생각했다. 아버지가 신문을 바꾸도록 유도하는 방법은 그 길뿐이었다. 수십 년간 일관돼 온 선택을 어쩔 수 없이 수정해야 하는 사태가 발생하면 아버지는 과연 어떤 표정을 지을까. 생각만 해도 짜릿했다.

열쇠로 대문 따는 소리가 들렸다. 노 선생이 마당을 지나 집 안으로 들어왔다. '딸까닥 딸까닥'. 늘 노 선생 곁을 따라다니는 건 저 호두 주무르는 소리였다. 노 선생이 호두를 얼마나 사랑하는지는 반질반질해진 호두 겉만 봐도 알 수 있었다. 연방 딸까닥대는 저 소리는 내가 신문을 읽을 때 방해가 되곤 했다. 노 선생은 호두 마찰 소리에 내 목소리가 가려질라치면 '다시'라고 외쳐 댔다. 그래서 나는 저 호두가 싫었다.

"미안하네. 오래 기다렸나? 내 누굴 좀 만나느라고······."

노 선생은 목덜미에서 흐르는 땀을 손수건으로 닦아 내며 소파에 등을 기댔다. 누굴 만나고 왔는지는 모르지만 오늘 노 선생 기분은 좋아 보였다.

"자, 시작하지."

"근데 신문이 또 늘었던데요."

"그러게 말일세. 왜, 시간을 더 내 줄 순 없나?"

"아닙니다."

나는 고개를 가로저으며 신문을 소리 내어 읽기 시작했다. 호두를 쥔 노 선생의 손은 쉬지 않고 계속해서 딸까닥, 소리를 냈다. 호두 소리에 가려질세라 내 목소리는 점점 커졌다. 내가 신문을 읽으면 노 선생은 음악 감상이라도 하듯 가만히 눈을 감았다.

오늘 자 신문을 다 읽어 주고 나면 나는 스크랩을 해 놔야 한다. 거기까지가 내가 해야 할 일이었다. 스크랩은 노 선생이 빨간 색연필로 비둘기 표시를 해 둔 면만 가능했다. 굳이 가위로 정성껏 오릴 필요는 없었다. 조각 난 신문 쪼가리는 관리하기만 불편하다며 노 선생은 표시해 둔 면 전체를 그냥 '북' 찢어 놓으라고 했다. 그렇게 해서 하루에 쌓이는 신문 낱장이 좋이 삼사십 장은 됐다.

호두 소리가 자꾸 신경에 거슬린다. 오늘은 기필코 저 호두를 훔쳐 내고 말 것이다.

일주일이 지났다. 일주일 만에 처음으로 책상 위에 올려놨던 그 책을 펼쳤다. 책을 읽을 수 없을 만큼 일주일 동안 바빴던 건 아니었다. 두 번째로 청탁받은 소설도 다 마무리해 놓은 상태라 시간은 넉넉했다. 책이든 영화든 라디오 청취든, 한곳에 정신을 집중할 수 없게 만드는 건 지나간 행동에 대한 집착이나 걱정거리들, 그리고 아직 정리되지 않은 수많은 생각들 때문이었다. 쌀겨만 한 사념 하나에도 일손을 놓고 거기에 매달려야 마음이 안정되는 내 지랄 맞은 성격 탓인 것이다.

책 표지를 열자 여전히 '쩍쩍' 소리가 났다. 이 책은 서가 맨 아래에 꽂혀 있었다. 정말로 자신이 원하는 책을 찾는 게 아니라면 사람들은 고개를 쳐들어 서가 맨 위에 꽂힌 책은 살펴도 맨 아래에 꽂힌 책을 정성 들여 살피진 않는다. 일단 무릎을 굽혀 엉덩이를 바닥으로 끌어내려야 하고 귀찮게시리 쭈그려 앉기까지 해야 하기 때문이었다. 저린 발이 보상될 만큼 괜찮은 책이 아래에 숨어 있을 거라고는 생각하지 않으므로 사람은 좀체 허리를 굽히지 않는 것이다. 물론 이 책이 16년 내내 아래에만 꽂혀 있었던 건 아닐 것이다. 도서관이라는 데는 적어도 1년에 한두 번 정도 서가를 재조정하거나 자료를 정배열하기 때문에 책의 위치는 바뀌고 또 바뀐다. 익숙해질 만하면 책의 위치가 바뀌어 짜증이 날 정도로 말이다. 그럼에도 이 책은 어느 누구의 손에도 들어간 적이 없었다. 정말 별 볼 일 없는 책이거나 아니면 정말 재수 없는 책이거나, 둘 중 하나일 거라는 생각은 그래서 들었다.

　나는 의자를 끌어당겨 배를 책상에 바짝 붙였다. 정말 별 볼 일 없거나 정말 재수 없는 책의 첫 글자를 눈에 막 넣으려는데 가방에 있던 호두가 생각났다. 가방을 열어 호두를 꺼냈다. 며칠을 벼르고 벼르다 손에 넣게 된 호두였다. 노 선생은 밥 먹을 때도 화장실에 갈 때도 호두를 주물렀다. 그래서 기회를 찾기가 여간 힘든 게 아니었다. 그런데 웬일로 오늘은 신문 스크랩을 마치고 가방을 어깨에 메려는데 노 선생이 호두를 커피 테이블에 올려놓고 화장실로 들어가는 것이었다. 기회는 이때다 싶어 나는, 잽싸게 그것을 집어 들고 노 선생 집을 나와 버렸다.

　나는 책 읽기를 뒤로하고 신발장 서랍에서 장도리를 꺼냈다. 그러곤 책을 덮고 그 위에 호두를 올려놓았다. 힘껏 내려친 장도리에 호두가 박살 났다. 단단한 껍질 사이로 검게 썩어 버린 호두 알이 보였다. 수분마저 증발된 호두 알을 손으로 비비자 잘게 부서진 부스러기가 책 위로 떨어졌다. 나머지 한 개의 호두 속도 썩어 문드러지긴 마찬가지였다. 겉만 번지르르했지 알맹이는 형편없는 호두였다. 아버지가 나를 바라보는 시선도 꼭 이랬다.

　"밥 먹어라!"

　어머니가 부엌에서 나를 불렀다. 나는 가족들과 한 식탁에 앉아 식사를 하지 않았다. 물론 어머니가 저렇게 밥 먹으라고 부르는 법도 없었다. 지금처럼 어머니가 나를 일부러 식탁에 불러들이는 이유는 내게 할 말이 있다는 뜻이었다. 어머니가 아니라 아버지가. 나는 하던 일을 그대로 두고 방을 나갔다. 식탁에 앉아 수저를 들자마자 예상대로 아버지의 말이 떨어졌다.
"시험 준비는 잘하고 있지?"
"네."

나는 천연덕스럽게 또 거짓말을 했다. 아버지가 믿고 있는 것과 다르게 나는 학원 따윈 가지 않았다. 학원에 있어야 할 시간에 나는, 노 선생에게 신문을 읽어 주고 공공 도서관에서 소설을 썼다. 아버지는 내가 9급 공무원이라도 되길 바랐다. 아버지를 비롯해 누나와 한 살 아래 남동생까지, 우리 집 식구들은 모두 나랏밥을 먹고 살아간다. 그런 그들, 특히 아버지의 눈에 내가 한없이 불안정하고 불완전한 존재로 비치는 건 당연했다. 하지만 나는 기계처럼 정시에 출근해 공무를 보고 점심을 먹은 다음 다시 볼펜을 집어 들어야 하는 비창조적인 일은 하고 싶지 않았다. 김세진이라는 이름과 스물일곱이라는 나이와 짙은 눈썹과 178센티미터의 키와 구릿빛 피부를 지닌 나, 그리고 양손잡이에 예민하고 때론 신경질적인 기질에다 약간의 불면증이 있는 나라는 사람만이 할 수 있는 일을 하고 싶었다. 세상에 단 하나뿐인 나처럼 세상에 단 하나뿐인 결과물을 쏟아 내는 일, 다른 사람이 감히 침범할 수 없는 일, 무엇보다 시간과 사람과 규율과 질서로부터 자유로운 일 말이다. 그게 나에게는 소설이라는 형식과 내용으로 나타난 것이었다.

몇 달 전 유수 문예지에 당선된 내 소설을 저들은 거들떠보지도 않았다. 처음엔 내 앞에서 읽어 보는 게 민망해서 나 없을 때 몰래 훔쳐보려는 것일 거라고 생각했다. 그래서 한번은 내 소설이 실린 면에다 머리카락을 한 올 올려놓고 책을 덮어 둔 적이 있었다. 하루가 가고 일주일이 가고 몇 달이 지나도록 책 속에 있던 머리카락은 사라지지 않고 그대로였다. 때론 타인보다 가족들에게서 불친절과 무관심과 잔인함을 맛볼 때가 있었다.

"사람은 자고로 규칙적인 생활을 해야 해. 이제 그딴 생각은 완전히 접는 거다! 너도 해 봤으니까 알겠지. 그런 게 얼마나 비능률적이고 무기력한 일인지 말이다. 잘되면 어쩐다느니 하는 가정(假定)은 통하질 않아. 사행만 바라게 될 뿐이지. 사람은 일한 만큼 적당히 그 대가를 바라며 살면 되는 거야. 정직하지 못한 방법은 오래가지 못해."

정직하지 못한 방법! 아버지는 방금 지구 상의 모든 예술과 예술가들을 향해 무식한 말을 뱉어 냈다. 사기꾼이나 도박꾼한테나 써야 할 말을 고유의 창조력과 상상력, 거기다 고뇌와 영감을 자본으로 무에서 유를 생산해 내는 사람들에게 써 버렸다. 정시에 출근하고 정시에 퇴근하는 일, 매달 통장으로 일정한 급여가 들어오는 일만이 진짜 일이고 노동이라고 생각하는 아버지. 그런 일을 하는 큰아들에게 자신의 노후를 맡기고픈 아버지에게 더 이상의 항변은 필요 없을 듯했다.

밥맛이 떨어진 나는 수저를 내려놓고 내 방으로 들어갔다. 정말 별 볼 일 없거나 정말 재수 없는 책 위에는 빅실 난 호두 두 개가 널브러져 있었다. 하나는 내 머리 같았고, 다른 하나는 박살 내고 싶은 아버지의 머리 같았다. 일순간 책을 읽고 싶은 마음이 싹 달아나 버렸다. 나는 책 위에 있는 호두를 쓰레기통에 처박았다. 그러고는 방문을 걸어 잠그고 침대에 누워 긴 숨을 했다. 소리 지를 수 없는 게 좀 아쉬웠지만, 그나마 이럴 때 수음이라도 있어 다행이었다.

일요일엔 카메라 하나만 들고 거리를 쏘다녔다. 눈에 보이는 것들은 모두 이 작은 디지털카메라에 담았다. 내가 찍은 이미지들은 나중에 구체적인 이야기로 바뀌어 내 소설의 전체나 일부가 되었다. 그냥 별생각 없이 찍어 놓은 대문 사진 하나도 언젠가는 묘사에 필요한 자료가 되었다.

나는 하나의 이미지를 통해 단편 분량의 이야기를 만들어 내는 훈련을 했다. 쓰레기를 버리러 나온 한 아주머니의 모습이 찍힌 사진에서는 '쓰레기를 버리기 위한 스케줄'이라는 제목이 붙은 소설이 쓰였다. 그런데 그 소설의 결말은 엉뚱한 방향으로 흘러가 버렸다. 종국엔 '살인을 위한 스케줄'이라고 제목을 바꿔야 할 정도로 말이다. 내 손안에 쥐여진 이야기라고는 하지만 내 의도와는 다르게 진행되거나 결말지어질 때가 있다. 내 인생이지만 내가 어찌할 수 없는 부분이 있듯이, 의도하지 않은 방향으로 내 모든 일들이 휘어지고 말듯이, 실제든 허구든 그 안에는 모두 불가항력적인 요소가 있기 마련인 것 같았다. 어찌 됐든 이렇게 이미지를 이야기로 만들다 보면 내 상상력의 한계를 알아 가게 된다. 반면 내 허구의 연쇄 작용이 어디로까지 이어질 수 있는지 그 가능성에 대해서도 점쳐 보게 된다.

오늘도 나는 티머니에 2만 원을 충전했다. 일요일, 집에서 나와 내가 제일 먼저 하는 일은 티머니에 돈을 충전하는 것이었다. 그러

곧 버스 정류장에 서서 내 앞에 처음으로 멈춰 선 버스에 무조건 올라탄다. 그 버스를 타고 계속 가다 보면 갑자기 내리고 싶어지는 순간이 생긴다. 그러면 바로 버스에서 내려 또다시 내 앞에 멈춰 선 버스에 올라탄다. 그렇게 가고 또 가다 보면 낯선 거리와 시설물을 만나게 된다. 낯선 사람들과 이색적인 이미지를 카메라에 담은 다음엔 또 버스에 올라타고 나도 모르는 곳으로 그렇게 흘러간다. 기묘하게도 돌아오는 길엔 꼭 우리 동네를 경유하는 버스나 한 번만 갈아타면 집에 도착할 수 있는 버스를 만나게 된다. 길은 어디에서든 통한다더니 그런 모양이었다.

일요일은 티머니 속 버스비 2만 원을 모두 소비하는 대신 많은 이미지들을 버스에 싣고 돌아왔다. 돌아오는 길은 늘 즐거웠지만 오늘은 예외였다. 청소년 성매자 명단에 아버지 이름이 보이지 않았다. 원조 교제자 신상이 인터넷에 공개됐을 때도 아버지 이름은 없었다. 화가 치밀어 올랐다. 카메라를 들고 유쾌하게 거리를 쏘다니다 잠깐 피시방에 들른 거였는데 기분은 삽시간에 엉망이 되고 말았다. 동명이인이라도 좋으니 '김재철'이라는 이름이 있었으면 싶었다. 그게 진짜 아버지가 아니어도 좋았다. 나 혼자 아버지라고 생각해 버리면 그만이었다. 그러나 동명이인도 없었다. 세상의 모든 '김재철'은 모두 아버지 같은 사람들일지도 모른다는 생각이 들었다. 혹 '김재철'이란 이름 속에는 철저한 자기 관리 인자가 들어 있는 건 아닐까. 그래서 모든 '김재철'은 어쩔 수 없이 빈틈없이 살아오게 된 건 아닐까. 이제 아버지를 조롱할 수 있는 기회도 박탈돼 버렸다.

"보세요! 당신의 그 물질적인 안정과 견고한 사회적 지위도 결국은 일탈과 쾌락을 좇게 만들고 말았잖아요!"

나는 이렇게 소리치며 아버지를 벼랑 끝으로 몰아넣고 싶었다. 예술과 예술가를 퇴폐와 문란이란 틀 속에 구겨 넣는 것으로도 모자라, 형편없고 무기력한 직업쯤으로 인식하는 것에 대한 반박 자료로 써먹으려 했는데, 결과는 보기 좋게 실패였다.

집으로 움직이려던 발걸음은 다른 곳으로 향했다. 승리자의 얼굴을 한 채 거실 소파에 근엄하게 앉아 온갖 사건 사고와 비리와 부패 덩어리인 저녁 뉴스를 비웃듯 쳐다보고 있을 아버지가 떠올라 집에 가기가 싫어졌다. 그나저나 아무도 읽어 주지 않은 책을 오늘부터는 읽어 줘야 하는데 큰일이었다.

잠기지 않은 대문을 살짝 밀치고 노 선생 집으로 들어갔다. 초인종을 누르지 않고 도둑고양이처럼 노 선생 집에 발을 들인 건 오늘이 처음이었다. 말수 없던 노 선생 부인의 목소리가 마당까지 흘러나왔다.

"이젠 나도 당신 말은 못 믿겠어!"

"한동안 잠잠하더니 그 얘긴 왜 또 꺼내는 거야?"

"하긴 일곱이나 되는 조막만 한 애들 입에서 똑같은 말이 나왔는데 더 무슨 변명이 필요했겠어."

"난 결백해. 그건 당신이 더 잘 알잖아."

"알긴 뭘 알아! 어린애들 조몰락댈 땐 이렇게까지 되리라곤 상상도 못했지?"

"난 억울해."

"억울하면 왜 복직해 보려고 노력을 안 하는 거야?"

"애들 말만 믿고 내 결백 따윈 안중에도 없는 그런 구정물에 이젠 발 담그기 싫다잖아."

"뭐가 어째? 그럼 난, 난 뭐야!"

내 앞에선 노 선생을 학교에서 쫓아낸 작자들을 향해 막말을 쏟아 내던 부인이었다. 아무런 힘이 돼 줄 수 없는 나 같은 사람에게 자기 남편의 결백을 주장하고 실직의 부당성을 토로하던 그녀가 지금은 칼날을 다른 방향으로 빼들고 있었다. 나는 조용히 뒷걸음질쳐 다시 대문 밖으로 나갔다. 그런 다음 대문을 소리나지 않게 닫아걸고 초인종을 눌렀다. 자넨가? 하는 노 선생의 근엄한 목소리에 이어 대문이 열렸다.

내가 집으로 들어오자 부인은 아무 일 없었다는 듯 자기 방으로 들어가 버렸다. 나는 가죽 소파에 앉아 눈치를 살핀 후 노 선생이 한번 들춰 봤을 신문을 무릎 위에 올려놓았다. 이러다 이 일마저 못하게 되는 건 아닌지 괜히 걱정되었다. 노 선생보다 모든 면에서 우위를 점하고 있는 부인이 "그딴 신문은 읽어서 뭐해! 돈 낭비할 데가 그리도 없어!"라고 한마디만 하면 내 모가지도 날아갈 것이다. 백내장 수술 후에도 점점 흐릿해져 가는 노 선생의 눈 때문에 내가 고용된 것이지만 그마저도 부인의 허락이 떨어진 뒤였다. 그녀는 남편이 세상 돌아가는 것도 모른 채 살아간다면 더 비참해질 거라고 생각해 내 고용을 허락했다. 비록 직업을 잃었다 해도 남편은 전직 교사였고, 한 초등학교 우두머리의 남편이었다. 그렇다고 부인의 주머니에서 내 급여가 나오는 건 아니었다. 노 선생은 자신의 퇴직금을 용돈 조로 야금야금 빼먹고 있었는데, 실은 내 급여도 그 퇴직금에서 떨어져 나오고 있었다. 노 선생이 죽을 때까지 자신의 퇴직금을 용돈으로 쓸 수 있게 된 건 부인의 이해와 경제력 덕분이었다. 실직 당시 출가를 앞둔 딸자식이 셋이나 돼 퇴직금이 유용하게 쓰일 시기였음에도 부인은 그 돈 전부를 노 선생에게 줘 버렸다. 노 선생에 의해 고용됐다지만 내가 노 선생 부인의 눈치를 살피지 않을 수 없는 건 그 때문이었다. 더군다나 최근 백내장 수술비도 부인한테서 나온 듯했다.

'딸까닥, 딸까닥' 노 선생 손에는 새 호두가 쥐어져 있었다. 내가 호두를 집어 들고 나온 다음 날, 노 선생은 시장에 가서 모양새가 예쁜 호두를 다시 사 들고 왔다. 도둑고양이들이 어슬렁거리더니 열려 있던 베란다 창으로 들어와 호두를 물고 간 모양이라고 노 선생은 생각했다. 오랫동안 손에 길들여진 게 없어지자 좀 분했는지 노 선생은 앙큼한 녀석들! 하는 말을 연거푸 뱉어 냈다. 아직 꺼칠한 기가 남아 있어서인지 새 호두는 손에서 잘 놀지를 못했다.

"요즘은 무슨 책을 읽나?"

노 선생이 못마땅한 듯 호두를 내려다보며 물었다.

"별로 재미없을 것 같은 책을 읽으려는 중이에요."

"자네가 소설을 쓴다고 했지 아마?"

"네."

"작가가 되려면 다양한 책을 두루 섭렵해야지. 암."

신문을 읽지 않고 하루를 보내 버리면 왠지 께름칙해 견딜 수 없다던 노 선생. 신문을 귀로 읽을 만큼 무언가를 읽는 데 열정적인 노 선생도 내 소설은 읽어 주지 않았다. 노 선생과 안면을 튼 지 얼마 지나지 않아 나는 내 등단작이 실린 책을 노 선생에게 건넸다. 그 책은 집에서와 마찬가지로 먼지만 쌓인 채 커피 테이블 아래에 놓여 있었다. 어느 날 그 책을 집어 들고 와 버렸는데도 노 선생은 책이 사라진 사실조차 알아채지 못했다. 먼지만이 책이 놓여 있던 자리를 기억할 뿐이었다. 언젠가 노 선생과의 대화 중에 내가 "제 소설 속 주인공 이름하고 똑같네요."라고 말하자 노 선생은 "뭐가 말인가? 이름? 음, 그런가? 그렇군." 하고 대답했다. 난 그때서야 노 선생이 내 소설 따윈 거들떠보지 않았다는 걸 알았다. 노 선생 부인도 마찬가지였다. 저 방 돌침대에 누워 곧잘 책을 읽던 부인도 내 소설엔 먼지만 앉게 했다.

나는 신문을 읽어 주기 전에 내 첫 청탁 소설이 실린 문예지를 가방에서 꺼내 놓으려다 관둔다. 존재 자체를 몰라서 읽지 않는 것이 존재를 확인하고도 읽지 않는 것보다 더 낫겠다는 생각에서였다. 나는 조금 가라앉은 목소리로 신문을 읽기 시작했다.

책을 반납해야 할 날짜는 이제 일주일밖에 남지 않았다. 그러나 책은 한 줄도 읽지 못했다. 거실에서는 식구들의 웃음소리가 들려왔다. 저녁 뉴스 이후에 방영되는 프로그램은 잘 보지 않던 아버지도 이 시간까지 앉아 있다. "하루 여덟 시간의 노동 뒤에 오는 휴식과 여유란 바로 이런 거다, 알겠냐?"라고 말하려는 것 같아 나는 거실엔 얼씬도 하지 않았다.

아무도 읽어 주지 않은 책 옆에는 내 첫 청탁 소설이 실린 문예지 두 권이 놓여 있었다. 모던한 표지가 맘에 들었다. 무엇보다 잘 나가는 기성작가들 틈에 내 이름이 있다는 게 신기하고 뿌듯했다. 나는 내 첫 청탁 소설이 실린 문예지를 30분째 만지작거리고 있는 중이었다. 가지고 나갈지 말지 망설인 끝에 그것을 들고 책상 의자에서 일어났다. 그러곤 거실로 나갔다. 나는 어머니 옆에 바짝 붙어 앉았다. 텔레비전을 잠깐 응시한 뒤 책을 커피 테이블 위에 슬그머니 올려놓았다. 텔레비전에 쏠려 있는 가족들의 시선이 좀처럼 옮겨 오지 않아 어렵게 말을 꺼냈다.

"저번에 청탁받아 쓴 제 첫 소설이에요."

아버지가 책을 내려다봤다.

"너 아직도 정신 못 차렸냐! 평생 비렁뱅이로 살 작정이야? 쓰레기통에 처박아 버리기 전에 치워!"

아버지의 이 말 한마디에 식구들의 웃음소리가 한꺼번에 사라졌다. 어머니는 내게 눈을 깜빡이며 어서 갖고 들어가라고 눈치를 줬다. 하지만 이대로 물러서고 싶진 않다.

"한번 읽어 보세요. 재밌을 거예요. 그리고 다음에 책이 또 나올 거······."

"너 이 새끼!"

아버지의 관자놀이를 지나는 핏줄이 톡 볼가져 나왔다. 지렁이 한 마리가 꿈틀거리고 있는 것만 같았다. 누나와 남동생은 화기애애하던 집안 분위기가 너 때문에 또 엉망이 돼 버렸다며 눈을 흘겼다. 참다못한 아버지가 소파에서 일어섰다.

"말이 말 같지 않아!"

아버지가 두꺼운 문예지를 집어 들어 있는 힘껏 내동댕이쳤다. 책은 현관 입구에 세워진 전신 거울을 깨뜨리고 바닥으로 떨어졌다. 산산조각 난 거울 속에 책이 파묻히고 말았다. 나는 주먹을 불끈 쥐었다. 패륜아가 되는 한이 있더라도 지금 이 주먹을 아버지에게 쓰고 싶었다. 그러나 어깨와 팔에 실린 힘은 이내 빠져 버렸다. 나는 거울 조각을 헤치고 책을 집어 들었다. 깨진 거울 조각 속에 깨진 내 얼굴이 보였다. 나는 거울 조각 하나를 집어 들고 아버지를 응시했다. 이 날카로운 거울 조각으로 아버지의 두피와 두개골을 가를 수 있을까. 스테레오 타입의 아버지 뇌를 저 두개골 속에서 끄집어 낼 수 있을까. 나는 당장 아버지를 수술대에 눕혔다. 두피와 두개골을 절개해 아버지의 주름진 뇌를 끄집어 냈다. 그리고 그것을 또 반으로 갈라 그 가른 틈으로 세상을 구성하는 구성물이 다양하다는 사실을, 더러운 바퀴벌레도 어딘가 쓸모 있다는 사실을 쑤셔 넣었다. 포화 상태가 될 때까지 아버지에게 필요한 생각들을 삽입하고 또 삽입했다. 그런 다음 정성껏 아버지의 뇌를 꿰맸다. 아버지를 나 나름대로 수술했다는 생각에 기분은 한결 나아졌다. 세상엔 아버지가 읽는 신문만 있는 건 아니었다. 아버지는 그걸 알아야 했다. 나는 거울 조각을 바다에 내려놓고 내 방으로 들어갔다.

대형 서점에 와 있다. 서점은 누군가를 만나기 전 시간 때우기에 좋은 장소다. 하지만 이 책 저 책 뒤적거리다 보면 오히려 약속 시간을 어기게 되는 경우가 종종 발생했다. 첫 문장에 매료되어 계속

읽게 되는 글들 때문인데, 그런 글을 한번 만나고 나면 나란 존재가 얼마나 왜소한지, 내 글이 얼마나 형편없는지 깨닫게 된다. 그래도 이곳에 오면 장르는 다르지만 나처럼 백지 위에 글자를 나열해 가는 사람들이 적지 않다는 사실에 위안을 받곤 한다.

도서관과 마찬가지로 서점에서도 책의 양극화는 뚜렷했다. 한 번도 대출된 적 없는 내 책상 위의 책처럼 한 권도 팔리지 않는 책은 이 대형 서점에도 있을 것이다. 팔리지 않는 책은 대출 기록도 형편없기 마련이어서 부익부 빈익빈 현상은 시간을 거듭할수록 더해만 갔다. 신자유주의의 병폐는 부(富)에만 있는 게 아니었다. 슬픔과 기쁨 따위의 감정에도, 건강에도, 온갖 동식물과 사물들에도, 심지어 글자에도 있었다.

나는 서점을 한 바퀴 돌고 나서는 검색대로 갔다. 내 책상 위에 있는, 아무도 읽어 주지 않았던 그 책을 검색해 보았다. 역시나 그런 제목의 책은 보이지 않았다. 이렇게 수많은 책 중에 그 책은 없는 책이었다. 이번엔 저자란에 내 이름을 쳐서 넣어 보았다. 생각보다 많은 책이 나왔다. 그러나 그것들은 내가 쓰고자 하는 책은 아니었다.

나는 다시 책이 진열된 곳으로 걸어갔다. 양장본으로 된 책 앞에 섰다. 맨 위에 있는 책을 집어 들었다. 책 표지를 활짝 열어젖히자 '쩍쩍' 소리가 났다. 나는 그다음에 올려진 책도 열어 보고 그다음 다음에 올려진 책도 계속해서 열어 봤다. 굳어 있던 책의 뼈들이 소리를 냈다. 한껏 움츠린 어깨를 펴 주고 있는 것 같아 기분이 좋아졌다. 이때 누군가가 내 어깨를 톡톡 건드렸다. 나는 뒤를 돌아봤다. 점원이 불쾌한 표정으로 나를 올려다보고 있었다.

"손님, 책을 그렇게 다 펴 보시면 안 되는데요. 혹시 찾으시는 책이라도……."

때마침 만나기로 한 형이 서점 입구에서 손을 흔들었다. 나는 책을 차곡차곡 올려놓고 서둘러 서점을 빠져나왔다.

폐쇄적인 공간이 필요했던 나는 서점에서 가장 가까운 노래방으로 형을 데리고 들어갔다. 형은 자리에 앉자마자 자신의 권총을 테이블 위에 올려놓았다.

"정말로 오늘 저녁에 돌려주는 거지? 안 그러면 나 모가지다."

고등학교 한참 선배인 형은 유능한 경찰관이었다. 다음에 쓸 소설에 권총을 좀 묘사해야 하는데 형의 도움이 필요하다며 만나 줄 것을 부탁했다. 공익 근무를 했던 터라 총기에 관한 지식이 부족하다는 말을 시작으로 나는 형을 설득해 나갔다.

"M16 같은 장총은 훈련받을 때 잠깐 만져 봤는데 단총은 아직 구경도 못 해 봤거든."

처음에 형은 사진만 찍어서 보내 주면 안 되겠느냐고 했다. 하지만 나는 인터넷만 뒤져도 그깟 권총 사진은 얼마든지 구할 수 있다며 다소 귀찮게 굴었다. 손으로 직접 만져 봐야 하는 것은 물론 무게는 어느 정도 느껴지는지, 장전은 어떻게 하는지 그리고 그 밖의 사용법도 알아야 한다고 했다.

"이게 38구경 리볼버라는 거구나. 생각보다 무거운데? 장전은 돼 있지?"

"아니."

읽어 주지 않는 책   99

형은 당연하다는 듯 고개를 좌우로 흔들었다.
"총알 묘사 부분도 들어가야 하는데……"
나는 애써 좀 난처한 표정을 지어 보였다.
"정말 중요한 대목이거든. 총알 묘사가."
형이 마지못해 주머니에서 총알 세 개를 꺼내 올려놓았다.
"공포 한 개에 실탄 두 개야."
이어 형은 권총 사용법을 비롯해 몇 가지 주의 사항을 나열해 나갔다. 형은 그렇게 얘기를 해 주고도 마음이 내키지 않은지 지금 실컷 보고 카메라로 찍어 가면 안 되겠느냐고 했다.
"형, 날 못 믿는 거야? 설마 내가 이걸로 이상한 짓이라도 할까 봐 그래?"
"그런 건 아니지만. 대신 다른 사람한테 보이면 안 된다? 괜한 오해 사니까."
형은 오늘 저녁에 꼭 돌려줄 것을 또 한번 다짐받으며 자리에서 일어섰다. 나는 노래방을 나가려는 형을 다시 불러 세웠다.
"형, 잠깐만!"
형이 뒤돌아봤다.
"있잖아, 내가 그때 형한테 준 책. 왜 내 소설 실려 있던……"
"아, 그랬지."
"혹시 읽어 봤어?"
"미안하다. 내가 좀 바쁘냐? 너 약속 꼭 지켜라. 그럼 저녁때 보자."
"응."

형이 노래방을 나갔다. 이왕 온 거 노래나 한 곡 부르고 가라고 붙잡았지만, 형은 막 터진 사건 하나를 듣고 오던 참이라 노닥거릴 시간이 없다고 했다. 노래방에 혼자 남겨진 나는 시간이 될 때까지 노래를 불렀다. 완벽하게 부를 수 있는 곡이 한 곡밖에 없어서 같은 노래를 부르고 또 불러야 했다.

장난감이 아닌 진짜 권총이어서 그런지 가방이 묵직하게 느껴졌다. 두 발의 진짜 총알과 진짜 쇠붙이로 만들어진 진짜 권총을 소지했다는 것만으로도 내 몸은 떨리고 있었다. 반면 내게 거대한 힘과 권력이 생긴 것 같아 우쭐한 기분마저 들었다. 그런 기분에 휩싸인 내 발은 나도 모르게 노 선생 집으로 향하고 있었다. 일요일이라 노 선생에게 읽어 줄 신문은 없었다. 읽을 신문이 없는 일요일엔 노 선생이 무얼 하며 지내는지 그냥 궁금해졌다. 부인과 대판 싸우거나 열심히 호두를 주무르며 라디오를 듣는 건 아닐까. 방학이라 하루하루가 일요일 같기만 한 노 선생 부인은 진짜 일요일에 무얼 하며 보낼까.

버스에서 내린 나는 골목길로 들어섰다. 막 모퉁이를 도는데 노 선생과 뒷모습이 비슷한 남자가 앞 모퉁이로 사라졌다. 잠깐이지만 호두 주무르는 소리도 들린 것 같았다. 나는 발소리를 죽이고 벽에 바짝 붙어 서서 그 남자를 뒤쫓아 갔다. 노 선생을 닮은 남자는 막다른 골목에서 걸음을 멈췄다. 골목 끝에 있는 집은 헐리고 새로 지어지는 중이었다. 구조를 비롯해 창문과 방문 위치까지 잡힌, 그러나 아직은 벽돌이 드러나 있는 집이었다. 일요일이어서 공사는 중단된 상태였다. 노 선생을 닮은 남자는 주위를 살핀 다음, 지어지고 있는 그 집으로 들어갔다. 계단이 만들어지기 전이라 현관으로 추측되는 입구는 높게 자리하고 있었다. 남자는 양팔에 힘을 실어 몸을 공중으로 띄운 후 한쪽 발을 집 안쪽으로 들어 올렸다. 이때 남자의 손에서 무언가가 떨어졌다. 호두였다. 남자는, 아니 노 선생은 바닥으로 떨어진 호두를 주우려다 관두고 안으로 들어갔다. 나도 뒤따라 그 집으로 들어갔다.

노 선생 앞에는 중학생쯤 돼 보이는 여자아이가 서 있었다. 노 선생은 여자아이의 윗옷 안으로 한 손을 집어넣으며 동시에 여자아이의 입술을 짐승처럼 핥았다. 다른 손은 치마 밑으로 들어갔다. 여자아이의 하얀 허벅지가 드러났다. 그 허벅지로 여자아이의 팬티가 내려왔다. 노 선생의 굵고 주름진 손과 구린 혀가 바쁘게 움직일수록 여자아이의 표정도 시시각각 변했다. 호두를 주무르던 솜씨와 거기에서 비롯됐을 악력에 여자아이가 고통인지 신음인지 모를 소리를 질러 댔다. 저럴 시간에 책이라도 한 권 읽을 것이지! 나는 주먹을 움켜쥐며 조용히 노 선생 가까이 다가갔다. 내 손은 나도 모르게 가방에서 권총을 꺼내 들고 있었다. 그리고 그것을 노 선생 등에 바짝 갖다 대기까지 했다. 여자아이가 나를 먼저 발견했다. 놀란 여자아이가 옷매무새를 급하게 정리했다.

"이제 그만하시고 집으로 가시죠."

여자아이가 뒷걸음질 치며 달아났다.

"뭐, 뭔가 자넨? 오늘은 일요일이야."

아무렇지도 않아 하는 노 선생의 뻔뻔스러운 말투에 기가 막혔다. 한창 재미 보는 중인데 방해해서 기분 나쁘다는 말투였다.
"등 뒤에 있는 이게 뭐 같아 보이죠? 이거 장난감 총 아니거든요? 어서 집으로 가자니까요!"
나는 권총으로 노 선생 등을 깊숙이 찔렀다. 노 선생이 천천히 몸을 움직였다. 한껏 달아오른 노 선생 몸에서는 시큼한 땀 냄새가 났다. 나는 노 선생 집에 도착할 때까지 총을 손수건으로 감싼 채 노 선생을 위협했다.
"여, 여보!"
노 선생이 겁에 질린 목소리로 부인을 불렀다. 낮잠을 자고 있었던 듯, 그녀는 늘어지게 하품을 하며 자기 방에서 나왔다. 그녀가 나를, 아니 내 손에 들린 권총을 보더니 두 손을 번쩍 들어 올렸다. 나는 그들을 거실 한쪽 구석으로 몰아넣었다. 그들은 내가 시키지도 않았는데 무릎을 꿇고 앉아 입술을 바르르 떨었다. 영화나 드라마 같은 데서 수없이 봐 온 장면이니 어쩌면 응당 그렇게 해야 한다고 생각했는지도 몰랐다.
나는 노 선생 쪽으로 권총을 겨눴다. 노 선생이 손을 번쩍 들어 올리며 잘못했다고 말했다.
"합의하에 한 거네. 정말이네. 믿어 주게."
"당신들을 용서할 수 없어!"
"이번만 하고 끝내려고 했네. 한 번만 봐 주게. 다시는 그런 짓 안 하겠네. 제발."
노 선생은 손을 싹싹 빌기까지 했다.
"뭔가 착각하시는 모양인데요, 전 당신 부인이 아니에요. 당신이 누구 입에 혀를 밀어 넣든 젖통을 주무르든 저하고는 상관없다고요."

금세 내 말뜻을 알아먹은 부인이 입술을 깨물며 노 선생을 노려봤다. 부인의 눈빛에 분노와 배신감이 배어 나왔다. 여차하면 내 손에 있는 권총을 빼 들어 노 선생을 향해 겨눌 태세였다.

나는 가방에서 내 등단작이 실린 문예지와 첫 청탁 소설이 실린 문예지를 꺼냈다. 그리고 그것을 노 선생과 부인 앞에 던졌다. 책이 바닥으로 떨어지는 소리에 놀란 그들이 외마디 비명을 질렀다.

"그건 124쪽 저건 237쪽이에요. 넉넉잡아 한 시간 반이면 될 겁니다. 펼쳐 읽으세요. 어서요!"

나는 그들을 향해 권총을 겨누고는 내가 늘 앉았던 가죽 소파에 엉덩이를 붙이고 앉았다. 그들은 권총으로 살해 위협을 받을 만한 이유가 고작 이거였냐는 표정을 지었다. 나는 더욱 화가 치밀어 올랐다. 순간 내 손은 나도 모르게 권총 해머를 뒤로 잡아당기고 있었다. '찰칵' 소리에 겁먹은 노 선생과 부인이 책을 하나씩 집어 들었다.

"어서 읽어요!"

그들은 떨리는 손으로 책장을 넘기기 시작했다. 그들의 이마에서 식은땀이 흘러내렸다. 한 장씩 넘어가는 책장 위에 땀방울이 간헐적으로 떨어졌다.

일요일인 오늘, 식구들은 모두 각자 나름의 이유로 외출을 했다. 아버지와 어머니는 모처럼 외식을 하러 나갔고, 누나는 남자 친구와 영화를 보러 간다고 했다. 남동생은 대학 친구들과 점심 약속이 있다며 한껏 멋을 부리고 나갔다. 지금 이 시간이면 식구들 모두 약속된 외출을 마치고 집에 돌아와 있을 것이다.

문을 열어 준 사람은 어머니였다. 근사한 레스토랑에서 근사한 메뉴로 위장을 채우고 돌아온 어머니는 기분이 좋아 보였다. 어머니는 콧노래를 흥얼거리며 내게 저녁은 먹었느냐고 물었다. 내가 고개를 가로젓자 어머니는 "다들 먹고 들어온다고 해서 저녁밥도 안 했는데……." 하고 말끝을 흐렸다. 나는 괜찮다고, 그러잖아도 밥맛이 없던 터라 라면을 끓여 먹을 생각이었다고 했다.

나는 일단 내 방으로 들어갔다. 방에다 가방을 내려놓고 부엌으로 갔다. 가스레인지에 물을 올리고 라면 봉지를 뜯었다. 누나와 남동생은 개그 프로그램을 보며 배꼽이 빠져라 깔깔대고 있었다. 아버지는 잠자리에 들었는지 보이지 않았다.

나는 다시 내 방으로 들어갔다. 가방에서 권총을 꺼냈다. 그것을 허리춤에 넣어 감추고 다시 부엌으로 들어갔다. 다 끓여진 라면을 식탁 위에 올려놓았다. 아주 천천히 라면을 건져 먹고 국물을 단숨에 들이켠 다음 물을 한 컵 따라 마셨다. 설거지를 끝내고 손에 묻은 물기를 바지에 문질러 닦았다. 그러고는 허리춤에 감춰 둔 권총을 빼 들어 텔레비전 앞에 앉아 있는 누나와 남동생을 향해 겨눴다. 누나가 먼저 나를 힐끔 쳐다보더니 비웃었다. 장난감 총으로 무슨 장난질이냐는 웃음이었다. 그러고는 시선을 다시 텔레비전으로 돌렸다.

"이거 가짜 아니거든?"

"그래서? 쏘기라도 하겠다는 거야? 플라스틱 총알에 죽기라도 할까 봐?"

화를 참지 못한 나는 누나와 남동생 가까이 바짝 다가갔다. 그제서야 내 행동이 장난이 아니라는 걸 감지한 그들은 소파에서 일어나 거실 구석으로 뒷걸음질 쳤다.

"엄, 엄마! 아빠! 빨리 좀 나와 봐!"

누나가 다급한 목소리로 어머니와 아버지를 불렀다. 어머니가 먼저 안방에서 나왔다. 그럴싸해 보이는 권총과 장난스럽지만은 않은 내 표정에 어머니의 눈이 휘둥그레졌다. 놀란 어머니가 아버지를 깨웠다. 단잠을 깨워 화가 난 아버지는 이맛살을 찌푸리며 안방에서 나왔다. 나는 누나와 남동생, 그리고 아버지와 어머니를 향해 바쁘게 권총을 겨눴다.

"무슨 짓이냐! 그건 어디서 났냐!"

아버지의 목소리는 여전히 위압적이었다.

"너 이 새끼, 쇠고랑 차고 싶어 안달이 났구나!"

나는 아버지와 어머니를 누나와 남동생이 있는 쪽으로 몰았다.

"다들 무릎 꿇고 앉으세요. 어서요!"

아버지를 제외하고 모두 무릎을 꿇고 앉았다. 나는 아버지 쪽으로 권총을 겨누며 소리쳤다.

"어서 앉으세요. 어서요!"

어머니가 아버지의 팔을 잡아끌었다. 아버지가 못 이기는 척 무릎을 꿇었다. 아버지를 내 앞에 무릎 꿇게 하다니, 도저히 상상할 수 없는 일이 벌어지고 있었다. 권총의 힘은 실로 대단했다.

나는 노 선생과 노 선생 부인에게 했던 것처럼 식구들 앞에도 역시 책을 던졌다. 이번엔 두 권씩 네 권이었다.

"그건 124쪽 저건 237쪽이에요. 넉넉잡아 한 시간 반이면 될 거예요. 펼쳐들 읽으세요. 어서요!"

아버지가 어이없다는 듯 조소를 뱉어 냈다.

"이게 무슨 짓이냐! 지금 장난하자는 거냐!"

아버지가 얼굴을 붉히며 자리에서 벌떡 일어섰다. 나는 권총을 두 손으로 꽉 움켜쥐고 한 발짝 뒤로 물러섰다.

"제가 못 쏠 것 같아요?"

나는 총구를 천장 쪽으로 향하게 한 후 해머를 뒤로 젖혀 방아쇠를 잡아당겼다. 공포탄이 터졌다. 총소리에 놀란 식구들이 귀를 틀어막으며 일제히 거실 바닥으로 엎드렸다. 어머니와 누나의 울음 섞인 비명 소리가 이어졌다. 그러나 아버지는 여전히 날 노려보며 꿋꿋하게 서 있었다. 당장 또다시 방아쇠를 당길 것 같은 자세를 취하자 어머니가 아버지를 억지로 자리에 끌어 앉혔다.

"방금 건 공포였지만 다음 건 진짜예요. 그러니까 어서 책들 펴세요. 어서요!"

나는 청바지 주머니에서 실탄 하나를 꺼냈다. 그리고 실린더를 옆으로 빼 총알을 약실에 넣었다. 재장전을 마친 후 보란 듯이 해머를 뒤로 젖혔다. 그제서야 식구들이 책을 펼치기 시작했다. 아버지도 뒤늦게 책을 펼쳤다.

책장을 넘기는 누나의 손이, 그리고 어머니의 손이 떨리고 있었다. 지루한 시간이 흘러갔다. 책장이 넘겨지고 다 읽은 책이 누나의 손에서 남동생의 손으로, 어머니의 손에서 아버지의 손으로 교환되고 옮겨졌다. 그렇게 한 시간 반가량이 지나고 각자의 책들이 덮였다. 나는 그대로 권총을 겨눈 채 서서히 뒷걸음질 쳤다. 내 방문 앞에 선 나는 손을 뒤로 뻗쳐 문고리를 잡아 돌렸다. 그러고는 내 방으로 들어가 문을 걸어 잠갔다. 뒤따라온 어머니가 문고리를 돌렸다. 어머니는 계속해서 방문을 두드리며 내 이름을 불렀다.

나는 권총을 관자놀이에 갖다 댔다. 총구의 차가운 기운이 관자놀이에 전달됐다. 손이 떨리기 시작했다. 어머니는 아직도 문을 두드리고 있었다. 제발 문 좀 열어 달라고 하소연했다. 그러자 더 조급해졌다. 집게손가락에 힘만 주면 분명 좀 전과는 다른 소리가 통쾌하게 울려 퍼질 것이다. 그리고 내 머리는 그때 내가 박살 낸 노선생의 호두처럼 되고 말 것이다. 물론 엄청 아플 것이다. 나는 긴장을 늦추기 위해 입술을 꽉 깨물었다. 집게손가락에 힘을 실어 방아쇠를 막 당기려는데 책상이 눈으로 미끄러져 들어왔다. 책상 위에는 읽지 못한 책이 아직 그대로 있었다. 반납해야 할 날짜는 모레였다. 4주간의 그 긴 시간 동안 무얼 하며 보냈는지 도무지 생각나지 않았다.

저 책은 16년 동안 아무도 거들떠보지 않았던 책이었다. 저 책을 찾아낸 사람은 바로 나였고, 나는 16년 만에 찾아온 저 책의 유일한 독자였다. 대출 기한표에 적어 놓은 내 이름의 이니셜을 거짓말로 만들어서는 안 된다는 생각이 들었다.

나는 관자놀이에서 서서히 권총을 뗐다. 해머를 원래 자리로 되돌려 놓고 책상 앞으로 다가갔다. 지금이라도 늦지 않았다고 생각하자 이 책의 내용이 궁금해지기 시작했다. 정말 별 볼 일 없는 책인지 아니면 재수 없는 책인지 알고 싶어졌다. 어쩌면 재미없을 거라는 선입견은 와르르 무너질지도 몰랐다.

나는 책상 의자를 빼고 앉아 아무도 읽어 주지 않았던 책의 표지를 열었다. 그러고는 첫 문장을 읽어 나갔다. 내일모레 반납해야 할 책이니만큼 서둘러야 했다. 그런데 어머니는 아직까지도 시끄럽게 문을 두드리고 있었다.

복도에서

엘리베이터가 4층에서 멈춘다. 문이 열리자 엘리베이터 안에 머물러 있던 불빛이 어두운 바깥으로 쏟아져 나온다. 불빛이 닿지 못한 데는 어두워 아무것도 보이지 않는다. 지금은 이른 새벽, 별들도 곧 잠에서 깨어 달아날 시간이다.

알랭 씨가 엘리베이터에서 내린다. 문이 닫힘과 동시에 엘리베이터 안에서 쏟아지던 불빛도 사라진다. 오른쪽 코너로 꺾어 들자 긴 복도가 나타난다. 복도는 입을 다문 아나콘다의 몸속처럼 어둡다. 알랭 씨가 복도 시작 지점에 위치한 스위치를 찾아 켠다. 그러자 천장의 원통형 홈에 들어가 있는 형광등이 동시에 켜진다. 잘 훈련된 훈련병 같다. 형광등과 형광등 사이의 간격은 일정해 보인다. 알랭 씨가 천장을 올려다보며 혼잣말을 한다.

"쟤 보고 싶게 만든단 말이야."

알랭 씨 얼굴에 금세 호기심이 동한다. 언젠가는 간격이 얼마만큼 일정한지 재 보고 말 것이다.

알랭 씨가 복도 오른쪽 끝에서 세 번째에 위치한 자신의 집으로 뚜벅뚜벅 걸어 들어간다. 구두 소리가 복도를 파고든다. 열쇠 고르는 소리가 쩌렁쩌렁 울린다. 복도는 모든 소리를 과대 포장한다. 새벽녘은 더더욱 그렇다.

열쇠 구멍 비트는 소리에 자고 있던 고양이 삼식이가 깬다. 알랭 씨의 널찍한 침대를 차지하고 누워 있던 녀석이 앞발을 쭉 늘어뜨리며 기지개를 켠다. 신발을 벗는 알랭 씨를 고양이가 한번 쳐다본다. 그러나 관심 밖이라는 듯, 고개를 외로 틀고 다시 눈을 감아 버린다. 고양이의 자태는 우아하다. 우아한 정도를 지나 도도하기까지 하다. 은회색 털과 에메랄드 빛 눈을 지닌 친칠라 고양이. 저 고양이의 주특기는 의미심장한 눈으로 알랭 씨를 꼬나보는 것이다.

"저게 또 날 깔보고 있어."

고양이의 태생적인 눈빛을 두고 자신을 깔본다고 생각하는 알랭 씨. 요즘 들어 부쩍 귀족적인 면모를 드러내는 저 고양이가 알랭 씨는 맘에 들지 않는다. 깨끗한 물만 찾더니, 이젠 맨바닥은 죽어도 싫단다.

"내려와!"

알랭 씨가 신고 있던 실내화 한쪽을 벗어 던진다. 실내화가 고양이 머리에 가 떨어진다. 놀란 고양이가 날렵한 동작으로 침대에서 내려선다. 가볍고 소리 없는 움직임이다. 고양이가 꼬리를 치켜들고 사뿐히 욕실 쪽으로 향한다. 알랭 씨는 나머지 실내화마저 삼식이에게 벗어 던진다. 고양이 계의 모델인 양 걷는 품이 신경을 건드린 것이다.

"넌 세리나 샤샤가 아니야. 삼식이라고! 그러니까 삼식이답게 굴어!"

알랭 씨는 녀석의 그런 우아한 자태를 봐 넘길 수 없다는 듯, 오늘도 씩씩거린다. 그러나 고양이는 자신의 타고난 습성을 유지한 채 욕실 앞 발깔개에 가 눕는다. 녀석이 알랭 씨를 꼬나본다. 당신이 인정하지 않아도 난 고품격 친칠라 고양이라고! 알랭 씨를 향한 눈빛이 그렇게 말하는 것 같다. 알랭 씨가 천장을 올려다본다. 침대 아래를 비추던 삼파장 형광등 하나가 켜지지 않는다.

"흠, 갈아 끼워야 할 모양이군."

알랭 씨가 침대에 걸터앉아 양말을 벗는다. 엉덩이에 딱딱한 뭔가가 잡힌다. 한쪽 엉덩이를 들어 올려 그것을 빼낸다. 튤립 모양의 냉장고 자석이다. 엊그제 산책 겸 운동 중에 산 것이었다. 알랭 씨가 냉장고로 다가간다. 냉장고에는 빈틈 하나 보이지 않는다. 냉장고 문은 물론 양 옆면도 자석으로 꽉 들어찼다. 너무 빽빽해 징그러울 정도다. 냉장고 문을 세게 닫았다간 와르르 쏟아져 내릴 태세다. 자석은 플라스틱으로 된 것도 있고, 지점토로 빚어 만든 것도 있고, 철과 알루미늄으로 만들어진 것도 있었다.

냉장고 문에는 각종 꽃들이 자란다. 형형색색의 꽃 사이를 뛰어다니는 건 동물들이다. 동물들은 동화책에서 막 튀어나온 듯 하나같이 귀엽다. 멸종된 육식 공룡도 정글의 왕 사자도 무섭지 않다. 곳곳에 자라는 과일과 채소는 작지만 싱그럽다. 앙증맞게 본뜬 생활 도구는 소꿉놀이 장난감 같다. 만화 캐릭터에는 예의 그 익살스러운 맛이 묻어난다. 알랭 씨의 냉장고는 세상의 축소판이다. 없는 모양이 없다.

알랭 씨가 냉장고에 붙은 자석을 조금씩 옮겨 빈틈을 만든다. 그러나 역부족이다. 안타깝게도 작은 튤립이 자랄 땅은 없다. 결국 튤립은 먼지 쌓인 냉장고 위로 올라가고 만다.

알랭 씨가 냉장고 문을 열고 캔 맥주 하나를 꺼낸다. 다행히도 냉장고 자석이 떨어지는 일은 일어나지 않는다. 자석은 거머리만큼이나 강한 흡착력을 지녔다.

복도 끝 창가에 햇빛이 쏟아져 들어온다. 창 양옆에 장착된 라디에이터가 아지랑이처럼 열을 뿜어낸다. 라디에이터 앞에는 의자 하나가 놓여 있다. 접었다 폈다 할 수 있는, 낡은 철제 의자다. 의자 위에는 책 한 권이 펼쳐져 있다. 쏟아지는 햇빛과 라디에이터의 온기를 책과 의자가 받아 마시는 중이다.

햇빛 쏟아지는 대낮이지만 복도 입구 쪽은 어둡다. 창이 없어서 그렇다. 반대로 창이 나 있는 복도 끝은 환하다. 게다가 복도 끝은 남향을 선사받았다. 여름엔 시원하고 겨울엔 햇볕이 들이쳐 따뜻한 곳이 바로 이 복도 끝이다. 그 바람에 알랭 씨의 집이나 알랭 씨의 앞집들은 남향의 혜택에서 제외돼야만 했다.

복도 끝 창가에서는 밖이 시원하게 내려다보인다. 천장과 바닥에까지, 길고 넓게 차지하는 유리창 덕분이다. 유리창 왼편으로 보이는 건 모텔이다. 건물 하나가 모텔 앞을 가로막고 서 있지만, 낮은 건물은 은밀한 모텔을 완전히 가리지 못한다. 모텔 맞은편, 그러니까 복도 유리창에서 본 오른편에는 24시간 편의점이 있고, 그 옆에는 찜질방이 있다. 찜질방 옆에는 꽃집이 있고, 꽃집 옆에는 그 여자가 운영하는 인테리어 소품점이 있다. 알랭 씨의 냉장고에 잔뜩 붙어 있는 냉장고 자석들은 모두 저 인테리어 소품점에서 구입한 것이었다.

소변을 보고 난 알랭 씨가 바지춤을 추스르며 집에서 나온다. 그러나 뭔가 잊고 나온 듯 알랭 씨는 다시 집으로 들어간다. 알랭 씨의 양손에 작은 플라스틱 화분 두 개가 들려 나온다. 종이컵만 한 화분은 알랭 씨의 덩치와 어울리지 않는다. 화분은 미세한 악력에도 금방 찌그러져 버릴 것만 같다. 알랭 씨가 화분 두 개를 창가 바닥에 내려놓는다. 미니 장미는 햇볕을 많이 필요로 하는 다년생식물이다.

"볕이 드는 창가에 놔두고 키워야 해요."

꽃집 아가씨의 조언이었다. 겨울철 알랭 씨의 집엔 볕이 들지 않는다. 해 질 무렵에나 잠깐 들이치다 말 뿐이다. 이렇게 하지 않으면 장미는 겨울철 내내 햇볕 한번 보지 못하고 죽고 말 것이다. 알랭 씨는 미니 장미를 오래오래 키워 보고 싶다. 그러나 아쉽게도 이 오피스텔은 식물을 손쉽게 키울 만한 곳이 못 된다.

알랭 씨가 창가를 향해 다리를 꼬고 앉아 책을 펼쳐 든다. 엉덩이를 살짝 들어 올려 의자를 끌어당긴다. 라디에이터에 바짝 다가가기 위해서다. 알랭 씨의 엉덩이에 짓눌린 의자가 삐그덕, 소리를 낸다. 책은 자연스럽게 무릎 위로 올라간다. 소변 때문에 잠시 중단된 알랭 씨의 책 읽기가 다시 시작된다. 끊긴 흐름을 이어 가려는 듯, 알랭 씨는 앞장을 넘겨 대충 훑는다.

『그 여자의 아파트에서 생긴 일』. 지금 알랭 씨가 읽는 책이다. 알랭 씨가 책을 고르는 기준은 단 두 가지, 제목과 표지 디자인이다. 제목에 있어서는 먼저 궁금증을 유발해야 한다. 도대체 그 여자의 아파트에서는 무슨 일이 생긴 걸까? 도둑이 들었나? 그 여자는 어떤 여자지? 창녀? 스파이? 음탕한 유부녀? 몇 개의 물음표가 던져졌다 싶으면 책은 일단 알랭 씨의 손에 들어온다. 제목은 단순 명쾌한 명사형일수록 좋다. 더더욱 좋은 제목은 단어가 부자연스럽게 조합된 경우다. 가령『내 신발의 적 코르크 마개』나『빨간 양탄자를 위한 요리법』이 그 예다. 모순성이 내재된, 엉터리 같은 제목은 특히 호기심을 자극한다. 표지 디자인은 책 제목을 얼마만큼 잘 용해시켰는지를 본다. 종종 제목과 표지 그림이 별개일 때도 있으므로, 딱히 둘의 관계를 일치시킬 필요는 없다. 중요한 것은, 어떤 내용이기에 이런 디자인을 뽑아낸 거지? 하는 의문이 들기만 하면 된다. 일독 후, 내용과 제목과 표지 그림의 상관관계를 따져 살피는 일은 또 다른 재미다. 이렇듯 알랭 씨의 책 선정 기준은 단순하다면 단순할 수도, 까다롭다면 까다로울 수도, 엉뚱하다면 엉뚱할 수도 있는 일이었다.

제목에서 짐작했다시피, 알랭 씨가 읽는 책은 소설이 대부분이다. 서사가 배제된 글은 재미가 없다. 따분해서 좀체 읽히지 않는다. 이야기가 없는 책을 읽는다는 건 알랭 씨로서는 상상할 수 없는 일이다. 그래서 알랭 씨는, 소설책이 없다면 독서란 메마른 행위에 불과할지도 모른다고 생각했다. 독서 행위를 딱딱한 인문서나

이론서, 혹은 사상서를 읽는 것 따위로 국한하는 건 정말 끔찍한 노릇이었다.

"우두두두!"

복도를 파고드는 시끄러운 소리에 알랭 씨가 고개를 쳐든다. 몸을 비틀어 뒤를 돌아본다. 남자아이가 롤러브레이드를 타고 복도로 들어온다. 숙련된 자세다. 아이의 양손에는 자신의 신발이 들려 있다. 아이는 신발을 비행기인 양 허공에 날리며 소리를 질러 댄다.

"우두두두!"

아이는 옆집에 산다. 일주일 전부터 보이기 시작했다. 알랭 씨는 다시 책으로 눈을 돌린다.

"우두두두! 퓨웅! 탕!"

알랭 씨의 양미간이 잔뜩 찌푸려진다. 아이는 집에 들어갈 생각을 않는다. 롤러브레이드를 타고 복도를 계속 왔다 갔다 한다. 책에서 눈을 뗀 알랭 씨가 손가락을 책갈피처럼 책장 사이에 끼우고 책을 덮는다. 알랭 씨가 고개를 틀어 아이를 쏘아본다. 아이에게 책을 들어 보이며 말한다.

"아저씨 책 읽는 거 안 보이니?"

아이 입에서 쏟아지던 비행기 소리가 그친다. 그러나 책 읽기에 더 방해되는 롤러브레이드 수리는 잠잠해지지 않는다.

"집에 안 들어갈 거니!"

퉁명한 목소리에 신경질적인 어감이 덧대진다.

"열쇠가 없어요. 엄마가 프런트에 맡겨 놓겠다고 했는데 또 잊어 버렸나 봐요."

"엄마는 언제쯤 들어오시는데?"
"저녁 늦게요."
"그럼 친구 집에라도 가 있지 그러니?"
"친구들은 학원에 가고 없어요."

알랭 씨는 더 물으려다 관두고 다시 책을 펼쳐 읽는다. 한참 시끄럽게 복도를 왔다 갔다 하던 아이가 알랭 씨 곁으로 다가온다. 라디에이터 옆에 바짝 붙어 선 아이는 책을 들여다보며 무슨 책이냐고 묻는다. 아이는 궁금증이 많다. 알랭 씨와 엘리베이터에서 처음 만났을 때도 그랬다. 맹랑한 아이는 알랭 씨를 올려다보며 몇 호에 사느냐고 물었고 키가 몇이냐고 물었다. 옆에 있던 아이 엄마가—수줍음이 많은 여자였다—대신 사과했지만, 알랭 씨는 불편한 심기를 감추지 않았다. 상대방이 먼저 자신에 대해 알려고 드는 건 안 되는 일이었다. 철없는 꼬마 아이라도 예외는 없었다. 책을 골라 읽는 건 알랭 씨 자신이지, 책이 아니었다.

"그 여자의 아파트에서 생긴 일."

아이가 페이지 옆에 깨알만 하게 적힌 책 제목을 읽는다.

"이거 이야기책이에요? 우리 엄마도 이야기책 좋아하는데."

아이가 손에 들고 있던 신발을 바닥에 가지런히 내려놓는다. 롤러브레이드는 굴릴 때보다 걸을 때 나는 소리가 더 시끄럽다. 아이는 신발을 엉덩이에 깔고 힘겹게 앉는다. 롤러브레이드 무게 때문에 아이의 발은 그다지 자유롭지 못하다.

아이가 가방을 열어 게임기를 꺼낸다. 게임기 속에서 싸움이 시작된다. 두 소년이 발과 주먹으로 서로 치고받고 싸운다. 옆으로 돌

려 차기도 하고 상대방 키를 훌쩍 뛰어넘기도 한다. 일격을 가할 때
마다 게임기에서 효과음이 쏟아져 나온다. 알랭 씨가 아이를 내려
다본다. 순간 아이와 눈이 마주친다.

"소리 없앨까요?"

눈치 빠른 아이는 게임기 소리를 죽인다. 소리를 죽이면서 아이
는 소리가 나야 재밌는데, 하고 혼잣말을 한다. 알랭 씨가 아이의
열린 가방 안을 훔쳐본다. 아이는 초등학교 2학년이다. 겨울방학이
끝났으니 이제 곧 3학년에 올라간다. 아이는 2학년 6반, 이름은 공
혜성이다. 공책 하단에 학년, 반, 이름이 큼지막하게 또박또박 쓰여
있다. 거꾸로 들어가 있는 공책은 아이에 관한 일부를 드러낸다. 아
이는 게임기를 끄고 가방에 넣는다.

"소리 안 나니까 재미없다."

알랭 씨 들으라고 하는 말인 것 같다. 그래도 알랭 씨는 아랑곳
하지 않고 계속 책을 읽는다.

"근데 아저씨는 왜 여기에서 책을 읽어요?"

지금까지 알랭 씨에게 이렇게 물은 사람은 없었다. 사람들은 그
냥 쳐다만 봤지 알랭 씨에게 말을 건네지는 않았다. 복도는 사람들
이 오랫동안 머무르는 공간이 아니다. 복도는 통로다. 말 그대로 그
냥 지나가는 길이다. 그래서 사람들은 머무르지 않고, 심지어 말도
걸지 않고, 그냥 지나가기만 한다.

"엄마한테 연락할 방법은 없니? 휴대폰 있을 거 아냐."

"엄마가 일할 땐 전화하지 말랬어요."

"엄마가 무슨 일 하시는데?"

"아저씬 왜 묻기만 하고 대답은 안 해요?"

아이는, 왜 여기에서 책을 읽고 있느냐는, 자신의 물음에 대한 대답을 기다리고 있었다.

"여긴 볕이 좋잖니."

알랭 씨가 책으로 미니 장미를 가리킨다.

"아저씨 집엔 햇볕이 없어. 물론 너네 집도 마찬가지지. 건물을 왜 이따위로 지었는지 모를 일이야."

"여긴 사람들이 지나다니니까 시끄럽잖아요. 책은 조용한 데서 읽어야 해요."

"사람들은 말을 걸지 않아. 쳐다보지도 않는걸. 발소리만 남길 뿐이지."

알랭 씨는 책으로 눈을 돌린다.

"그래서 아저씬 이 복도가 좋단다."

알랭 씨의 말에 아이가 고개를 갸웃거린다.

복도에서는 책장 넘기는 소리가 규칙적으로 난다. 좀 조용한가 싶던 아이는 어느새 벽에 등을 기댄 채 잠이 들었다. 이대로 놔뒀다간 감기 들기 십상이다.

"이런, 낭패로군."

알랭 씨가 아이를 흔들어 깨운다. 아이는 무거워진 눈꺼풀을 올렸다 내리기를 반복한다.

"너네 엄마 9시 전에는 들어오시겠지?"

아이가 눈을 비비며, 여기가 어디지? 하는 표정을 짓는다. 오후

9시는 알랭 씨가 출근해야 하는 시간이다. 아이를 그때까지만이라도 집에 있게 해야 될 것 같았다.

알랭 씨는 먼저 장미 화분을 집으로 들인다. 돌아와 책과 의자를 접는다. 납작하게 접히는 의자에서 삐그덕, 소리가 난다. 관절염을 앓고 있는 노인처럼 노쇠한 의자다. 잠에서 깬 아이는 납작하게 눌린 신발을 들고 알랭 씨의 뒤를 따른다. 롤러브레이드 소리가 복도를, 아니 오피스텔 건물 전체를 흔들어 놓는다.

"와, 고양이다!"

아이는 들어가자마자 고양이 삼식이부터 덥석 끌어안는다. 침대에 누워 있던 고양이는 미처 달아나지 못한다. 삼식이는 발버둥 치며 아이의 품에서 겨우 벗어난다. 성격이 온순한 고양이는 아이를 공격하지 않는다. 대신 침대 밑으로 숨어 버린다. 침대 밑은 삼식이가 가장 싫어하는 곳이다. 먼지투성이인 그곳을 고품격 고양이가 좋아할 리 없다. 아이 때문인지 침대 밑으로 밀려난 것 때문인지, 삼식이가 계속 야옹댄다. 아이의 눈이 예상했던 대로 냉장고로 향한다.

"와!"

아이가 냉장고 앞으로 다가간다. 냉장고 자석을 한참 구경하고 난 아이가, 날렵한 제트기 두 개를 떼어 낸다. 똑같은 모양의, 철로 만들어진 제트기다.

"퓨웅!"

아이가 양손에 제트기를 들고 허공에 날린다. 알랭 씨는 아이에게 갖고 싶냐고 묻는다. 아이가 고개를 끄덕이자 가져라, 하고 말한다.

"두 개 다요?"

"왜, 한 개만 갖고 싶니?"

아이는 고개를 가로젓는다. 알랭 씨는 냉장고 위에 놔둔 튤립 모양의 냉장고 자석을 제트기가 있던 자리에 붙인다.

"용케 자리가 생겼군."

알랭 씨는 아이에게 묻지도 않고 가스레인지에 물을 올린다. 라면을 싫어하는 아이는 본 적이 없다.

잠에서 깬 알랭 씨가 운동복으로 갈아입는다. 알랭 씨가 매일 거르지 않고 하는 것은 걷기 운동과 책 읽기다. 알랭 씨는 산책 겸 운동이 끝나면 책을 읽는다. 정오부터 시작되는 책 읽기는 오후 5시가 돼야 끝난다. 오십 분의 걷기 운동과 다섯 시간의 책 읽기는 육체와 정신을 살찌운다. 알랭 씨가 잠에서 깨어나는 시각은 오전 11시다. 새벽 6시에 잠자리에 드니, 매일 다섯 시간씩 취침하는 셈이다. 노동을 마치고 돌아오면 알랭 씨는 샤워를 하고 맥주를 마신다. 먼저 맥주를 마신 다음 샤워를 할 때도 있다.

청소 용역 업체 직원인 알랭 씨는 백화점 청소를 한다. 폐점 시간인 8시 30분을 지나 9시가 되면, 웅장하고 화려한 백화점은 알랭 씨를 비롯한 용역들의 차지다. 쇼핑객 하나 없는 백화점은 황량하다 못해 을씨년스럽다. 알랭 씨는 매일 수많은 사람들이 남기고 간 먼지와 얼룩을 제거한다. 바닥을 닦고 광택을 낸다. 왁스 머신을 유모차처럼 끌고 다니다 보면 바닥은 무채색 매니큐어를 발라 놓은 것처럼 윤기가 흐른다.

떨어진 밥풀도 주워 먹을 수 있도록!!!

이게 알랭 씨가 몸담고 있는 회사의 모토다.
고양이가 알랭 씨를 따라나서려고 한다.
"안 돼!"
알랭 씨가 짧고 강하게 내뱉으며 아디다스 운동화 끈을 조인다. 삼식이는 현관문에 더욱 바짝 붙어 선다. 꼭 나가고야 말겠다는 행동이다.
"그럼 오늘만이다?"
알랭 씨는 고양이를 어깨에 둘러멘다. 운동 길에 삼식이를 데리고 나간 적은 없었다.
오피스텔 근처엔 운동장 딸린 학교가 없다. 학교는 적어도 버스를 타고 몇 정거장은 가야 있다. 하는 수 없이 알랭 씨는 보도를 따라 걸으며 운동을 했다. 가까운 데 헬스 센터가 있긴 하지만, 돈을 낭비하면서까지 운동을 하고 싶진 않았다. 헬스 센터는 운동할 의지가 부족한 사람들이나 다니는 곳이라고, 알랭 씨는 생각했다.
알랭 씨는 경보 수준에 약간 못 미치는 정도로 걷는다. 보도를 따라 걷다 보면 마주 오는 사람과 어깨를 부딪칠 때가 있다. 페이스가 끊기게 되는 주원인이었다. 그럴 때마다 알랭 씨는 얼굴을 잔뜩 응그리며 혀를 찬다. 당신들이 내 운동을 방해할 권리는 없어. 비켜, 저리 비키라고! 알랭 씨는 속으로 중얼거리며 마주 오는 사람들의 어깨를 일부러 치고 가기도 했다. 물론 죄송하다는 말을 건넨 적은 한 번도 없었다. 사과를 해야 하는 쪽은 운동을 방해한 사람들이라고 생각하기 때문이었다.

  오십 분이 소요되는 코스를 돌고 난 알랭 씨가 인테리어 소품점으로 들어간다. 오늘은 삼식이 때문에 속력을 제대로 내지 못해 한 시간이나 걸렸다. 소품점 여자는 구석에 앉아 컵라면을 먹고 있다. 늦은 아침인지 이른 점심인지 모를 애매한 시간이었다.
  "어서 오세요."
  여자는 알랭 씨에게 별다른 관심이 없다. 알려고도 하지 않는다. 알랭 씨는 그저 냉장고 자석을 가장 많이 사 가는, 가게에 보탬이 되는 손님일 뿐이었다. 여자는 한 번도 냉장고 자석을 왜 그렇게 자주 사 가느냐고 묻지 않았다. 이제 붙일 곳도 없겠네요, 하는 걱정 섞인 말도 하지 않았다. 무심할 정도로 무관심한 여자가 장사는 어떻게 하는지 모를 일이었다. 그런 면에서 여자는 서가에 꽂힌 책을 닮았다. 무슨 이야기가 담겨 있는지 궁금해 펼쳐 읽고 싶게 만드는 책. 이상한 제목에, 이해할 수 없는 표지 그림이 있는, 그런 책 말이다.
  알랭 씨는 냉장고 자석이 진열된 벽면을 쳐다본다. 오늘은 어떤 모양의 자석을 살까, 고민하는 표정이다. 하지만 실상 알랭 씨는 자석을 고르는 데 고민한 적이 없다. 늘 그렇듯 그냥 손에 잡히는 대로 사 갈 뿐이다. 그래서 냉장고에는 똑같은 모양의 자석이 두 개 붙어 있는 경우도 있었다. 아이가 가져간 제트기도 그중 하나였다. 그래도 여자는 사 간 모양을 왜 또 사느냐고 묻지 않았다.
  오늘 알랭 씨 손에 잡힌 것은 머그컵 모양의 자석이다. 넘칠 듯한 거품 속에 빨대가 꽂혀 있다. 알랭 씨가 자석을 계산대 위에 올려놓는다.

"어머, 이름이 어떻게 돼요?"

모처럼 여자의 얼굴에 표정 변화가 일어난다. 별일이다.

"네?"

"이름요."

여자가 손가락 끝으로 알랭 씨를 가리킨다. 알랭 씨는 다소 당황한 목소리로, 알…… 랭…… 입니다, 하고 말한다.

"한번 안아 봐도 될까요?"

"네?"

알랭 씨의 얼굴이 순간 빨갛게 달아오른다. 여자가 알랭 씨의 어깨 위에 있는 고양이를 덥석 끌어안는다.

"이리 온, 알랭."

삼식이가 여자의 품에 안긴다.

"어머, 털이 정말 예뻐요."

여자가 삼식이의 은빛 털을 쓸어내린다. 이제 여자에게 삼식이는 '알랭'이다. 알랭 씨는 '알랭'이야말로 고양이에게 어울리는 이름인지도 모르겠다고 생각한다.

'알랭(謁冷)'은 알랭 씨의 아버지가 지어 준 이름이었다. 그것은 아버지 친구의 이름이기도 했다. 프랑스 유학 중에 만난 친구의 이름을 아들에게 붙여 준 데는 나름의 이유가 있었다. 미술학도였던 아버지는 스물둘에 프랑스로 유학을 떠났다. 그러나 할아버지의 사업 실패로 아버지는 다시 한국행 비행기에 몸을 실어야만 했다. 한국을 떠나온 지 반년도 채 안 돼 일어난 일이었다. 아버지의 딱한 사정을 알게 된 알랭(Alain)은 아버지에게 자기 방을 내주며 같이 지내자고 했다. 학비를 보태 주는 것도 모자라 자신이 하고 있던 아르바이트까지 아버지에게 넘겨주었다.

"같은 한국 사람이라도 그렇게는 못 했지."

아버지는 알랭이라는 친구가 없었다면 지금의 자신 또한 없었을 거라고 입버릇처럼 말했다.

"아들이 생기면 꼭 네 이름을 붙여 줄 거야."

프랑스에서 공부를 마치고 한국으로 돌아가던 날 아버지는 알랭에게 그렇게 말했다. 그리고 몇 년 후 아버지에겐 아들이 생겼고, 그 아들의 이름은 약속대로 알랭이 되었다. 아버지는 옥편을 뒤져 이름에 쓰일 수 있는 한자를 찾았다. 아뢸 '알'과 차가울 '랭'이 그것이었다. 아무 의미 없는 한자 풀이 이름은 그렇게 해서 만들어졌다.

선대의 피를 물려받았다면 알랭 씨는 지금 자신의 아버지처럼 유명한 예술가가 돼 있었을지도 모른다. 하지만 엉뚱하게도 알랭 씨는 청소부가 됐다. 아버지가 살아 계셨다면 어떻게 생각하셨을까. 예술가의 청소부 아들을. 예술가의 피는 알랭 씨 대에서 끊어졌지만, 알랭 씨는 이런 불연속성이야말로 인생의 공평한 법칙이라고 생각했다. 그러고 보면 의외성이란 참 재밌는 장치였다. 소설에도 의외의 반전이 있다. 심드렁한 제목이지만 의외로 매혹적인 소설들도 많다. 인생이 천편일률적이라면 어떤 이가 살아갈 가치를 찾겠는가. 어떤 이가 소설을 읽겠는가.

"알랭, 다음에 또 보자."

알랭 씨의 어깨 위로 올라간 삼식이에게 여자가 손을 흔든다. 알랭 씨는 머그컵 모양의 냉장고 자석을 손에 움켜쥐고 소품점을 나온다. 알랭 씨가 삼식이 머리를 주먹으로 쥐어박는다.
"너 때문에 내 이름을 잃어버렸잖아."
"야옹."
"하여튼 넌 나한테 도움이라곤 안 돼."
"야옹."
인테리어 소품점 옆에 있는 꽃 가게 아가씨가 알랭 씨에게 인사를 건넨다.
"안녕하세요? 장미는 잘 크죠?"
저 아가씨는 귀찮을 정도로 말도 많고 기억력도 좋다. 저기 오피스텔에 사세요? 실례지만 성함이 어떻게 되세요? 키가 상당히 크시네요, 몇이에요? 생활이 규칙적인가 봐요, 매일 운동하시는 거 보면. 무슨 일 하세요? 좋아하는 꽃은 있으세요? 알랭 씨가 미니 화분을 사러 간 날, 꽃집 아가씨는 알랭 씨에게 수많은 질문을 쏟아부었다. 하지만 알랭 씨는 아무것도 대답해 주지 않았다. 이름을 말하면, 꽃집 아가씨는 외국인이세요? 하고 물을 것이었다. 아니요, 라고 답하면, 그럼 혼혈인가요? 하고 물을 것이었고, 그러면 또 아니라고 답해야 할 것이었다. 알랭 씨는 '알랭'이라는 이름을 갖게 된 동기와 배경을 설명하는 게 이젠 귀찮고 짜증났다. 상대방 입에서, 그게 한자 이름이란 말이에요? 히는 소리기 니오는 건 더욱 골치 아프고 피곤한 일이었다. 그래서 한때 알랭 씨는 진짜 이방인처럼 살아 버릴까 생각했다. 이방인의 이름을 가졌으니 그러는 게 편할 것 같아서였다.
"외국에 나가 사는 거야. 미국으로 갈까? 영국? 아니야. 영국은 물가가 너무 비싸. 그럼 진짜 알랭이 살았던 프랑스로 갈까? 어디를 가든 청소부는 구할 거야."
 알랭 씨는 꽤 진지하게 고민했다. 하지만 이내 관두고 말았다. 그깟 이름이 이국적 배경에 흡수된들 뭐하나 싶어서였다. 꽃집 아가씨는 꽃에 물을 주다 말고 알랭 씨에게 다가온다.
 "아유, 예뻐라. 고양이 이름이 뭐예요?"
 알랭 씨는 귀찮은 듯 그냥 지나가 버린다.
 "칫, 정말 얼음 같은 사람이야."
 꽃집 아가씨의 말이 알랭 씨 뒤통수에 와 닿는다. 알랭 씨는 아랑곳없이 횡단보도를 건너 오피스텔로 들어간다. 내 이름에 차가울 '랭' 자가 들어 있다는 사실을 알면 비웃겠지. 그럼 그렇지 하면서. 알랭 씨는 꽃집 아가씨가 비웃는 것만 같아 뒤돌아보려다 관둔다.

 알랭 씨의 맞은편 집에서 여자들이 와르르 쏟아져 나온다. 앞집은 정수기 판매 사무실이다. 여자들의 옷차림은 다들 부잣집 마나님 같다. 굳이 일을 하지 않아도 될 만한 유한마담처럼 보인다. 그러나 여자들은 오늘도 판매 실적을 올리기 위해 분주히 뛰어다녀야 한다. 저 일도 잘만 하면 한 달에 몇백은 문제없이 번다고 했다. 정수기 사무실 소장이라는 작자의 말이었다. 한 달 전 소장은, 책을 읽고 있는 알랭 씨에게 다가와 도대체 거기서 뭐하는 거냐고 물었다. 그렇게 물어 온 건 정수기 소장이 처음이었다. 물론 아이처럼, 왜 여기서 책을 읽는지에 대해서는 묻지 않았다.
 "독서 중이셨구나. 매일 여기 앉아서 뭘 그렇게 열심히 하나 했죠."

 뒤에서 보면 알랭 씨가 들고 있는 책은 잘 보이지 않았다. 알랭 씨의 커다란 덩치 때문이었다. 정수기 소장은 독서 중이라는 걸 뻔히 알면서도 시끄럽게 떠들어 대기 시작했다.

 "좋은 물만 마셔도 건강해진다는 거 모르시죠? 시중에 판매되는 생수에서도 중금속이 검출되고 있다니까요. 다들 몰라서 마시는 거지 알고는 못 마셔요. 끓여 먹는다고 괜찮을 줄 아세요? 열을 가해도 중금속은 파괴되지 않아요. 지금 당장 우리 사무실로 가십시다. 눈으로 직접 보여 드릴게."

 한차례 광고성 발언을 마친 소장은 책을 읽고 있는 알랭 씨의 팔을 잡아끌었다. 그 바람에 책이 바닥으로 떨어졌다. 알랭 씨의 이맛살이 한껏 찌푸려졌는데도 소장은 미안해하기는커녕 계속 떠들어 댔다.

 "혹시 강아지 키우세요? 제가 생수 한 병 드릴 테니까 일주일만 먹여 봐요. 똥 싸는 것부터 달라질 거요. 똥구멍도 생수로 닦아 주면 아주 좋아요."

 소장은 사무실에 있는 생수 한 병을 가져다 알랭 씨의 손에 쥐여 줬다. 그러면서 물은 얼마든지 갖다 마시라고 했다. 하지만 알랭 씨는 평소대로 끓인 부리차를 마셨다. 생수는 미니 장미가 다 마셔 버렸다. 정수기에 관해 묻지도 않고 생수도 갖다 먹지 않자, 정수기 소장은 더 이상 귀찮게 굴지 않았다.

 여자들의 하이힐 소리가 들린다. 자세히 들어 보면 모두 제각각이다. 여자들이 자기들끼리 웅성대며 복도를 빠져나간다. 웅성거림

속에 알랭 씨에 대한 얘기가 잠깐 오간다.

"몰라. 전기료 아끼려고 그러나?"

"저 사람한테 정수기 한 대 팔아 볼까?"

"전기료 아끼자고 밖에 나와 책 읽는 사람이 비싼 물건 사겠어?"

책을 읽던 알랭 씨가 고개를 틀어 여자들을 쳐다본다. 여자들은 복도 왼쪽 코너로 사라진다. 모두들 엘리베이터에 올라탄 듯, 이제 조용하다. 여자들이 사라진 쪽을 응시하며 알랭 씨가 신경질적으로 말한다.

"그냥 지나가란 말이야. 아무 말 말고 그냥 지나가기만 하라고. 하던 대로……"

소심하게 질러 댄 알랭 씨의 목소리가 복도에 맴돌다 사라진다. 그때 알랭 씨가 복도 천장을 올려다본다. 한동안 뭔가를 잊고 있었다는 듯, 입술 사이로 외마디 소리가 튀어나온다.

"아!"

알랭 씨는 책을 바닥에 뒤집어 엎어 놓고 집으로 들어간다. 알랭 씨가 집에서 갖고 나온 건 줄자다. 알랭 씨가 의자를 형광등과 형광등 사이에 놓는다. 슬리퍼를 벗고 의자 위로 올라선다. 육중한 무게에 짓눌린 의자가 삐그덕 하고 비명을 지른다. 알랭 씨는 형광등과 형광등 사이에 자를 갖다 댄다.

"151센티미터."

의자를 그다음 형광등 밑으로 옮긴다.

"152.5센티미터."

어느새 알랭 씨의 의자는 복도 입구 쪽에까지 가 있다.

"여긴 153.7센티미터. 간격이 하나도 일정하지 않아."

알랭 씨가 의자에서 내려온다. 천장을 응시하던 알랭 씨가 주위를 한번 살핀다. 입술을 깨물며 다시 의자 위로 올라선다. 잠시 고민하는가 싶더니, 천장에 있는 원통형 홈으로 손을 집어넣는다. 긴장된 손놀림으로 형광등을 돌려 뺀다. 알랭 씨가 그것을 들고 집으로 들어가 침대 위로 뛰어오른다. 놀라 달아난 삼식이가 앙칼지게 야옹댄다. 알랭 씨의 집 천장 곳곳에도 홈이 파여 있다. 그 안에 숨어 있는 형광등은 은은한 빛을 뿜어낸다. 그중 침대 아래를 비춰 주던 형광등이 맛이 간 지는 며칠 됐다. 알랭 씨는 수명이 다된 형광등을 빼고 복도에서 훔쳐 온 것으로 갈아 끼운다. 문밖 동정을 살핀 다음 집에 있던 것을 들고 나간다. 잽싸게 의자 위로 올라가 폐형광등을 복도 천장에 끼운다. 프런트를 지키고 앉아 있는 경비한테 말만 하면 복도 입구 쪽 형광등은 새것으로 교체될 것이다. 알랭 씨가 안도의 숨을 내쉬며 의자에서 내려온다.

평화롭고 안정된 책 읽기가 다시 시작된다. 지금 읽는 책은 『살』이라는 소설이다. 표지는 붉은색이다. 그림 같은 건 없다. 살인에 대한 이야기인가? 혹시 뚱뚱한 여자가 주인공? 아니면 악마적인 분위기가 풍기는 소설? 이 책을 집어 들게 한 건 이러한 의문들이었다. 『그 여자의 이피트에서 생긴 일』은 신경쇠약에 걸린 늙은 여자와 바퀴벌레의 한판 싸움이 주가 되는 소설이었다. 표지에는 무너져 내릴 것 같은 아파트와 소스라치게 놀라 머리카락이 쭈뼛쭈뼛 서 있는 늙은 여자가 그려져 있었다. 사악하고 더럽고 비루한 것들의 대변자로 나선 바퀴벌레는 알레고리로 읽혔다. 소설은 다분히 사회적이면서 정치적이기까지 했다.

　단락이 끊어진다. 단락을 끊어 놓은 건 좀 쉬어 가라는 뜻이다. 독자들을 위한 작가의 배려인 셈이다. 이는 물론 알랭 씨만의 생각이었다.

　알랭 씨가 잠시 창밖을 내다본다. 낯익은 얼굴 하나가 편의점에서 나온다. 그 뒤를 젊은 남자가 따라 나온다. 낯익은 얼굴은 아이 엄마다. 아이 엄마는 호텔에서 근무한다. 호텔에서 무슨 일을 하는지 알 수 없다. 아이도 모르는 걸 알랭 씨가 알 리 없다. 아이의 엄마와 아빠는 세 달 전에 이혼했다. 아빠와 함께 두 달 넘게 살았던 아이는 엄마가 사는 이 오피스텔로 왔다. 아무래도 아빠보다는 엄마하고 사는 게 여러모로 낫다고 생각한 모양이었다. 그래도 요리는 아빠가 더 잘한다고, 아이는 말했다.

　편의점에서 나온 아이 엄마가 모텔로 향한다. 젊은 남자가 바로 뒤따라 들어간다. 알랭 씨의 집처럼 아이의 집도 원룸이다. 아이 엄마에게 오피스텔은 섹스 공간으로는 부적당하다. 아이가 언제 들이닥칠지 모른다. 게다가 사방이 막힌 공간이라곤 욕실밖에 없다. 두 사람이 몸을 포개기에 욕실은 턱없이 비좁고 딱딱하다. 이 오피스텔은 식물이 자라기에도, 사랑을 나누기에도 마땅치 않다. 몇 호로 들어갔을까. 알랭 씨의 목구멍으로 침이 넘어간다. 아이 엄마의 옷 벗는 소리가 사각사각 들린다. 젊은 남자에게 유부녀였던 아이 엄마의 몸은 어떻게 비칠까. 젊은 남자의 공이질 소리가 들린다. 아이 엄마의 신음 소리가 난다. 젊은 남자의 혈기가 아이 엄마를 황홀경에 빠뜨린다. 아이 엄마의 신음 소리를 상상하는 것만으로도 알랭 씨는 흥분에 빠진다. 알랭 씨의 사각팬티가 축축이 젖어 든다.

나른한 오후다. 햇볕은 마냥 따뜻하다. 곧 봄이 올 조짐이다. 알랭 씨가 의자에 기대어 잠을 잔다. 책은 무릎 위에 위태롭게 놓여 있다. 여차하면 바닥으로 떨어질 태세다. 그런데 알랭 씨의 몸을 받치고 있는 의자가 바뀌었다. 긴 등받이와 팔걸이가 있는, 가죽 소재의 회전의자다. 상체를 뒤로 젖히면 탄력을 받은 등받이가 뒤로 부드럽게 젖혀진다. 머리까지 받쳐 주는 등받이 때문에 몸은 한결 편해졌다. 접었다 폈다 할 수 없어 옮길 때 다소 불편하지만, 바퀴는 또 다른 이점을 준다.

회전의자는 알랭 씨가 매일 청소하는 그 백화점에서 산 것이었다. 청소하다 틈틈이 봐 둔 터라 의자는 알랭 씨 맘에 쏙 들었다. 사무용 가구 코너에 있는 의자란 의자에는 다 앉아 보고 산 것이니 그럴 수밖에 없었다. 회전의자에 대한 만족도가 높은 이유는, 귀찮게 따라다니며 간섭하는 판매원이 없었기 때문이다. 취향이 어떻게 되세요? 무슨 색깔을 좋아하세요? 그것보다 이게 더 낫지 않아요? 원하시는 스타일 있으세요? 판매원들은 하나같이 많은 걸 알고 싶어 한다. 알랭 씨는 판매원들의 적극성이 달갑지 않다. 아니, 불편하기까지 하다. 그런 과도한 적극성에 휘말리다 보면, 구매한 물건에서 맘에 안 드는 구석을 발견하게 된다. 이는 신중치 못한 구매 행동에 대한 질책으로 이어진다. 결국 화살은 무가치한 관심과 그 관심에 현혹된 자신에게로 돌아간다. 그래서 알랭 씨는 책을 고르는 행위, 일방통행적인 행위가 좋다.

알랭 씨가 발소리에 놀라 깬다. 허벅지에 있던 책이 바닥으로 떨어진다. 입가에 흐른 침을 손등으로 닦는다. 의자를 돌려 소리를 좇는다. 이젠 애써 고개나 몸을 비틀지 않아도 된다. 412호에 사는 새댁이 매트리스를 끌고 온다. 다리가 여덟 개인 싱글 퀸 사이즈 매트리스다. 그런데 다리 하나가 떨어져 나가고 없다. 저 매트리스는 어제 이사 간 406호 여대생이 남겨 두고 간 것이었다. 혼자 사는 여대생은 남자와 함께 집으로 들어갈 때가 많았다. 남자는 수시로 바뀌었다. 그래서 그런지 여대생은 복도 끝에 앉아 책을 읽는 알랭 씨를 불만 가득한 시선으로 쳐다보았다.

"저기 앉아서 뭐하는 거야, 진짜! 감시라도 하는 거야 뭐야!"

여대생은 자신의 부도덕한 사생활이 알랭 씨에게 노출되고 있다는 사실에 화가 났다.

"아저씨는 그렇게 할 일이 없어요? 남 들락거리는 거나 보고 있게!"

알랭 씨에게 앙칼지게 뱉어 낸 지 얼마 지나지 않아, 여대생은 결국 이사를 가 버렸다. 침대에서 무슨 짓을 했기에 다리가 다 부러진 거야. 알랭 씨는 여대생의 매트리스에 묘한 상상을 덧대며 의자에서 일어선다. 그리고 약간 서툴지만 친절하게 새댁에게 묻는다.

"저…… 제가 좀 도와 드릴까요?"

"상관 마세요!"

새댁이 차갑게 말을 뱉어 낸다. 412호 부부는 결혼식도 올리지 않고 동거부터 시작한 모양새였다. 코딱지만 한 오피스텔에서 시작한 동거이니 제대로 된 살림이 있을 리 없었다. 남이 쓰던 물건을 가져가는 게 창피해서인지, 새댁의 움직임이 빨라진다. 현관 문턱을 넘은 매트리스가 집 안으로 끌려 들어간다. 떨어져 나간 다리 대신 책을 몇 권 받쳐 놓고 이불을 덮어 두면 신혼부부의 그럴싸한 침대가 될 것이다. 새댁이 고정해 놓은 받침쇠를 발끝으로 들어 올린다.
"불편한 짓 좀 그만둘 수 없어요!"
새댁이 알랭 씨에게 톡 쏘아 대고 문을 닫는다. 뭐가 불편한 짓이란 말이지? 도와 주겠다는 말이? 아니면 내가 여기 복도 끝에 앉아 책 읽는 일이? 이상한 사람들이다. 그냥 지나가는 곳에 멈춰 있을 뿐인데, 뭐가 그렇게 불만들인지 모르겠다. 알랭 씨는 의자를 창 쪽으로 돌린다. 알랭 씨의 눈은 한동안 책으로 향하지 않는다.

아이가 최신 가요를 부르며 복도로 들어온다. 롤러브레이드는 신지 않았고 양손에는 제트기 자석이 들려 있다. 가요가 끝나자 아이 입에서는 예의 그 '두두두' 소리가 연발 터져 나온다.
머그컵 모양의 냉장고 자석은 제트기가 있던 자리에 붙여졌다. 이제 자석이 들어갈 자리는 없었다. 냉장고를 하나 더 들이든가 더 큰 용량의 냉장고로 바꾸지 않는 이상은 그랬다. 냉장고 자석이 전력 소비량을 높인다는 속설이 있지만, 그게 사실이든 아니든 알랭 씨는 상관없다. 알랭 씨는 뭔가를 빨아들이고 끌어당기는 자석의 기생력이 대단하고 신기할 따름이다. 그게 전력이 됐든 뭐가 됐든지 간에 말이다.
"아저씨!"
아이가 알랭 씨를 부르며 달려온다. 목에는 집 열쇠가 걸려 있다.

이제 아이 엄마는 프런트에 열쇠를 맡길 필요가 없어졌다. 저녁 늦게 들어와도 상관없고, 새벽녘에 들어와도 상관없다. 열쇠는 아이와 아이 엄마에게 자유를 주었다. 아이가 알랭 씨의 회전의자를 만지작거린다.

"아저씨 의자 샀어요? 우리 엄마도 의자 샀는데. 로봇처럼 조립할 수 있는 의자예요. 아저씨 것도 조립돼요?"

모텔에서 러브 체어를 체험한 아이 엄마가 그것을 산 모양이었다. 이제 아이 엄마는 다양한 체위를 섭렵해 나갈 것이다. 젊은 남자에 뒤지지 않을 만큼, 지루하지 않은 세련된 잠자리를 창조해 낼 것이다. 그러기 위해서는 아이 엄마에게 널찍한 방이 필요하다. 문을 걸어 잠그면 그 안에서 무슨 짓을 하는지 아이가 모를 수 있는 방. 어쩌면 아이는 곧 이 오피스텔을 떠나게 될지도 모른다. 아이와 함께 사는 원룸에서 러브 체어를 사용해 볼 순 없을 테니까. 그래도 아이 엄마는 아이에게 '엄마'다. 알랭 씨 곁에 바짝 붙어 선 아이가 책을 들여다본다. 아이가 책 제목을 읽는다.

"살."

이번엔 책 표지를 직접 떠들어 본다. 아이는 이것도 이야기책이냐고 묻는다. 알랭 씨는 대답 대신 어서 들어가라고 한다. 열쇠를 목에 걸었지만 아이는 집에 들어가고 싶지 않은 듯, 제트기 자석을 허공에 날리기만 한다. 두 개의 제트기가 허공에서 맞부딪친다. 그러나 제트기는 서로 붙지 않는다. 음극과 음극 혹은 양극과 양극이 만났기 때문이다.

"와, 비행기다!"

아이가 유리창에 비친 하늘을 올려다보며 소리친다. 비행운을 그리며 하늘을 가로질러 가는 비행기다. 어릴 적 알랭 씨는 구름을 만들기 위해 비행기가 날아다닌다고 생각했다. 비행기가 한번 지나가고 나면 파란 하늘엔 늘 흰 구름이 생겼다.
"저건 구름을 만드는 비행기야."
"구름을 만드는 비행기가 어딨어요?"
"저기 있잖아. 꼬리에서 저렇게 구름을 뿜어내잖아."
"아니에요. 저건 하늘이 차가워서 생기는 거예요. 엔진에서 나오는 뜨거운 공기가 찬 공기를 만나니까 생기는 거라고요."
"……."
"아저씨는 매일 책만 읽으면서 그것도 몰라요?"
알랭 씨는 아무런 대답이 없다. 대신 알랭 씨는 복도 천장을 손으로 가리킨다. 아이에게 형광등과 형광등 사이의 간격이 똑같아 보이느냐고 묻는다. 아이는 고개를 끄덕인다.
"아니야. 첫 번째는 151이고 그다음은 152.5야. 저 끝은 153.7센티미터야. 같아 보이지만 달라."
아이는 알랭 씨의 말에 관심이 없다. 그저 멀어져 가는 비행기만 넋을 잃고 바라볼 뿐이다. 알랭 씨가 아이 손에 있는 제트기 자석을 쳐다본다. 무슨 생각에서인지 알랭 씨가 의자에서 일어나 집으로 들어간다. 알랭 씨가 집에서 들고 나온 건 일회용 라이터다.
"혜성아, 그거 이리 줘 봐라."
"어? 아저씨 내 이름 어떻게 알았어요? 난 가르쳐 준 적 없는데?"

아이가 고개를 갸웃거린다.
"어른 되면 저절로 알게 되는 거야."
"그럼 아저씨 이름은 뭐예요?"
"아저씨 이름? 알랭. 김알랭."
"알랭 아저씨? 재밌는 이름이다."
아이는 이름이 왜 그러느냐 따위의 말은 하지 않는다. 단지 재밌어한다. 아이에게 '알랭'이라는 이름은 그냥 알랭일 뿐이다. 왜, 라는 건 없다. 알랭 씨가 라이터 불을 자석 부위에 갖다 댄다. 검게 그을리지 않도록 열을 천천히 가한다. 시간이 지나자 자석과 철 사이에 있던 접착제가 흐물흐물해진다. 알랭 씨는 자석을 떼어 바닥에 한번 쓱 문질러 접착제를 닦아 낸 다음, 자석을 반대로 바꿔 붙인다.
"이제 서로 붙을 거야."
제트기는 누가 먼저랄 것도 없이 착 달라붙는다.

『살』이라는 소설은 알랭 씨가 짐작했던 내용과 전혀 달랐다. 표지를 붉은색으로 할 필요도 없을 정도로, 내용은 민숭민숭했다. 붉은색 표지만큼 강렬할 줄 알았는데 그렇지 않았다. 책은 이렇게 펼쳐 읽어 보지 않고는 그 안에 어떤 세계가 들어 있는지 알 수 없다. 제목과 표지 그림에 대한 의미 또한 알 수 없다. 책이란 묘한 종이다. 세상에 완전히 똑같은 책이 없다는 것 또한 그렇다. 내러티브가 있는 책이라고 해서 모두 알랭 씨의 맘에 드는 건 아니었다. 알랭 씨가 고른 책 중엔 읽다 만 것들도 많았다. 완벽한 배경지식을 갖춰

야만 소화할 수 있는, 극히 지적인 소설 같은 게 그것이었다. 다양한 시점으로 흐름에 혼동을 주거나 관념적, 철학적 언어로 치장된 현학적인 내용의 책들도 그렇다. 특히 서사 진행을 가로막는, 정체된 묘사류는 지루함의 원인이었다. 이러한 요소들은 남아 있는 장수를 헤아리게 만들고, 결국엔 백기를 들게끔 유도한다. 두통을 일으키는 것도 이러한 요소들이다. 이는, 다분히 수동적인 책이 알랭 씨를 거부할 수도 있다는 의미였다. 그래서 알랭 씨는 책과 사람과의 만남에도 보이지 않는 계급이 존재한다고 생각했다.

알랭 씨가 책을 읽다 말고 창밖을 내다본다. 찜질방에서 여자들이 무더기로 쏟아져 나온다. 정수기를 판매하는 여자들이다. 저 찜질방에서 책을 읽어 볼까. 저긴 사람들이 많겠지? 정수기 여자들이 버스와 함께 사라지자, 인테리어 소품점 여자가 유리문을 열고 나온다. 여자는 세척제를 뿌리고 통유리를 빡빡 문질러 닦는다. 오늘도 알랭 씨는 운동 중에 냉장고 자석 하나를 샀다. 더는 붙여 둘 곳도 없지만 그래도 샀다. 소품점 여자는, 왜 오늘은 알랭을 데리고 오지 않았느냐고 물었다. 알랭 씨는 '알랭'이라는 이름의 고양이는 차에 치여 죽었다고 했다.

"이를 어째, 예쁜 고양이였는데……."

소품점 여자는 몹시 안타까워했다. 알랭 씨는 침울해하는 여자에게, 대신 내일은 삼식이라는 고양이를 데리고 오겠다고 했다.

"보면 놀라실 거예요. 죽은 알랭과 아주 많이 닮았거든요."

여자는 돌아가려는 알랭 씨를 붙잡고 물었다.

"삼식이요? 고양이 이름이 삼식이에요? 재밌는 이름이네요. 근데 그때 그 고양이처럼 세련된 이름은 아니네요?"

"알랭이란 이름이 세련됐나요?"

"나름대로요."

흥이 난 알랭 씨는 덧붙여 말했다.

"삼식이라는 이름은 질투가 나서 지은 거죠. 녀석이 지나칠 정도로 우아하거든요."

알랭 씨의 말에 여자가 웃었다. 여자의 웃음을 보는 순간, 알랭 씨는 자신이 여자의 첫 페이지를 막 넘기기 시작했다고 생각했다. 알랭 씨는 유리를 닦고 있는 소품점 여자를 바라보며 빨리 내일이 왔으면 좋겠어, 하고 아주 낮은 목소리로 말한다.

알랭 씨가 손가락을 책갈피처럼 책장 사이에 끼우고 책을 덮는다. 의자를 돌려 몸을 복도 쪽으로 향하게 한다. 긴 복도는 다소 어둡고 적요하다. 오늘은 아무도 지나가지 않는다. 들어가는 사람도, 나오는 사람도 없다. 그래서 그런지 알랭 씨는 오늘따라 아이가 기다려진다.

해
바
라
기
밭

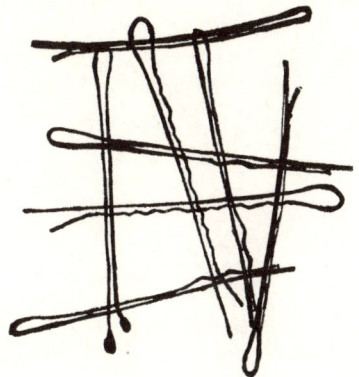

놈은 의자에 앉아 해바라기를 바라보고 있다. 보고 싶어서 보는 게 아니라 볼 수밖에 없기 때문이다.

놈의 손목과 발목엔 수갑이 채워져 있다. 포승줄은 놈의 가슴과 팔뚝을 가로지르고 단단한 허벅지를 가로지른다. 팽팽해질 대로 팽팽해진 포승줄 사이로는 손가락 하나 들어가지 않는다. 여자인 내가 묶었다고는 보기 힘들 정도로 놈의 몸은 의자에 단단히 묶여 있는 것이었다.

놈은 내가 수갑을 채워도, 포승줄로 몸을 결박해도, 반항 한번 한 적이 없다. 태생적인 완력만으로도 충분히 나를 제압할 수 있지만 놈은 그 힘을 내게 보이지 않는다. 놈은 이제 식사를 마치고 나면 말없이 의자에 앉기까지 한다. 그러고는 의자 등받이 뒤로 팔을 젖히고 발을 내밀고 수갑이 채워지기를 기다린다. 제발 나를 묶어달라고 애원하는 듯한 눈빛으로 말이다. 고작 사흘밖에 지나지 않앉았는데도 놈에게 수갑과 포승줄이 주는 고통이 무의미해진 것 같아 화가 나려 한다. 하지만 내겐 해바라기가 있다. 한두 개도 아닌 셀 수 없이 많은 해바라기가 있다. 듣던 대로 놈은 해바라기를 두려워한다. 반면 나는 무섬증으로 일그러진 놈의 얼굴을 보며 희열을 느낀다.

놈의 입은 청 테이프로 봉해져 있다. 저 테이프를 뜯어내면 놈의 콧수염이 테이프에 달라붙어 떨어져 나온다. 놈은 이곳으로 붙잡혀 온 지 사흘이 되도록 면도 한번 못했다. 놈에게 자유로운 건 눈과 귀뿐이다. 놈은 그 자유로운 눈으로 해바라기를 바라봐야 하고, 그 자유로운 귀로 해바라기밭에서 나는 소리를 들어야 한다. 바람이 불면 해바라기밭에서는 소슬 소슬, 소리가 난다. 해바라기들이 일으키는 마찰음은 내게도 달갑지만은 않았다.

해바라기들은 놈이 바라보고 있는 창 쪽을 향해 일제히 고개를 틀고 있다. 만개한 해바라기는 더 이상 태양의 움직임에 따라 고개를 돌리지 않는다. 꽃을 피우기 시작하면서 그랬다. 사춘기에 접어든 소년처럼 키가 훌쩍 자라 버린 해바라기는 이제 어른의 말을 들을 필요가 없어진 것이었다. 태양에 휘둘리지 않게 되면서 밤낮 없이 놈과 눈을 마주치게 된 해바라기. 자신의 임무를 성실히 수행해 가고 있는 해바라기는 나의 큰 원조자인 셈이었다.

"꽃 피기 전까진 놈을 잡아 와야 해요."

나는 홍신소에 놈이 있을 만한 곳을 일러 준 다음, 해바라기가 피기 전까지는 놈을 데려와야 한다고 힘주어 말했다. 홍신소에서는 정확한 날짜를 얘기해 달라고 했다. 작년의 경우 해바라기는 8월

초쯤에 꽃을 피워 올렸다.
"그럼 8월 3일까지로 하죠. 혹 놈이 반항하면 제 이름을 대 보세요. 어쩜 순순히 따라올지도 모르니까요."
흥신소는 어려울 것 없다는 듯 전화를 끊었다. 자신만만한 목소리답게 흥신소는 놈의 행적을 추적해 제 날짜에 놈을 이 집으로 끌고 왔다. 해바라기밭으로 둘러싸인, 빨간 출입문과 빨간 창문이 달린 이 아름다운 집으로.

빨간 출입문 옆 탁자 위에는 챙 달린 모자와 꽃가위와 목장갑이 놓여 있다. 나는 놈의 귀에 들리게끔 경쾌하게 휘파람을 불며 챙 모자를 쓴다. 그리고 꽃가위와 목장갑을 들고 집 밖으로 나간다. 다소 늦은 감이 없지 않지만, 나는 놈에게 예쁜 꽃다발을 선사할 생각이다. 어찌 됐든 놈은 내 집에 초대받아 온 손님이지 않은가. 이 집으로 오게 된 사연이나 경위 따위는 뒤로하고, 먼 길을 와 준 것에 대한 감사의 뜻으로 놈에게 꽃다발을 선사하려는 것이다.
해바라기는 작년에 비해 훌쩍 자랐다. 줄기를 잡아당기지 않고 꽃을 꺾으려면 의자를 밟고 올라가야 할 정도다. 정확히 재 보진 않았지만 해바라기 키는 2미터를 훨씬 웃도는 것 같다. 꽃의 지름도 무려 55센티미터나 된다. 잎도 오동 잎 만큼이나 크다. 이번에 심은 해바라기는 놈을 위한 체격 조건을 완벽하게 갖춘 아주 훌륭한 종자였다. 놈을 위한 해바라기는 무조건 커야 했다. 키는 물론, 잎도 꽃도 모두 모두 커야 했다. 설상화는 아주 진한 노란빛을 띠어야 했고, 관상화는 검정에 가까운 색을 띠어야 했다. 올해는 작년에 비해 모든 게 만족스럽다.

나는 목장갑을 끼고 대나무 굵기만 한 해바라기 줄기를 내 쪽으로 잡아당긴다. 해바라기 줄기에 난 솜털은 까슬거려 맨손으로 만지기엔 좀 그렇다. 꽃이 내 얼굴에 바짝 다가온다. 나는 꽃가위로 해바라기 줄기를 싹둑 잘라 바닥에 던지며 얼굴을 웅그린다. 이제 익숙해질 때도 됐건만 해바라기는 아직도 나를 기분 나쁘게 한다.

"어떻게 꽃이 무서울 수가 있지? 해바라기는 실패작인 것 같아. 꽃 중에서 신의 실수가 빚어낸 실패작."

"왜? 난 예쁘기만 한데. 시원시원하게 생겼잖아."

그가 처음으로 내게 해 준 꽃 선물은 바로 이 커다란 해바라기였다. 뒤춤에 무언가를 감춘 채 쭈볏쭈볏 걸어오던 그의 걸음걸이가 생각난다. 날 놀래 주려던 그의 의도가 먹혔든 걸까. 그에게서 해바라기 꽃다발을 받은 순간 나는 꽃다발을 바닥으로 던지며 소리쳤다.

"놀랐잖아!"

나도 모르게 나온 말과 행동이었다. 그는 해바라기 꽃다발을 주우며 말했다.

"바보같이. 꽃을 보고 놀라는 사람이 어딨어?"

꽃이 기분 나쁘게 커서 무섭다는 내 말을 선뜻 이해하지 못하던 그는, 해바라기야 말로 연인들을 위한 꽃 중의 꽃이라고 했다. 그래서 그는 해바라기가 좋다고, 마당 딸린 집이 있으면 꼭 한번 심어 보고 싶은 꽃이라고 했다. 나는 그런 그에게 말했다.

"어른들이 그러는데 집에 해바라기 심으면 밤에 귀신 나온대."

"나오라지?"

그는 그렇게 대답하며 웃었던 것 같다. 나는 해바라기 열 송이를 한데 모아 쥐고 놈이 있는 집으로 들어간다. 꽃병으로 쓸 수 있을 만한 것을 찾기 위해 집 안을 훑는다. 식탁 위에 민무늬 꽃병이 있지만 그냥 지나친다. 해바라기 무게를 견딜 만큼 밑이 안정적이지 못하다. 내 눈은 싱크대 옆에 있는 파란색 양동이에 가 머문다. 비가 오면 우산꽂이로 쓰던 통이다. 나는 그 양동이를 개수대로 가져간다. 물을 받아 놈이 바라보는 창가 아래에 놓는다. 해바라기 머리를 앞쪽으로 가지런히 모아 양동이에 꽂으며 놈에게 말한다.
"어때, 예쁘지? 당신도 나처럼 곧 해바라기에 익숙해질 거야. 고통은 그리 오래가지 않아. 어차피 8월이 지나면 저 꽃들도 다 시들어 버려. 당신이 보고 싶어도 곧 볼 수 없게 된다고. 1년 내내 저렇게 꽃을 피우고 있으면 좋으련만. 그렇지?"
나는 양동이를 놈의 발치께로 바짝 끌어당긴다. 놈은 그런 내 행동을 흘깃 한번 쳐다보고 만다. 첫날에 비하면 해바라기를 바라보는 놈의 표정은 많이 안정돼 있다. 하지만 아직까지도 놈은 한번씩 어깨를 들썩이며 몸서리를 치곤 한다. 해바라기 고문이 아직은 유효하다는, 그의 몸이 전하는 몸부림이다. 하긴, 놈도 한두 개의 해바라기라면 그저 즐겁게 바라볼 수 있었을지 모른다.
놈의 손목과 발목을 쳐다본다. 살갗이 벗겨져 빨갛게 짓물러 있다. 수갑과 살갗의 잦은 마찰과 땀 때문에 생겨난 상처다. 맘 같아서는 저 상처에 소독약을 부어 버리고 싶다. 물론 그러지 않아도 놈은 시시각각 차오르는 땀과 쇠의 접촉으로 충분히 쓰라리고 아플 것이다. 하지만 그것만으론 부족하다. 놈이 언제까지 해바라기에 두려움을 느낄지는 알 수 없다. 뭐든 시간이 지나면 대상에 익숙해지기 마련이니 해바라기에 대한 두려움도 머잖아 시들해질지 모른다. 게다가 놈은 남자고 해바라기는 아름다운(?) 꽃이지 않은가. 그러니 다른 부가적인 고통이 잇따라야 한다. 그래, 생각난 김에 하는 거다!

나는 내 방으로 들어가 약상자에서 과산화수소라고 쓰인 소독약을 꺼낸다. 그러고는 놈의 손목과 발목에 소독약을 들이붓는다. 놈의 상처에서 부글부글 거품이 일어난다. 놈이 몸을 비틀며 신음을 토해 낸다. 따끔한 통증에 손가락과 발가락 끝이 오므라든다. 동시에 내 얼굴도 일그러진다. 그러나 비명에 가까운 신음 소리는 청 테이프에 가려 그다지 크게 퍼지지 못한다. 나는 입술을 깨물며 놈에게 말한다.

"해바라기만으론 너무 시시하잖아? 당신도 그렇게 생각했을 거야. 그치?"

놈이 눈을 찔끔 감았다 뜬다. 놈의 신음 소리가 잠잠해졌을 때 다시 소독약을 붓는다. 놈의 몸이 따끔한 통증으로 또 한번 움츠러든다. 상처 부위는 빨갛게 달아오른다. 그새 지루해진 소독약 놀이를 관두고 시계를 쳐다본다. 곧 있으면 점심시간이다. 나와 놈을 위해 나는 점심 식탁을 차려야 한다. 하루 세 번, 그것도 늘 같은 시각에 놈을 위해 식탁을 차린다. 놈의 몸을 망가뜨려서는 안 된다. 혹 영양실조라도 걸려 시야가 흐려진다거나 의자에 앉아 있을 수 없게 되면 곤란하다. 놈을 죽이는 게 내 목적은 아니다. 나는 놈에게 두려움과 고통을 안겨 주기만 하면 된다. 죄책감으로 용서를 빌게끔 만드는 게 내 의무이자 목표다. 그런데 놈은 어쩌다 해바라기를 두려워하게 된 걸까. 무슨 계기라도 있었던 걸까. 아니면 놈도 나처럼 해바라기를 처음 본 순간에야 자신에게 해바라기에 대한 무섬증이 있다는 걸 알게 된 걸까. 그러고 보니 나는 놈에 대해 아는 게 별로 없다.

챙 모자를 그대로 쓰고 밖으로 나간다. 별다른 일이 없으면 나는 점심 식탁을 차리기 전에 몇 분간 산책을 즐긴다. 나는 해바라기밭을 걸으며 해바라기와 친해지려고 노력한다. 내 키를 훌쩍 넘는 해바라기밭을 거닐다 보면 간혹 길을 잃어버리게 된다. 풍성하게 자란 해바라기가 고랑마저 삼켜 버린 탓이다. 길을 잃다 해바라기에 둘러싸였다고 생각하면, 순간 놈처럼 나에게도 무섬증이 밀려든다. 이때 유념해야 할 점은 절대로 빠져나가기 위해 뛰어서는 안 된다는 것이다. 그랬다간 더한 무섬증에 휘말리게 되기 때문이다. 나는 조만간 이러한 경험을 바탕으로 놈을 이 해바라기밭에 있게 할 작정이다. 의자에 꽁꽁 묶어 놓은 채로 놈을 해바라기 감옥에 수감할 것이다. 수많은 해바라기에 파묻혀 있을 놈을 생각하니 벌써부터 흥분이 된다.

해바라기밭은 집을 중심으로 방사형으로 뻗어 있다. 사방 어디에 서 있든 해바라기는 시야에서 사라지지 않는다. 집은 해바라기밭에 완전히 포위된 상태였고, 해바라기밭을 통과하지 않고서는 시내로 나갈 수도 없게 돼 있다. 해바라기를 심기 전 이곳은 포도밭이었다. 포도가 익어 가는 계절이 오면 주위엔 온통 단내가 풍겼다. 끝없이 늘어선 포도나무엔 해바라기보다 더 많은 포도송이들이 보랏

빛으로 물들어 갔다. 이 포도밭은 엄마의 두 번째 남편에게서 넘겨받은 것이었다. 나보다 겨우 열 살밖에 많지 않았던 엄마의 두 번째 남편.

오늘도 나는, 싫지만 해바라기밭으로 들어간다. 뒤돌아 집 쪽을 한번 쳐다본다. 창가에 앉아 나를 바라보는 놈이 보인다. 놈의 눈에서 배고픔이 읽힌다. 빨리 산책을 끝내고 점심을 차려야겠다.

오늘 점심은 얼음을 동동 띄운, 시원한 콩국수다. 식사 메뉴는 전부 내가 좋아하는 것으로 한다. 죄인에게 무엇이 먹고 싶으냐고 물을 순 없다. 그건 너무나 위선적인 행동이자 죄인을 다루는 방식에도 어긋난다. 하지만 놈에게도 최소한의 인권이라는 게 있는지라, 나는 식사 때만큼은 놈의 몸을 옥죄고 있는 포승줄을 풀어 준다. 그런 다음 손목과 발목 수갑을 푼다. 처음에 놈은 수갑을 찬 채로 밥을 먹었다. 놈은 수저질이 서툰 아이처럼 식탁에 음식을 마구 흘리며 먹었다. 번거로운 건 오히려 내 쪽이라는 생각에 수갑을 풀어 주기로 한 것이었다. 나를 위한 것이든 놈을 위한 것이든, 어쨌든 나는 놈의 계구를 제거한다. 애초에 놈은 달아날 생각도 날 해칠 의지도 없었다. 그러니 놈에게 이 계구들은 액세서리에 불과할지도 모른다. 수갑에 이어 마지막으로 입에 부착된 청 테이프를 뜯어낸다. 역시 놈의 수염이 테이프에 달라붙어 떨어져 나온다. 우습게도 나는 테이프로 놈의 입을 봉하며 놈에게 말했다.

"내가 뭘 묻기 전에는 찍소리도 내지 마. 알았지!"

놈은 내 말대로 그 철칙을 성실히 지켰다. 식사 중엔 어떤 말도 하지 않았다. 굳이 테이프로 입을 봉하지 않아도 놈은 내가 묻기 전엔 어떤 말도 하지 않았을 것이다. 그런데도 놈의 입을 매번 봉하는 것은 순전히 노파심 때문이다. 들어서는 안 될 말을, 그 말만은 하지 않았으면 하는 말을 놈이 해 버릴까 봐, 나는 두렵다.

나는 놈과 마주 보고 앉아 점심을 먹기 시작한다. 콩국 맛은 아주 담백하다. 그릇을 양손으로 받쳐 들고 콩국을 맛본 놈이 흡족한 표정을 짓는다. 엊그제 소독약이 뿌려진 놈의 손목엔 얇디얇은 딱지가 앉았다. 딱지가 생기는 바람에 소독약의 역할도 퇴색돼 버렸다. 하지만 곧 또 다른 상처가 놈의 손목과 발목에 잠입해 들 것이다. 수갑에 내성이 들어 상처가 생기지 않는다면 일부러 상처를 낼 수도 있다. 놈은 굉장히 순응적이라 자신의 몸에 칼날을 들이대도 꾹 참아 넘길 것이다. 순응적이지 않더라도 그깟 고통쯤은 감내해야 한다.

놈이 후루룩, 소리를 내며 단숨에 그릇을 비운다. 놈은 대체로 내가 좋아하는 음식을 좋아한다. 식탁에 놓인 여러 가지 반찬들 중 내 젓가락이 자주 머무는 곳에 놈의 젓가락도 자주 머문다. 그러고 보면 그와 나는 좋아하는 게 서로 달랐던 것 같다. 꽃도 그렇고 음식도, 영화도, 음악도, 취미까지도. 제대로 된 공통분모 하나 없는 관계였음에도 우린, 의견 마찰에 따른 다툼 한번 없었다. 이상하게도 그랬다.

놈은 항상 즐겁게 식사를 한다. 놈의 즐거운 식사를 이대로 방조해서는 안 된다. 완벽한 즐거움은 곤란하다. 행복하게 해 주자고 놈을 이 집으로 끌고 온 건 아니다. 무슨 방법이 좋을까, 하고 나는 잠시 궁리한다. 아, 놈의 음식에만 소금을 잔뜩 넣어 버리는 건 어떨까. 아니다. 놈을 아프게 해서는 안 된다. 놈은 건강해야 한다. 의자에 앉아 해바라기를 바라보는 일이지만 것도 꽤나 많은 에너지를 필요로 한다. 하루 세 번, 놈의 혀만이라도 행복을 맛보게 해 줘야 한다. 고통의 연속은 보는 나로서도 지루하다. 모름지기 고통이란 약간의 행복과 쾌락이 선행돼 있어야만 제값을 발휘하는 법이다. 음, 그렇다면 뭐가 좋을까. 완벽한 즐거움만 차단하자는 것이니까, 그래 그게 좋겠다. 식탁 중앙에 해바라기 몇 송이를 꽂아 두는 것이다. 역시 해바라기다.

 우선 식탁을 치우고 설거지를 끝낸 다음 또 해바라기를 꺾으러 나가 봐야겠다. 물론 해바라기 머리는 놈 쪽을 향하도록 꽂아야 한다. 그렇지 않아도 식사 중 마주치는 놈의 시선이 불편하던 참이었다. 저 해바라기 정도라면 놈의 얼굴을 충분히 가려 줄 것이다. 놈의 즐거운 식사를 망쳐 놓을 수 있어서 좋고, 놈과 눈을 마주치지 않아도 되니, 일석이조다. 나는 내가 점점 잔인해져 가는 게 즐겁다. 놈에게도 이런 악마성이 있었겠지.

 놈이 있는 옆방 침대에 누워 책을 읽고 있는 나는 시계를 쳐다본다. 지금은 7시 30분이다. 저녁을 먹은 지 30분이 지났다. 나는 책을 덮고 침대에서 일어난다. 문을 열고 놈이 있는 곳으로 간다. 며칠째 씻지도 못한 놈의 몸에서 퀴퀴한 악취가 난다. 한여름에 샤워도 못하고 속옷도 갈아입지 못했으니 당연하다. 칫솔질 한번 못한 놈의 입에서는 얼마나 지독한 악취가 올라올지 상상만 해도 구역질이 난다.

"자, 일어나!"

포승줄을 푼 데 이어 바지 주머니에서 열쇠를 꺼내 놈의 발목 수갑도 푼다. 손목 수갑은 그대로 둔다. 놈이 어떤 짓을 저지를지 알 수 없다. 하지만 놈은 결코 나를 해치지 않을 것이다. 놈이 의자에서 일어선다.

"그거 들고 따라와."

나는 의자를 손으로 가리킨다. 놈은 내가 시키는 대로 의자를 들고 집 밖으로 나온다. 아직 지지 않은 태양에 놈의 이마와 눈이 찡그려진다.

"오늘은 저 해바라기밭으로 들어가는 거야. 재밌겠지?"

놈의 눈동자가 잠시 불안하게 흔들린다. 나는 며칠 전 산책 중에 봐 둔 자리를 찾아간다. 챙 모자를 던져 놓고 표시를 해 둔 터라 찾는 데 어려움은 없다. 놈이 앉아 있어야 할 자리는 해바라기밭 한가운데다. 여기서는 빨간 출입문과 빨간 창문이 달린 집도 보이지 않는다.

"자, 여기야. 거기에 의자 놓고 앉아."

해바라기 몇 송이를 뿌리째 뽑아 놓아서 의자가 들어갈 공간은 충분하다. 나는 놈의 발에 다시 수갑을 채우고 포승줄로 몸과 의자를 한데 묶는다.

"오늘 밤은 여기서 한번 지내 봐. 내일 아침 식사 때 데리러 올 테니까 허튼수작은 마."

놈은 곧 어둠 속 해바라기에 갇힐 것이다. 캄캄한 밤에 서 있는 해바라기는 더욱 소름이 돋는다. 나는 집으로 발걸음을 옮긴다. 테이프로 봉해진 입으로 놈이 소리를 지른다. 여기 있기 싫다는 그만의 의사 표현일 것이다. 나는 집으로 향하려던 발걸음을 돌려 놈 앞에 선다.

"조용히 못해!"

나는 입술을 깨물고 놈에게 더 바짝 다가간다.

"왜 그 사람을 죽인 거야!"

나도 모르게 그만 억제돼 있던 물음이 입 밖으로 튀어나온다. 물음은 "그를 죽인 게 **당신**이지?"가 아니라 "**왜** 그를 죽인 거지?"라는 것이다. 나는 놈이 그를 죽였다는 확실한 물증을 가지고 있지 않다. 그가 살해당한 사건 현장에서도 범인에 대한 어떠한 물증도 찾을 수 없었다. 그가 살해된 지 1년 반이 넘도록 형사는 미미한 단서조차 잡아내지 못했다. 뚜렷한 성과도 없이 지지부진해져 가던 수사는 결국 두 해만에 '미제'라는 꼬리표를 단 채 종결되고 말았다. 그런데도 나는 놈이 그를 죽인 범인이라고 단정 짓고 있었다. 왜일까. 왜 나는 의심을 넘어 확신하고 있는 걸까. 단순히 놈이 그를 싫어하는 것 같았다는, 확실치도 않은, 그에 대한 놈의 감정 때문이었을까.

놈은 고개를 절레절레 흔들며 알아들을 수 없는 소리를 청 테이프 사이로 밀어낸다. 하지만 아직 나는 놈의 대답을 들을 준비가 돼 있지 않다. 변명이든 진실이든 용서든, 아니면 또 다른 어떤 소리든 말이다.

"해바라기는 그 사람이 좋아하던 꽃이었어. 마당에 심어 보고 싶다고 할 정도였으니까."

 나는 옆에 서 있는 해바라기 한 송이를 맨손으로 꺾어 놈의 사타구니 사이에 깊숙이 찔러 넣는다.

 "이 해바라기를 보면서 그 사람을 생각해. 그 사람의 아픔까지 생각하고 또 생각해!"

 나는 힘겹게 해바라기 한 송이를 또 꺾는다. 이번엔 놈의 무릎 사이에 꽂아 둔다.

 "해바라기를 심기 전에 여기에 뭐가 있었는지 알지? 그래, 포도가 익어 가고 있었어. 당신 때문에 그 많던 포도나무가 사라진 셈이지. 그러니까 당신은 이 해바라기를 보면서 아주 고통스러운 표정을 지어 줘야 해. 그래야 내가 덜 억울하지. 안 그래?"

 나는 놈의 가랑이 사이에 꽂힌 해바라기를 손가락으로 한번 '톡' 건드린 후 집으로 발걸음을 옮긴다. 놈은 내가 가고 나면 가랑이 사이에 있는 해바라기를 바닥으로 떨어뜨리기 위해 무진 애를 쓸 것이다.

 집으로 돌아오자 해가 서산으로 기운다. 사위는 어둡다. 캄캄한 밤에 바라보는 해바라기밭은 기분 나쁘게 음침하다. 정말 귀신이라도 튀어나올 것만 같다. 가끔은 둥그런 해바라기가 사람 얼굴처럼 보이기도 한다. 늦은 밤까지 창밖에 서서 구애를 하고 있는 수많은 남자의 얼굴.

 나는 놈이 매일 바라보던 창을 닫고 커튼을 친다. 그러고는 내 방으로 들어가 침대에 눕는다. 나는 저녁 식사 후부터 읽기 시작했던 책을 다시 펼쳐 읽는다. 놈의 고함 소리가 멀리 해바라기밭에서 들려오는 듯하다.

아침 식탁이 다 차려졌다. 식탁 중앙 하얀 민무늬 꽃병엔 해바라기 네 송이가 꽂혀 있다. 역시 식탁 위에 꽂아 두기에 해바라기는 너무 크고 기분 나쁜 꽃이다. 저런 꽃이 뭐가 좋다고 그는 마당 딸린 집이 있으면 꼭 한번 심어 보고 싶다고 했을까. 만약에 그가 지금 저 해바라기밭을 보고 있다면 그는 내게 무슨 말을 해 줬을까. 고맙다고 했을까, 아니면 아름답다고 했을까. 놈한테는 당신 때문에 포도밭이 사라진 셈이라며 억울해했지만, 한편으로 나는 좀 더 일찍 포도나무를 베어 버리지 못한 게, 그리고 그에게 이 해바라기밭을 보여 주지 못한 게 못내 가슴 아팠다. 죽은 그가 잠시만이라도 돌아와 내가 정성껏 심고 가꾼 이 수많은 해바라기들을 봐 준다면 얼마나 좋을까. 그러나 나는 이내 고개를 가로젓는다. 부질없는 생각은 빨리 떨쳐 버려야 하기에, 나는 입술을 꽉 깨문 채 집 밖으로 나간다.

나는 놈을 데리러 해바라기밭으로 들어간다. 놈은 고개를 숙인 채 자고 있다. 가랑이 사이에 끼워 둔 해바라기는 바닥에 짓뭉개져 있다. 발로 얼마나 짓밟았는지 형체를 알아볼 수 없을 정도다. 놈이 그를 두 번 죽였다는 생각에, 자고 있는 놈의 뺨을 있는 힘껏 내려친다. 놀라 잠에서 깬 놈이 고개를 쳐든다.

"무슨 짓이야! 이 해바라기를 그 사람이라고 생각한 거야?"

놈이 눈을 부라리며 나를 응시한다.

"어차피 해바라기는 많으니까 오늘은 그냥 넘어가겠어. 일어나.

아침 해야지?"

　나는 놈의 몸을 풀어 준다. 놈은 해바라기밭에 들어올 때처럼 나갈 때도 의자를 들고 내 뒤를 따른다. 놈은 의자를 들어 올려 내 머리를 내려치는 일 따윈 하지 않을 것이다. 놈이 그럴 위인이 못 된다는 걸 알기에, 나는 무방비 상태로 앞장서 걸어 나간다.

　아침 식탁에 앉은 놈이 허겁지겁 밥을 먹는다. 식탁 중앙에 꽂힌 해바라기는 아랑곳하지 않고 열심히 먹는다. 놈도 이제 나처럼 해바라기에 익숙해져 버린 걸까. 나는 꽃병에 꽂힌 해바라기 뒤에 숨어 놈의 시선을 피한다. 더 이상 같이 앉아 밥을 먹을 수 없을 정도로 놈의 몸에서는 땀내를 비롯한 악취가 진동한다. 고문을 당하는 건 놈이 아니라 나인 것만 같다.

　놈은, 청양 고추를 듬뿍 썰어 넣은 된장국을 국물 하나 남기지 않고 먹어 치운다. 된장 국물이 묻은 놈의 수염이 더욱 지저분해 보인다. 포식을 하고 난 놈의 이마에서 땀방울이 흘러내린다. 내가 만든 음식을 먹고 놈이 행복해하다니. 아무래도 그에 상응하는 고통을 안겨 줘야겠다. 이번엔 뭐가 좋을까. 몸에다 직접 고통을 새기는 건 내 생리에 맞지 않았다. 놈의 상처에 과산화수소를 붓고 난 다음 나는 다시 한번 그것을 깨달았다. 그래서 애초에 저 해바라기를 이용해 놈을 괴롭히기로 한 것인지도 모른다. 고문 같지도 않은, 미약해 보이는 고문인데도 말이다. 그렇다면 해바라기에 버금가는 정신적 고통을 가해야 한다. 그런데 좀체 묘안이 떠오르지 않는다.

　식사를 마친 놈의 몸을 의자에 꽁꽁 묶는다. 입을 테이프로 봉하는 것 또한 잊지 않는다. 놈이 의자에 앉아 해바라기를 바라보는 동안 나는 식탁을 치우고 설거지를 한다. 설거지를 하는 내내 최소한의 노력으로 최대한의 고통을 줄 수 있는 방법을 고안해 낸다. 놈의 등을 쳐다보며 놈이 싫어하는 게 뭔지 생각해 본다. 역시 해바라기 외엔 아무것도 떠오르지 않는다. 놈을 이 집으로 끌고 오기 전에 놈에 대해 좀 더 많은 정보를 수집했어야 했다.

놈의 어깨 너머 창밖으로 낯선 사람들의 움직임이 보인다. 남자와 여자가 해바라기밭을 헤치고 집 쪽으로 걸어온다. 큼지막한 배낭을 메고 있는 것으로 보아 여행객이 분명하다. 포도밭이 있었을 때도 종종 찾아들곤 하던 여행객들이다. 포도밭이 해바라기밭으로 바뀌면서 여행객들은 예전보다 더 자주 모습을 드러냈다. 노란 해바라기는 지나가는 사람들의 호기심을 자극한 데 이어 발길을 유인했다. 해는 해바라기를 유인하지만 해바라기는 사람들을 유인한다. 그 사람이 해바라기를 싫어하든 좋아하든지 간에 말이다. 아무래도 낯선 사람들이 이 집으로 들이닥칠 모양새다. 나는 물 묻은 손으로 놈의 몸에 있는 계구를 제거하며 소리친다.

"빨리 목욕탕으로 들어가, 빨리!"

포승줄과 수갑을 싱크대 서랍에 쑤셔 넣고 놈이 앉았던 의자를 한쪽 구석으로 치운다. 노크 소리가 난다. 남자의 굵직한 목소리가 이어진다.

"실례합니다. 계십니까?"

나는 빨간 문을 열어젖힌다. 먼 길을 걸어온 듯, 남자와 여자의 얼굴이 빨갛게 달아올라 있다.

"저흰 도보 여행 중인데요, 해바라기가 정말 멋있네요."

그 말은 잠시 쉬었다 가도 되겠느냐는 극히 우회적인 표현이다. 나는 단 한 번도 행인이나 여행객의 방문을 불쾌하게 생각한 적이 없다. 이 넓은 땅을 혼자 차지하고 있는 내겐 더할 나위 없이 반가운 손님이자 말동무이기 때문이다. 하룻밤 묵었던 손님이 떠나고 나면 한동안 외로움에 치를 떨면서도 나는 매번 낯선 이들을 받아들인다. 놈이 있다고 해서 달라질 건 없다.

"들어오세요. 날이 덥죠?"

"그래도 되겠습니까?"

남자와 여자는 어깨에 짊어진 배낭을 문가에 내려놓고 집 안으로 들어온다. 멀뚱히 서서 집 안을 훑는 그들을 식탁에 앉힌다. 나는 냉장고에서 시원한 보리차를 꺼낸다. 얼음 몇 개를 띄운 보리차를 투명한 컵에 부어 식탁에 놓는다. 남자와 여자는 내 친절에 고개를 숙이고는 단숨에 물을 들이켠다.

"우리나라에도 이런 해바라기밭이 있는 줄은 몰랐어요. 제법 넓은데요? 꽃도 무지 크네요."

여자가 입가에 묻은 물을 손등으로 닦아 내며, 놈이 매일같이 바라보던 창 쪽으로 시선을 옮긴다.

"너무 낭만적이에요. 이런 데서 신혼살림 꾸리고 살면 정말 좋겠어요."

나는 그들에게 신혼이냐고 묻는다. 남자와 여자는 서로의 얼굴을 쳐다보며 쑥스러운 듯 고개를 끄덕인다. 그런 다음 여자가 식탁 위에 있는 꽃병과 창가에 놔둔 양동이를 번갈아 쳐다보며 내게 묻는다.

"해바라기를 굉장히 좋아하시나 봐요?"

집을 둘러싸고 있는 것으로도 모자라 집 안에까지 해바라기가 꽂혀 있으니 그렇게 물을 만도 했다. 나는 네, 하고 짧게 말하고는 빈 유리컵을 치운다.

여름휴가 차 도보 여행을 계획했다던 그들은 몹시 지쳐 보였다. 여자는 식탁 의자에 앉아 알이 밴 종아리를 연방 주무르며 남자에게 투정 부리듯 말한다.

"그러니까 내가 그냥 바닷가로 가자고 했잖아."

여자는 운동화와 양말을 벗어 자신의 발을 내게 내보인다. 발뒤꿈치와 엄지발가락에 잡힌 물집은 이미 곪아 터져 있었다. 여자는 피고름이 묻은 양말을 남자 얼굴에 들이밀며 더 이상 못 걷겠어, 하고 못을 박는다. 결국 그들은, 아니 여자는 하룻밤 묵어가라는 내 선심을 끌어내고 만다.

"정말 그래도 괜찮겠습니까?"

남자가 정중히 되묻는다. 나는 그럼요, 하는 대답 대신 해바라기 밭에 들어가고 싶으면 들어가 보라고 한다.

"해바라기를 좋아하면요."

내 말이 떨어지기가 무섭게 그들은 배낭에서 디지털카메라를 빼들고 밖으로 나간다. 하루 동안의 휴식을 보장받은 그들의 얼굴에는 벌써 생기가 돈다. 남자와 여자가 해바라기밭으로 사라지자 나는 목욕탕으로 가 문고리를 돌린다. 문은 잠겨 있다. 나는 있는 힘껏 문을 두드린다.

"빨리 문 열어!"

놈이 알몸인 채로 당당히 문을 열어젖힌다. 놈의 몸 한가운데에 난 털이, 이제 막 물기를 닦아 낸 탓인지 풍성하게 일어나 있다. 놈은 내심 내가 당황하길 기대했을 것이다. 하지만 나는 눈 하나 깜짝하지 않는다. 샤워를 끝내고 머리까지 감고 난 놈은 이를 닦는 중이었다. 그런데 이 집에 칫솔이라곤 하나밖에 없었다.
"뭐하는 짓이야! 그거 내 칫솔이잖아."
나는 놈의 손에서 칫솔을 빼앗아 목욕탕 바닥에 내팽개친다.
"무슨 수작이야? 내 칫솔 입에 물고 무슨 상상하는 거냐고!"
그러나 놈은 아랑곳없이 칫솔을 주워 들고 다시 이를 닦는다.
"그만두지 못해!"
놈이 고갯짓으로 문밖을 가리킨다. 남자와 여자의 목소리가 들린다. 목소리는 점점 가까워진다. 나는 놈의 알몸을 목욕탕 문 뒤로 감춘다.

차에서 내려 트렁크에 실린 물건들을 몽땅 꺼낸다. 대부분이 부식거리와 생필품이다. 놈의 겉옷과 속옷도 있다. 나는 칫솔 두 개도 샀다. 놈에게서 나는 악취를 맡아야 할 이유가 없다는 생각이 들었다. 놈이 아니라 전적으로 나를 위해 산 것들이다. 억울하지만 놈을 위해 돈을 좀 써야 했다. 하룻밤 묵어갈 남자와 여자 때문에라도 그럴 수밖에 없었다. 나는 시내에서 산 물건들을 양손에 들고 해바라기밭으로 들어간다. 해바라기들 때문에 차를 집 앞까지 끌고 들어갈 수 없어 이럴 때 좀 불편하다.
불어오는 바람에 해바라기들이 서로 몸을 부딪친다. 소슬 소슬,

일어나는 소리에 귀를 틀어막고 싶다. 하지만 양손에 들린 물건 때문에 그럴 수도 없다. 겹겹이 서 있는 해바라기 틈으로 빨간 문이 달린 집이 보이기 시작한다. 해바라기를 좋아하는 사람에게라면 이곳은 충분히 낭만적인 공간이다. 여자 말대로 신혼살림을 꾸리고 싶을 만큼 아름다운 곳이기도 하다. 엄마와 엄마보다 열 살이나 어린 엄마의 두 번째 남편도 이곳에서 잠깐 신혼 생활을 보냈다. 그땐 물론 포도나무가 즐비하게 서 있었다. 출입문과 창문에 빨간색 페인트를 칠한 건 엄마였다. 포도밭일 땐 촌스러워 보이던 빨간 출입문과 빨간 창문은 해바라기를 심자 한층 돋보였다.

 엄마의 두 번째 남편은 여러 사업체를 거느린 재력가였다. 내게 그 넓은 포도밭을 떼어 준들 아무런 문제도 지장도 없는 사람이었다. 엄마의 두 번째 남편은, 그 포도밭이 서류상의 엄마를 잃어버린 데 따른 보상이라고 했다. 나는 엄마의 두 번째 남편에게 엄마를 넘겨주는 대가로 상당한 값을 지불받은 셈이었다. 어디로 보나 손해 보는 장사는 아니었다. 엄마가 필요한 나이를 훌쩍 넘겨 버린 내겐 더욱 그랬다.

 엄마의 두 번째 남편은 조금 친절했다. 그리고 조금 자상했으며 조금은 인자했다. 뭐든 조금 그랬다. 내게 그 넓은 포도밭을 물려준 것으로 봐 조금 사려 깊은 듯했고, 조금 물욕이 없는 듯도 했다. 여기서 내가 '조금'이라는 표현을 쓴 건, 엄마의 두 번째 남편에 대해 조금밖에 모르기 때문이다. 그러고 보면 나는 모든 사람들에 대해 아는 게 별로 없는 것 같다. 그에 대해서는 속속들이 알 만큼 알았는지, 모를 일이다.

해바라기밭 길을 빠져나온다. 활짝 열린 출입문 사이로 식탁에 앉아 있는 남자와 여자가 보인다. 식탁 맞은편에는 놈이 앉아 있다. 무슨 재미난 얘기를 하고 있는지 여자는 입을 다물 줄 모른다. 내가 나타나자 그들은 일제히 식탁에서 일어난다. 나는 손에 든 물건을 식탁 위에 신경질적으로 올려놓는다.

놈의 몸에서는 오이 비누 향이 난다. 기름때로 한데 뭉쳐 있던 머리카락이 한 올 한 올 떨어져 나와 개별성을 과시한다. 그러나 놈의 수염은 아직 지저분한 채 그대로다. 면도기가 없으니 수염을 깎았을 리 없다. 땀과 음식 국물로 범벅이던 놈의 옷은 깨끗해져 있었다. 시내에 물건을 사러 나간 사이 옷을 빨아 바로 걸친 모양이었다. 무더운 날씨 덕에 옷은 그새 말라 있었다. 여자가 한껏 미소를 머금으며 내게 말한다.

"남편 분이 아주 재밌으세요."

남편이라니. 여자의 말에 나는 놈을 쏘아본다. 무슨 연극을 벌일 작정인지는 몰라도 이대로 묵과하진 않을 것이다.

"글쎄, 덥다면서 옷에 물을 잔뜩 묻히고 목욕탕에서 나오셨지 뭐예요."

나는 여자의 말을 무시하고 부식거리를 개수대로 가져간다.

"저녁 준비할 건데. 좀 도와 줄래요?"

내 냉랭한 반응에 여자가 눈치를 살피며 싱크대 쪽으로 조용히 걸어온다.

낯선 사람들과의 저녁 식사가 시작된다. 오랜만에 4인용 식탁이 꽉 찼다. 엄마와 엄마의 두 번째 남편이 살았을 때에도 자리 두 개가 늘 비어 있던 식탁이다.

맞은편에 앉아 있던 놈이 오늘은 바로 내 옆에 앉아 밥을 먹는다. 놈은 내가 사 온 속옷과 겉옷을 챙겨 입었다. 이제 악취는 완전히 사라졌다. 내가 놈에게 무슨 선심을 쓰고 있는지 모를 일이다. 놈을 위해 식탁을 차리고 옷을 사 오고 칫솔을 사 오고. 여긴 완전히 놈을 위한 천국이 돼 버렸다.

식사 내내 남자와 여자는 자신들의 연애에서 결혼에 이르기까지의 과정을 지루하게 나열해 나갔다. 그 바람에 그들의 밥은 좀체 줄지 않았다.

"근데 두 분은 어떻게 만나 결혼하게 되셨어요?"

여자가 나와 놈을 번갈아 쳐다보며 묻는다. 놈은 내가 자리를 비운 사이 나를 자신의 아내로 만들어 버렸다. 놈은 내 남자를 죽였다. 내가 당장 놈의 실체를 까발린다면 그들은 뒤도 돌아보지 않고 줄행랑칠 것이다. 손에 피를 묻힌 자와 얼굴을 맞대고 있다는 사실을 안다면 적어도 저렇게 행복한 미소를 지으며 음식을 목구멍으로 삼키지는 못할 것이다. 머뭇거리는 사이, 내 어깨가 갑자기 묵직해진다. 나는 고개를 옆으로 튼다. 놈의 팔이 내 어깨에 올라와 있다. 놈은 그것으로도 모자라 내 한쪽 어깨를 있는 힘껏 움켜쥐고는 그 윽한 눈빛으로 나를 쳐다본다. 자리를 박차고 일어나려던 나는 일단 참아 보기로 한다. 놈이 그들에게 입을 뗀다.

"그런 얘기를 함부로 남발해선 안 돼요. 모르는 사람들한텐 더욱 그렇죠."

"왜요?"

"행복했던 순간들을 그렇게 말로 다 해 버리면 행복이 달아난대요. 행복이 달아나면 불행의 씨앗만 남게 되는 거죠. 그러니까 남 앞에서 너무 행복해해서는 안 돼요. 질투가 바로 불행의 씨앗이니까요."

놈의 말에 남자와 여자는 괜한 얘기를 꺼냈다며 입을 다문다. 정말 행복이 달아나기라도 할까 봐 걱정하는 표정들이다. 내 어깨에서 팔을 내린 놈이 이번엔 젓가락으로 김치를 집어 내 밥에 얹어 준다. 놈의 얼굴은 행복으로 가득 차 있다. 남자와 여자 앞에서 완벽한 부부 행세를 하고 있는 놈을 당장 때려눕히고 싶다. 나는 식탁에서 벌떡 일어난다. 싱크대 서랍을 열어 수갑과 포승줄을 꺼내는 상상을 한다. 남자와 여자가 보는 앞에서 놈을 꽁꽁 묶어 놈의 죄상을 낱낱이 까발린다. 놈의 얼굴 껍질을 하나하나 벗겨 낸 다음, 선한 표정 뒤에 감춰진 악마성을 꺼내 식탁 위에 차려 놓는 것이다. 핏물이 뚝뚝 떨어지는 덩어리의 실체를 확인하는 순간 그들의 표정이 어떻게 바뀔지 궁금해진다. 그러나 나는 냉장고로 가 물을 꺼낸다. 오늘 일을 만회할 날은 많고도 많다. 오늘 밤만 넘기면 된다. 내일 남자와 여자를 떠나보내고 나면 전세를 역전시킬 수 있을 것이다. 나는 네 개의 투명한 유리컵에 보리차를 따라 식탁 모서리에 각각 놓는다.

"아 참, 혹시 직업이 형사이신가요?"

뜬금없이 여자가 놈에게 묻는다.

"아니요?"

해바라기밭

놈이 의아한 표정을 지으며 고개를 좌우로 흔든다.

"싱크대 서랍에 웬 수갑이 있던걸요?"

나와 저녁 준비를 하던 여자는 국자를 찾는답시고 싱크대 서랍을 열었다. 아무 생각 없이 열었던 서랍을 그냥 아무 생각 없이 닫았나 했더니 그게 아니었다.

"수갑하고 포승줄 말씀하시는 거죠? 그건 섹스 보조 기구예요. 지루한 잠자리를 위한 저희들만의 극약 처방이죠. 댁들도 한번 사용해 봐요. 아직 신혼이라 잘 모르겠지만, 그런 것도 시간이 지나면 시시해지고 재미가 없어지죠. 저희 부부는 잠자리 창조를 위해 부단히 노력하는 편이에요. 매일 밤 잠자리에서 나누는 대화의 대부분은 그 방법론에 관한 것들이죠. 아, 수갑과 포승줄은 제 아내 생각이었어요."

놈은 그들에게 자신의 손목과 발목을 내보인다. 손목에 생긴 상처 딱지를 가리키며 놈이 덧붙인다.

"이게 바로 지난밤 전위적인 에로티시즘이 만들어 낸 흔적이죠. 얼마나 대단했을지 상상이 가나요?"

놈이 물을 들이켜며 히죽히죽 웃는다. 신혼부부는 서로의 얼굴을 쳐다보며 얼굴을 붉힌다. 참다못한 나는 유리컵을 집어 든다. 그러고는 놈의 얼굴에 물을 끼얹는다. 남자와 여자가 놀라 나를 쳐다본다.

"은밀한 사생활을 노출시켜 제 아내가 몹시 화가 난 모양입니다. 제 생각이 좀 짧았네요. 여보 미안해."

나는 주먹을 불끈 쥔다. 놈은 아주 태연하게 손으로 얼굴을 쓸어 내리며 물기를 닦아 낸다. 남자와 여자는 분위기를 바꿔 보려는 듯, 도보 여행 중에 겪었던 일들을 풀어놓기 시작한다. 더 이상 놈의 노리갯감이 될 순 없다. 놈 옆에 앉아 있다가는 또 무슨 짓을 당할지 모른다. 나는 내 수저와 식기를 개수대로 가져가 설거지를 한다. 수세미로 그릇을 빡빡 문지르면서 어떤 식으로 놈에게 앙갚음을 할지 생각한다. 정신적인 것이든 신체적인 것이든 상관하지 않을 것이다. 뭐가 좋을까. 숨이 끊어지기 전까지 목을 옥죄 버릴까. 아니면 망치로 발등을 찍어 버릴까. 그것도 아니면 해바라기 줄기를 꺾어 놈의 몸을 구타해 버릴까…… 식기 부딪치는 소리가 점점 거칠어진다.

간단히 아침 식사를 마친 남자와 여자가 배낭을 메고 집을 나선다. 저쪽 산 너머에서 먹장구름이 몰려온다. 바람도 심심찮게 불어온다.

"서둘러야겠네요."

나는 그들에게 우산 하나를 건넨다.

"어떨지 모르니까 들고 가세요."

"너무 신세만 지고 돌아가는 것 같아 죄송해요."

남자가 우산을 받아 챙긴다. 놈은 내 뒤에 서서 가볍게 손을 흔들며 그들을 배웅한다. 남자와 여자는 언제 다시 한번 들르겠다는, 지키지 못할 약속을 하고 해바라기밭으로 들어간다. 그들의 움직임과 모습이 해바라기에 묻혀 점점 사라진다. 나는 그들이 보이지 않을 때까지 해바라기밭을 바라본다. 단 하루의 인연이지만 저렇게 떠나보내고 나면 아쉽고 쓸쓸하고 적막해진다.

그들이 해바라기밭으로 완전히 모습을 감춘 뒤에야 나는 집 안으로 들어간다. 놈은 싱크대 서랍에서 수갑과 포승줄을 꺼내고는 구석에 있던 의자를 창가로 옮긴다. 놈은 의자에 앉아 손과 발을 내민다. 나는 놈이 들고 있는 수갑과 포승줄을 뺏어 든다.

"아니, 오늘은 여기가 아니야. 밖으로 나가."

나는 놈을 끌고 밖으로 나간다. 해바라기밭 앞에 의자를 내려놓고 놈을 앉힌다. 포승줄이 놈의 가슴을 지나고 팔뚝을 지난다. 또 하나의 포승줄은 놈의 허벅지를 지난다.

"곧 비구름이 몰려올 거야. 비바람 속에서 바라보는 해바라기는 또 다른 느낌이겠지?"

나는 집에서 청 테이프를 들고 나와 놈의 입을 단단히 봉한다. 그런 다음, 비가 쏟아지기 전 소화도 시킬 겸 해바라기밭으로 들어간다. 놈의 눈이 나를 좇는다. 놈의 시선을 떨쳐 내기 위해 더 깊숙이 해바라기밭으로 들어간다. 천천히 걸어, 집을 중심으로 방사형으로 뻗어 있는 해바라기밭을 한 바퀴 돈다. 매번 해바라기밭을 거닐면서 느끼는 거지만 대지는 내게 과분할 정도로 넓다. 엄마의 두 번째 남편에게 엄마의 가치가 이만큼이나 컸던 걸까. 주름투성이인 여자가, 자궁을 들어낸 여자가 뭐 그리 대단한 가치를 지녔던 걸까. 하지만 이렇게 넓은 대지와 맞먹었던 엄마는 지금 이 세상에 없다. 작년 봄, 갑작스러운 교통사고였다. 다행스럽게도 엄마는 그 사고 현장에서 죽었다고 했다. 그러니 마흔여섯 해를 살아온 엄마 생의 끝은 그리 고통스럽진 않았을 것이다. 엄마가 사라졌으니 엄마의 두 번째 남편에게 이 포도밭을 다시 되돌려 줘야 하는 건 아닌지 모르겠다. 그런데 포도나무까지 되돌려 달라고 하면 어쩌지. 몇십 년 동안 키워 온 포도나무를 맘대로 뽑아 버린 건 정말 경솔한 행동이었다. 엄마를 통해 안 사실이지만, 엄마의 두 번째 남편은 포도를 좋아했을 뿐만 아니라 포도나무를 굉장히 아꼈다고 했다. 그래도 엄마의 두 번째 남편은 조금 사려 깊은 사람이니까 그렇게 매정하게 굴진 않을 것이다. 아니 어쩌면 이 포도밭을 되돌려 받지 않을지도 모른다. 엄마의 두 번째 남편은, 나한테서 엄마를 서류상으로 잃어버리게 한 것으로도 모자라 이 세상에서 완전히 잃어버리게 했다고 생각할 것이기 때문이다. 엄마가 교통사고로 죽어 없어진 건, 엄마가 두 번째 남편의 생활에 편입되면서 일어난 일이기 때문이다. 그러니 포도밭을, 아니 이 해바라기밭을 되돌려 받지 않을지도 모른다.

하늘에서 빗방울이 떨어지기 시작한다. 어느새 먹장구름이 하늘 전체를 뒤덮었다. 나는 해바라기밭에서 빠져나와 집으로 들어간다. 놈의 시선은 여전히 나를 좇는다.

비바람에 해바라기들이 쓰러졌다 일어난다. 해바라기밭에 거대한 파도가 인다. 번개가 치고 천둥소리가 창공을 뒤흔든다. 해바라기들은 그 어느 때보다 광기 어린 얼굴로 집 쪽을 쳐다본다. 미친 사람처럼 춤을 추는 것 같기도 하고, 술에 취해 난동을 부리는 것 같기도 하다.

빗물에 흠뻑 젖은 채 의자에 앉아 있는 놈이 보인다. 놈은 고개를 숙여 해바라기를 외면하고 있다. 저대로 그냥 놔둘 순 없다. 놈은 해바라기를 봐야 한다. 비바람에 춤을 추는 해바라기와 해바라기밭에서 일어나는 파도를 두 눈으로 봐야 한다. 자신을 집어삼킬 것 같은 두려움을 몸으로 느껴야 한다. 나는 우산을 펼쳐 들고 밖으로 나간다. 거센 바람에 우산이 뒤집어질 태세다. 놈의 턱밑으로 빗물이 미끄러져 떨어진다. 손으로 놈의 턱을 추어올린다.

"보란 말이야!"

놈이 나를 향해 뭐라고 웅얼거린다. 테이프와 빗소리 때문에 놈이 무슨 소리를 지껄이는지 알아들을 수 없다.

"저 해바라기를 쳐다보라니까!"

놈이 테이프 사이로 입을 벌리려고 애쓴다. 나는 놈의 입에 붙어 있는 테이프를 떼어 낸다.

"이제 그만, 그만해."

몹시 지쳐 있는 듯한 놈의 목소리가 빗소리와 함께 바닥으로 떨어진다.

"무슨 소리야! 이제 겨우 시작인데. 비가 멈출 때까지는 있어야 해."

"그만하라고!"

놈이 목청껏 소리를 지른다.

"이제 그만해."

놈은 계속 그 말만 되풀이한다.

나는 놈의 머리카락을 움켜쥐고 다시 아래로 향한 놈의 고개를 위로 추어올린다.

"왜 죽인 거야?"

놈은 대답이 없다.

"왜 죽였어! 그러지 않아도 죽을 사람이었단 말이야."

놈이 눈을 동그랗게 뜨고 내 눈을 응시한다.

"알아? 그렇게 고통스럽게 죽이지 않아도 곧 떠날 사람이었다고!"

입이 마비되기라도 한 듯 놈은 아무 말이 없다. 놈은 모르고 있었던 게 분명하다. 그가 곧 죽을 사람이었다는 걸.

"널 원해서 그랬어. 그뿐이었어. 그뿐이었다고!"

놈이 목청껏 소리를 지른다. 혹여 자신의 목소리가 빗소리에 가려 들리지 않을까 봐 목청껏 내지른다. 결국 들어서는 안 될 말을, 그 말만은 하지 말았으면 하는 말을, 놈은 해 버리고 만다.

"그럼 엄마는?"

놈이 고개를 쳐든다. 그러나 놈은 말이 없다. 재차 물어봐도 역시나 대답이 없다. 내 손에서 우산이 떨어진다. 놈처럼 내 몸도 빗물로 흠뻑 젖어 들기 시작한다. 나는 놈을 감방에 처넣을 수도 있었다. 지금이라고 해서 불가능한 건 아니었다. 공소시효는 무궁무진하게 남아 있다. 내 말 한마디면 그들이 겪었던 고통의 대가를 놈에게도 치르게 할 수 있다. 하지만 놈은 해바라기를 싫어한다. 나도 해바라기를 싫어한다. 그와는 다르게 놈은 내가 좋아하는 것을 좋아하고 내가 싫어하는 것을 싫어한다. 어차피 그는 죽을 사람이었다. 놈이 아니라도 그는 곧 자연사할 사람이었다. 이쯤 했으면 놈도 당할 만큼 당했다. 아니다. 그럴 순 없다. 놈은 아직도 나쁜 놈이다. 해바라기가 시들해지고 열매가 맺힐 때까지 놈을 괴롭혀야 한다.

해바라기 씨를 놈에게 먹여 놈의 몸속에 해바라기가 자라도록 해야 한다. 점점 해바라기가 돼 가는 놈을 지켜봐야 한다. 해바라기로 변한 자신의 몸을 보며 놈은 평생 두려움과 죄책감을 느껴야 한다. 나 또한 해바라기로 변한 놈의 몸을 바라보며 일말의 두려움을 느껴야 한다. 아니다. 놈은 나를 원한다. 놈은 역시 나를 원하고 있었다. 그렇다면 나는? 나도 놈을 원하고 있었던 걸까. 그래, 그랬는지도 모른다.

내 입에서 허망한 웃음이 터져 나온다. 저 해바라기를 몽땅 죽여 버리자. 나를 원한다는 놈이 너무 괴로워한다. 겉으론 아닌 척했지만 나 또한 저 해바라기가 소름 끼치고 싫었다. 무섬증에 동요되지 않으려고 노력하는 것도 이젠 지쳤다.

내 발걸음이 빗속을 뚫고 창고로 옮겨진다. 잘 벼려진 낫을 들고 해바라기밭으로 들어간다. 신나게 춤을 추는 해바라기의 목을 자른다. 날카로운 낫을 피해 갈 해바라기는 하나도 없다. 해바라기들이 하나둘 쓰러진다. 해바라기를 모두 베고 나면 이곳에 다시 포도나무를 심을 것이다. 근사한 포도밭으로 만들어 놈에게 다시 되돌려 줘야 한다. 놈이 좋아하는 포도를 다시 맛보게 하려면 몇 년의 시간이 필요할까. 일단 이 기분 나쁜 해바라기부터 없애자. 놈이 싫어하는, 내가 싫어하는 해바라기를 모조리 없애 버리자. 그러면 되는 것이다. 그러면.

나는 잠시 비가 떨어지는 하늘을 올려다본다. 눈물인지 빗물인지 모를 것이 내 눈 안에 가득 들어찬다. 그 눈물인지 빗물인지 모를 것에 묶여 있는 놈이 비친다. 놈의 몸과 턱수염이 비에 젖어 더욱 초췌해 보인다. 이 해바라기를 모조리 베고 나면 놈을 위한, 아니 그를 위한 면도기를 하나 사 와야 될 것 같다.

  나는 더욱 열심히 해바라기를 벤다. 해바라기는 그렇게 모두 사라져 간다.

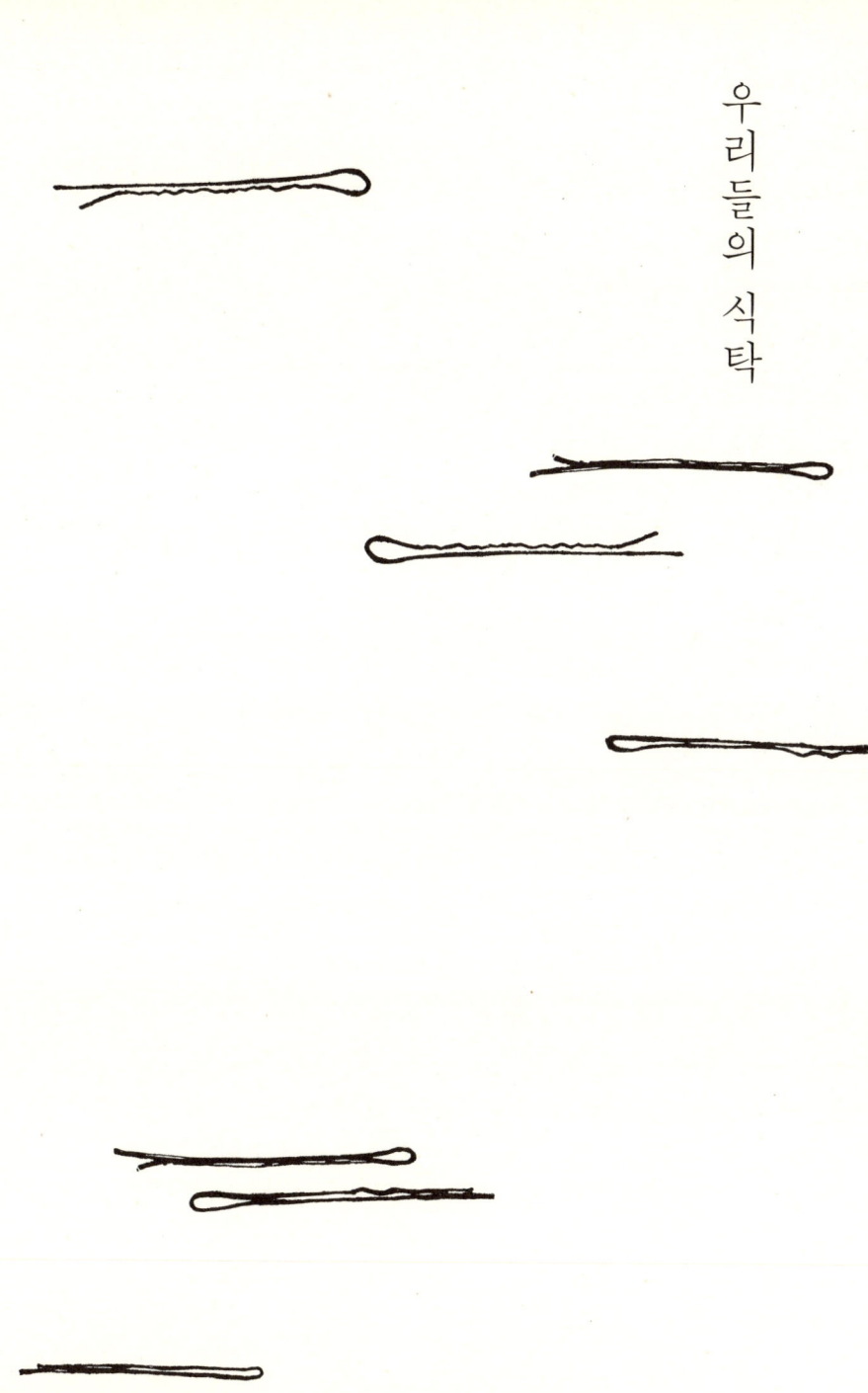

우리들의 식탁

늙은 고모가 식탁 위에 젓가락을 탁, 하고 놓는다. 남들 귀엔 식탁과 젓가락의 단순한 충돌 음쯤으로 들리겠지만, 그 '탁' 하는 소리에는 분명 또 다른 소리가 들어 있다. 그 또 다른 소리란 고모가 곧 신경질적인 말을 뱉어 낼 것임을, 더 나아가 뭔가 단호한 결정을 내릴 것임을 암시하는 소리다. 그건 아무나 감지해 낼 수 있는 성질의 것이 아니다. 저 늙은 여자와 오랫동안 살을 섞으며 살아온 사람만이 들을 수 있는 이중의, 아니 다중의 소리다.

나는 국그릇에 처박고 있던 고개를 들어 올려 고모를 쏘아본다. '쏘아본다'는 표현대로, 이런 행태는 최근에서야 내게 일어난 변화다. 내 입에서 '결혼'이라는 말이 나오면서부터 고모는 버르장머리 없는 내 언행들을 그냥 봐 넘기기 시작했다. 그래서 나는 양껏 양미간을 찌푸리고 다소 언짢은 표정을 지으며 계속해서 고모를 쏘아본다. 거기다 속으로 뭔데? 또 뭐가 문젠데? 하고 앙칼지게 물으며,

역시 속으로 육두문자를 마구 쏟아 낸다. 내재되고 억제된 표현의 자유를 누리고 있는 것 같아 잠시 동안이지만 나는 통쾌감을 느낀다. 그나저나 고모는 또 무슨 히스테리를 부리려는 걸까.

"씨팔, 안 되겠어. 너무 비좁아!"

뭐가 비좁다는 거냐고 묻고 싶었지만 관둔다. 굳이 묻지 않아도 고모는 모노드라마의 연극배우처럼 열심히 혼자 떠벌릴 것이다.

"식탁을 사야겠다. 10인용이 좋겠지? 아니야 12인용이 낫겠어. 왜 진작에 넓은 식탁으로 바꿀 생각을 못 했지? 너라도 충고해 줄 수 있었잖아!"

결국 불똥은 나한테로 떨어진다. 고모는 나와 단둘이 사는 이 집에, 아니 이 부엌에 4인용 식탁으로도 모자라 그 세 배에 달하는 12인용 식탁을 들이겠다고 한다. 고모가 저렇게 젓가락을 탁, 놓고 선언해 버렸으니 12인용 식탁이 이 부엌으로 들어오는 일은 이제 시간문제일 뿐이다. 부엌이 좁으면 옆방을 헐어 공간을 늘리는 한이 있더라도 거대한 식탁을 이 집에 들이고 말 것이다.

고모는 식탁에서 일어나 거실을 거쳐 자기 방으로 들어간다. 그런 다음엔 컴퓨터를 켜고 즐겨찾기에 링크된 쇼핑몰을 탐색하기 시작한다.

고모가 인터넷 세상을 접하게 된 건 온라인 고스톱을 시작하면서부터였다. 외출을—고모의 외출은 다섯 살 연하인 그 늙은 남자를 만나러 갈 때 말고는 거의 없다—별로 좋아하지 않는 고모에게 컴퓨터 속 인터넷 세상은 혁명과도 같은 것이었다. 매일 집에 틀어박혀 있는 자신에게 게임을 걸어 주고, 대화 상대를 만들어 주고, 시시각각 일어나는 소비 욕구를 발품 하나 들이지 않고 바로바로 충족시켜 주는 컴퓨터 속 인터넷. 그래서 고모가 자신의 컴퓨터를 '친구' 혹은 '심부름꾼'으로 바꿔 부르는 데는 하등의 무리가 없었다. 하지만 고모는 그 친구 혹은 심부름꾼이 자신의 은둔 생활을 더 깊숙한 은둔 속으로 몰아넣고 있다는 걸 알지 못했다.

"이리 좀 와 봐라. 이거 어떠냐?"

나는 숟가락을 든 채 고모 방으로 들어간다.

"디자인은 괜찮은데요."

"지금 그깟 디자인이 어떠냐고 물었냐? 넓이 말이야 넓이. 이 정도면 웬만한 접시는 다 올라가겠지?"

"그럴 바엔 차라리 주문 제작을 해 버리지 그래요? 왜 궁중 귀족 식탁 같은 거 있잖아요. 식탁 끝과 끝에 앉아 있으면 대화조차 불가능해 보이는 아주 긴 식탁요."

"지금 비꼬는 거냐? 넌 내 머리 꼭대기까지 올라올 참인가 본데, 더는 못 봐준다!"

나는 헛기침을 뱉어 내고 숟가락을 입에 문다. 숟가락을 입에 물지 않으면 내 입에서 또 무슨 말이 튀어나올지 알 수 없다. 저 늙은 여자의 심기를 건드려서 좋을 건 하나도 없다.

"난 머리 복잡한 건 딱 질색이야. 그냥 이걸로 해야겠다. 뭐 주문 제작? 내가 정작 주문 제작하고 싶은 건 네 그 못된 버르장머리야. 은혜도 모르는 년!"

나는 고모 방에서 나와 다시 식탁으로 가 앉는다. 12인용 식탁에 앉아 있을 고모를 생각하니 벌써부터 소름이 돋고 헛구역질이 난다. 그래도 저 12인용 식탁이 들어오면 시시때때로 접시를 날라야 하는 내 일손도 조금은 가벼워질지 모른다.

열쇠로 대문을 열고 집으로 들어간다. 단층으로 지어진 집은 각종 사철나무에 가려 잘 보이지 않는다. 키 큰 나무를 마당에 마구잡이로 심어 버린 건 고모였다. 집 주위를 점거한 나무들 때문에 커튼을 열어 놓아도 집 안은 늘 어두컴컴했다. 문제는 그 나무들이 걸러 주는 햇빛마저도 싫어 자꾸 커튼을 닫아 버리는 고모의 습성이었다. 고모는, 자외선이야말로 피부 노화를 촉진시키는 가장 큰 적이라며 내가 열어 놓은 커튼을 매번 닫아 버리기 일쑤였다. 햇빛을 보지 않으면 골다공증에 걸릴 확률이 높아진다거나 우울해지기 십상이라는 내 말은 고모에게 전혀 먹혀들지 않았다.
"상관 마라. 난 그저 젊어 보이고 싶을 뿐이니까."
고모는 커튼을 닫으면서 늘 그렇게 말했다. 몇십 년 동안 햇빛을 보지 않고 살아온 덕분인지 고모가 나이에 비해 젊어 보이는 건 사실이었다. 여성호르몬이 소진된 폐경기의 여자라는 사실이 믿어지지 않을 정도로 얼굴엔 큰 주름 하나 없었다. 그러니까 내가 속으로만 쓰는 '늙은 고모'나 '늙은 여자'라는 지칭어는 쉰여덟이라는 고모 나이에서 비롯된 것일 뿐, 고모의 외모와는 별 상관없는 것이었다. 아무리 그렇다 해도 결국엔 고모의 얼굴에도 주름이 스멀스멀 기어올라 올 것이다. 햇빛을 보지 않고 살아간다 해도 육십이 넘고 칠십이 넘으면 어쩔 수 없는 일 아니겠는가. 하지만 내가 아는 고모라면 절대 세월 앞에 무릎 꿇지 않을 것이다. 살가죽을 잡아당기고

콜라겐과 지방을 이식하고 필링을 해서라도 고모는 자기에게 주어진 시간을 역행해 가고 말 것이다. 눈과 코와 이마가 그랬듯이.

열쇠로 현관문을 열고 집 안으로 들어간다. 내가 학교에 가고 없으면 고모는 흔들의자에 파묻혀 잠을 자거나, 컴퓨터 앞에 앉아 고스톱을 치거나, 그것도 아니면 홈쇼핑 채널을 보며 시간을 보낸다. 기분 전환이 필요할 땐 입욕제를 넣은 욕조에 몸을 담근다. 그러다 정말로 기분이 좋아지면 진한 화장을 해 보기도 하고, 잘 피우지 않는 담배를 하루 종일 피워 보기도 한다. 따지고 보면 폭식은 그것들에 비해 그리 자주 일어나는 일은 아니다.

"왔냐?"

고모가 부엌에서 콧노래를 부르며 나온다. 뭐가 그리 기분이 좋은지, 웬일로 커튼을 활짝 열어젖히고 있는 나를 그냥 쳐다만 본다. 주문한 12인용 식탁이 배달된 게 분명했다.

"벌써 식탁이 왔나 봐요."

"그래. 얼른 와서 봐 봐라."

나는 부엌으로 간다. 고모의 위장만큼이나 거대한 식탁이 부엌을 완전히 점거해 버린 현장은 약간 우스꽝스러워 보인다. 코딱지만한 방에 들어와 있는 그랜드피아노처럼 다소 부담스러워 보이기도 한다. 그래도 옆방을 헐 필요까지는 없는 듯, 식탁은 무리 없이 부엌에 안착했다. 하지만 싱크대에 바투 닿아 있는 식탁 때문에 설거지를 하거나 음식을 만들 때 불편을 감수해야 할 것 같았다.

식탁 위에는, 고모만의 특별한 식사가 있을 때마다 사용되던 접시들이 죄다 놓여 있다. 빈틈없이 꽉 들어찬 접시를 보고 있으니 속이 메스꺼워진다. 고모가 상석에 있는 의자 하나를 빼고 앉는다. 그래도 그렇지 열두 개나 되는 의자는 우리에게 너무 많아 보인다.
"어떠냐, 웬만한 접시는 다 올라갔지? 조만간 한번 해야겠다."
한번 해야겠다는 말은 물론 폭식을 뜻하는 것이었다. 고모의 폭식은 가장 우울하거나 가장 화날 때, 아니면 가장 즐겁거나 가장 행복할 때 벌어지는, 일종의 자기 표현 같은 것이었다. 양극단의 심리 상태가 결국엔 같은 모양새로 귀결되는 셈이다. 그러니까 지금의 결론은 폭식을 해야 할 만큼 이 식탁이 고모 맘에 들었다는 뜻이었고, 이는 곧 나뭇조각 하나에 기분이 전환될 만큼 고모의 의식세계가 유약하고 가변적임을 말해 주는 것이었다.
고모의 폭식은 대중없이 일어난다. 격일로 일어날 수도, 일주일에 한 번 일어날 수도, 심할 경우엔 한 달 내내 이어질 수도 있다. 내가 초등학교 2학년이었을 때 한 달 넘게 이어졌던 고모의 폭식은 아직도 잊을 수 없는 악몽으로 기억된다. 고모의 아가페(?)적인 사랑이 떠나던 날이었는데, 그때 고모는 잠자는 시간과 화장실에 있는 시간과 음식 만드는 시간만 빼고 계속해서 먹어 댔다. 나는 송곳처럼 가는 고모의 몸속에 그렇게나 많은 음식을 받아 담을 위장이 있다는 게 무섭기까지 했다. 고모가 나마저 통째로 씹어 삼킬지 모른다는 생각에, 고모의 거대한 위장에 갇혀 죽을지도 모른다는 생각에 나는 밤마다 악몽을 꾸어야 했다. 어린 나는, 고모가 폭식을 할 때마다 고모와 살 수밖에 없도록 만들어 놓고 간 부모가 원망스러웠다.
고모는 오늘부터 하루나 이틀 동안 아무것도 먹지 않을 것이다.

폭식이 가져다줄 그 순간의 짜릿함과 희열을 제대로 만끽하기 위한 조치다. 폭식을 앞두고 휴식 기간을 잠깐 갖는 거라고 보면 된다.

"춘경아, 오늘 나랑 논문 자료 찾아보기로 했잖아."
남자 친구가 내 한쪽 어깨를 잡아끈다.
"안 돼. 오늘은 일찍 들어가 봐야 해."
"무슨 일 있어?"
"고모 때문에."
"고모님이 왜?"
꼬치꼬치 캐묻기 좋아하는 남자 친구가 쉽게 놔주질 않는다.
"폭식하는 날이거든."
"폭식?"
"아무튼 그런 게 있어. 나 먼저 간다."
나는 남자 친구의 손을 뿌리치고 버스 정류장을 향해 달린다. 시간 내에 도착하지 않으면 고모는 극도의 히스테리를 부릴지도 모른다. 고모는 입속에 음식을 마구 집어넣는 자신의 모습을 내가 옆에서 지켜봐 주길 바랐다. 내가 해야 할 일은 게걸스러운 고모를 쳐다보며 인상을 찌푸리고 고통스러운 듯한 표정을 지어 주는 것이었다. 물론 빈 접시를 치우고 음식이 가득 담긴 접시를 올려 주는 일도 내 몫이긴 하다. 이제 12인용 식탁이 들어왔으니 접시 나르는 일은 반감된 셈이지만, 사실 그깟 접시 나르는 일은 고모를 쳐다봐야 하는 일에 비하면 아무것도 아니었다.
이틀간 굶은 고모는 오늘 아침 '심부름꾼' 앞에 앉아 음식 재료들을 주문하기 시작했다. 지금쯤 고모는 배달된 각종 재료들로 열심히 음식을 만들고 있을 것이다. 컨디션이 좋으면 다 만든 음식을 이미 식탁 위에 펼쳐 놓고 있을지도 모른다. 그렇게 많은 음식이 필요함에도 내가 요리를 해야 하는 일은 결코 없었다. 음식 만드는 고모 옆에 붙어 서서 거들어야 하는 일도 없었다. 고모는 자기 몸에 들어갈 음식은 자기 손으로 직접 만들어 먹는다. 고모는 자기 자신 외엔 누구도 믿지 못하는 여자였다. 히스테리가 절정에 달할 때면 조카인 나마저도 적으로 간주돼 버리곤 하니, 말해 뭐하겠는가.

사실 고모가 외출을 잘 하지 않는 이유 역시 사고로 죽을지도 모른다는 그 빌어먹을 강박 때문이었다. 인도로 뛰어든 차에 치여 죽을 뻔한 뒤로 생긴 일종의 신경증이었다. 고모는 재수가 없으면 지나가는 개에 물려 죽을 수도, 무너진 담벼락에 깔려 죽을 수도 있다고 생각했다. 사실 고모가 늘 들먹이는 "햇빛이 싫어서"라는 건 부차적인 이유에 지나지 않았다. 특히 고모는 수요일엔 절대 외출하지 않았다. 외출하기 좋은, 잔뜩 흐린 날이라 해도 수요일만은 예외였다. 왠지 수요일은 불길한 날로 느껴진다는, 다분히 개인적인 그 '느낌'을 맹신한 결과였다. 내 부모와 남동생이 뺑소니차에 치여 죽은 날과 늙은 남자의 결혼 소식을 전해 들은 날이 수요일이라는 게 고모의 맹신에 확고함을 던져 준 계기라면 계기였다.

대문에서부터 음식 냄새가 진동을 한다. 고모와 살아온 18년 동안 좋은 게 있었다면 음식 만드는 것을 비롯한 기타 부엌일만은 하지 않아도 된다는 것이었다. 그래서 나는 고모가, 타인이 만든 음식에 독이 들어 있을지 모른다는, 자신을 해칠지 모른다는 정신병적인 망상에서 영원히 벗어나지 않길 바랐다. 저런 괴팍스러운 여자한테서 매일 푸짐한 밥상을 받아먹고 살아왔다니, 생각해 보면 좀 이상한 일이긴 하다.

현관문을 열고 거실로 발을 들여놓는다. 문소리에 고모가 부엌에서 얼굴을 내민다.

"이제 막 시작하려던 참이었는데, 때맞춰 잘 왔다. 앉아라. 배고프지?"

나는 가방을 내려놓고 욕실에서 손을 씻고 나와 위압적인 식탁 앞에 가 앉는다. 객관적으로 봐도 음식은 둘이 먹어 치우기에 버거워 보인다. 하지만 식탁은 순식간에 빈 접시만 남게 될 것이다. 살점 하나 없이 잘 발라먹은 앙상한 닭 뼈처럼 변해 버릴 것이다.

"자, 먹자."

고모 맞은편에 앉은 나는 우선 음식만 쳐다보며 밥 한 공기를 천천히 비운다. 고모를 닮아서인지 나는 보통 사람들에 비해 식욕이 왕성한 편이다. 하지만 나는 한 공기 이상의 밥은 절대로 먹지 않는다. 폭식도 과식도 하지 않는다. 난 고모처럼 돼서는 안 된다.

폭식은 고모의 은둔 생활로 인해 시작되었다. 텔레비전 시청이 집에서 하는 일의 전부였던 그때, 고모는 음식을 시켜 먹는 것도, 특정한 메뉴를 고르고 주문 전화를 거는 것도 지겨워하기 시작했다. 때마침 뉴스에서 배달된 음식을 먹은 중년 여자가 중태에 빠졌다는 소식이 전해졌다.

"무서운 세상이야. 자기 말고는 믿을 놈이 하나도 없어!"

고모는 그때부터 음식을 직접 만들어 먹기 시작했다. 그러면서 고모는, 음식이 자신의 위장 속으로 들어오면 들어올수록 기분이 좋아진다는 사실을 알게 되었다. 극도의 포만감이 스트레스를 풀어 주고 날아갈 것만 같은 기분을 더욱 고조시켜 준다는 사실에 고모는 음식 양을 점점 늘려 가기 시작했다.

"가장 짜릿할 때는 빈속에 음식을 마구잡이로 집어넣었을 때야. 그중에서도 클라이맥스는 바로 그 지점이지. 허기가 해소되고 포만감이 느껴지는 그 교차 지점."

폭식은 열심히 먹어 대던 고모가 최종적으로 발견한 고지였던 것이다. 그렇게 해서 게릴라식 음식 먹기는 고모의 신경안정제로, 혹은 기분 전환이나 스트레스 해소용으로 쓰이게 된 것이었다.

나는 내가 먹고 난 식기를 개수대에 담가 두고 고모 옆에 가 선다. 왕비의 엄숙한 식사를 지켜보고 있는 하녀처럼 옆에 서서 물컵이 비면 물을 따르고 접시가 비면 음식을 채운다. 거기에 덧붙여 역겨운 표정을, 곧 구토가 일어날 것 같은 제스처를 보여 준다. 고모의 식욕을 돋우는 건 혐오스럽게 일그러진 내 얼굴이다. 고모는 벌써 절반가량의 접시를 비웠다.

"음, 좋아 좋아."

"오우, 아!"

"으음, 더! 더!"

"아아아!"

고모가 음식을 넘기며 쏟아 내는 감탄사들은 마치 섹스할 때 터져 나오는 소리들과 흡사하다. 당장 고모 앞에다 검은 장막을 쳐 버린다면 사람들은, 변강쇠 같은 남자와 그 짓을 하고 있는 게 분명

해, 하고 단정 짓고 말 것이다.

내 일그러진 얼굴을 보고 나면 고모의 감탄사는 더욱 과장되게 꾸며진다. 거기다 음식은 더 많이, 그리고 더 열심히 밀어 넣게 된다. 그럴 때마다 나는 고모가 내게 고통을 주기 위해 폭식을 하는 거라는 착각에 빠져든다. 고모의 위장이 내 위장과 연결돼 있기라도 한 것처럼 고모의 쾌락은 나의 고통이 되어 이내 고문자와 피고문자의 관계가 돼 버리는 것이다. 18년간 나는 고모와 그렇게 살아왔다.

식탁 의자에 앉아 있는 고모의 가랑이가 점점 벌어진다. 도대체 고모는 저 많은 음식을 밀어 넣으며 무슨 상상을 하는 걸까. 알 것 다 아는 조카 앞에서 창피하지도 않은 모양이다. 고모의 자태가 점점 민망해지자 나는 빈 물컵에 물을 따라 식탁에 탁, 하고 놓는다. 그 소리에 놀란 고모가 가랑이를 오므리고 막 쏟아 내려던 또 다른 감탄사를 음식과 함께 삼켜 버린다. 이제 고모가 준비한 음식도 거의 바닥난 상태다. 그럼에도 고모의 배는 조금도 불러오지 않았다. 고무풍선처럼 빵빵해지기라도 한다면 바늘로 콕 찔러 버리겠지만, 얄밉게도 이틀간 굶었을 때나 지금이나 별반 다를 게 없다.

"그놈 집에 한번 데려와 봐라."

모든 접시를 깨끗이 비우고 나 고모가 약간 숨을 헐떡이며 힘겹게 말한다. 고모는 음식을 배불리 먹고 나면 숨이 차오르고 가슴이 마구 뛰기 시작한다고 했다. 고모는 그 순간을 은근히 즐기는 것 같았다.

"누구요?"

"결혼하고 싶은 놈 생겼다며. 어쨌든 내가 한번은 봐야 할 거 아니냐."

또 무슨 트집을 잡아 나한테서 남자 친구를 떼어 낼지 궁금하다. 나는 건성으로 알았다고 대답하고는 빈 접시를 개수대로 가져간다. 드디어 고모의 폭식이 끝났다. 또 언제 무슨 일로 찾아올지 모를 폭식이.

오늘은 햇볕이 쨍쨍 내리쬐는 수요일이다. 악조건을 두루 갖춘 날로, 고모가 절대 외출할 수 없는 그런 날이다. 그런데 지금 고모는 집에 없다. 전화가 걸려 왔다. 가만히 듣고만 있더니, 전화를 끊고 난 고모는 정성껏 화장을 하고 집을 나섰다. 불안하고 과감한 외출을 감행케 만든 사람은 다섯 살 연하의 늙은 남자, 고모의 그 아가페(?)적인 사랑이었다. 토요일 저녁마다 만나 오던 늙은 남자를 반 년 가까이 안 만나는 것 같더니 오늘 드디어 만남을 재개한 것이었다.

고모가 그 늙은 남자와의 관계를 일방적으로 끊어 버린 건 폐경 무렵이었다. 양이 줄어든 생리가 그마저도 뚝 끊겨 버린 날, 그리고 그게 폐경이라는 사실을 인지한 날, 고모는 폭식을 했다. 폭식은 일주일 동안 계속 이어졌다. 동물적인 먹성을 과시하고 난 다음, 고모는 그 늙은 남자에게 그만 만날 것을 통보했다. 늙은 남자의 결혼식이 있던 날 처음으로 써먹었던 수법을 또 들이민 것이었다.

"이제 난 생리도 하지 않아. 그게 무슨 뜻인지 잘 알잖아."

고모의 극히 우회적인 표현법은 내가 듣기에도 동정을 사기에 충분했다. 늙은 남자와 고모의 관계에서 만남을 정리하려는 쪽은 늘 고모였다. 반대로 끊어진 만남을 재개하는 쪽은 그 늙은 남자였다. 그것도 전화 한 통이면 가능한 일이었다. 그들은 서로에게 너무나 쉽게 응해 버리는 관계였다. 고모의 이별 통보는 더 끈끈한 만남을 위한 물밑 작업 같은 것이었고, 고모의 이별 통보를 받고 6개월 혹은 1년 뒤에 전화를 해 오는 늙은 남자의 의도도 고모와 같은 것이었다.

늙은 남자는 아내와 아이가 있는 사람이었다. 결혼은 곧 불행이라는 등호를 그어 버린 고모 때문에 늙은 남자는 어쩔 수 없이 다른 여자와 결혼해야 했다. 첫 번째 이별 통보 후, 고모에게 전화가 걸려 온 건 늙은 남자가 결혼한 지 1년이 지난 뒤였다. 그리고 그 이후로 그들은 지금까지 외줄을 타듯 아슬아슬하게 주기적인 잠자리를 해 왔다. 사실 몇 개월 전 고모의 두 번째 이별 통보는 폐경이라는 자신의 약점을 무마하려는 일종의 쇼 같은 것이었다. 그러니 여우 같은 고모가 늙은 남자의 전화 한 통에 달려가지 않을 이유는 없었다. 햇볕이 쨍쨍 내리쬐는 불길한 수요일이라 해도 말이다.

이제 고모와 늙은 남자에게 남은 건 불륜이라는 꼬리표와 섹스뿐이었지만, 고모는 아직까지도 자신의 사랑에 '아가페'라는 신성하고 순수한 낱말을 갖다 붙이려 한다. 변질된 사랑에 값비싼 껍질을 덧씌운들 뭐가 달라지는지는 알 수 없지만, 그건 어디까지나 고모 자신을 위한 합리화에 지나지 않음을 나는 잘 알았다. 그래서 나는 무지하고 독단적이며 이기적이기까지 한 고모의 의식 세계가 정말 징그럽고 싫었다. 아니, 무섭기까지 했다.

우리들의 식탁

초인종이 울린다. 남자 친구가 도착한 모양이다. 나는 남자 친구에게 인터폰으로 대문은 잠그지 말고 그냥 들어오라고 한다. 고모는 오늘 저녁 늦게나 들어올 것이다. 폐경 이후 갖는 고모의 첫 잠자리가 어떨지 나는 궁금하다. 불륜을 조장한 대가치고는 너무 빈약한 첫값이지만, 고모가 우려한 것 이상으로 아프고 고통스러웠으면 좋겠다. 폐경 이후 고모가 나한테 부린 온갖 트집들 때문이라도 그래야 한다. 폐경으로 인한 폭식을 끝내고 난 고모는 욕실에 비치해 둔 생리대를 내 면상에 던지며 소리쳤다.

"그렇게 머리가 안 돌아가냐? 눈치 있는 애라면 이딴 거 진작에 치웠어야지!"

생리 혈이 섞인 좌변기 물을 깜빡 잊고 내리지 않았을 때도 고모는 악담을 퍼부었다.

"생리 좀 한다고 유세 떠냐! 너 일부러 물 안 내렸지? 내 너한테도 빨리 그런 날이 오길 바라마."

그 뒤로 나는 생리대를 내 방 서랍장 깊숙한 곳에 감춰 둬야 했고, 뒤처리도 특히 신경 써야만 했다. 고모 같은 여자가 내 아버지의 하나밖에 없는 누나였다니, 아버지가 그렇게 좋아하고 따르던 사람이었다니, 정말 이해할 수 없는 일이었다. 고모란 여자는 성형외과가 아니라 신경정신과에 가 봐야 할 사람이었다.

남자 친구는 들어오자마자 집 안이 왜 이렇게 어두운 거냐고 묻는다. 나는, 고모 때문이야, 하고 단순 명쾌하게 말하고 만다. 더 이상의 부연 설명은 피곤해 관둔다.

"오늘 저녁 늦게까지 있어 줄 수 있지?"

"무슨 일인데?"

"있는지 없는지 그것만 대답해."

"우리 내일 아침 강의 있잖아."

"누가 내일 아침까지 있어 달랬어."

남자 친구는 알았다고 말하고는 집 구경 차 천천히 발걸음을 뗀다. 나는 오늘 남자 친구와 내 침대에서 뒹굴고 있는 모습을 고모에게 보여 줄 작정이다. 고모는 내가 정숙한 여자이길 바랐다. 문제는 그게 나를 위한 정숙이 아니라 고모 자신을 위한 정숙이라는 거였다. 고모는 내가, 난잡한 성생활로 덜컥 검증도 안 된 사람의 아이를 밸까 봐 그게 걱정이었다. 고모의 검증이란 다른 게 아니라, 자기와 같이 살 수 있는 사람인지 아닌지를 확인하는 것이었다. 고모는 내가 불쑥 사고를 쳐서 그 핑계로 결혼을 해 버릴까 봐, 예고도 없이 결혼을 목적으로 자기 곁을 떠나 버릴까 봐, 그게 두려웠다.

"내가 지금까지 널 맡아 키워 줬으니까 앞으로 넌 날 책임져야 해."

"혹 달린 나를 누가 받아 줬겠냐. 내가 결혼도 못 하고 산 건 다 너 때문이야. 그러니까 내가 널 책임졌듯이 이젠 네가 날 책임져야 해."

"정말 못된 고모였다면 넌 고아원에 맡겨 버릴 수도 있었어."

고모는 이런 논리로 내 발목을 잡고 늘어졌다. 고모는 인형을 사 달라고 조르는 어린 나를 두고 맹세를 시킨 사람이었다.

"이 인형 사 주면 결혼 안 하고 고모하고만 살겠다고 약속해."

내가 중학생이 됐을 때 시디플레이어를 사 달라고 조르자 고모는 또 내게 맹세를 강요했다.

"이 플레이어 사 주면 나중에 커서 결혼해서도 고모랑 살겠다고 약속하는 거다?"

나는 매번 고모와 새끼손가락을 걸며 맹세를 거듭했다. 부모 없는 유년 시절을 남들보다 풍족하게 지낼 수 있었던 것은 모두 그런 맹세 덕분이었다. 고모가 이 집을 단층으로 지은 이유도 같은 맥락에서였다. 고모는 나를 수평적인 공간에 묶어 두고 싶어 했다. 사생활이 보장된 이층집의 단절감을 고모는 아주 싫어했다.

남자 친구는 즐비하게 늘어선 작은 액자 속 고모 사진을 유심히 들여다본다.

"이분이 그 돈 많은 너네 고모님이야? 너하고는 다르게 상당히 미인인데?"

"기분 날 때마다 뜯어고치니까."

남자 친구가 나를 보며 피식 웃는다. 고모가 졸지에 부자가 된 건 갖고 있던 땅 때문이었다. 더 정확히 말하면 고모가 소유한 땅 인근이 택지 개발 지구로 지정되면서였다. 내 부모와 남동생이 뺑소니 사고로 죽을 즈음이었으니까, 고모에겐 좋아해야 할지 말아야 할지 난감한 시점이었다. 수십 배로 뛰어오른 땅값 덕에 더 이상 직장을 다닐 필요가 없어진 고모는─간호사였던 고모는 울상과 슬픔과 고통과 죽음뿐인 근무 환경에서 미치도록 벗어나고 싶어 했다─그때부터 집에서 은둔하기 시작했다. 젊었을 때부터 사람과의 관계 맺음에 그다지 큰 의미를 두지 않았던 터라 은둔은 고모에게 자연스럽게 스며들었다. 하지만 고립된 삶은 고모의 몸에 강박

적이고 이기적인 성향만 심어 놨을 뿐이었다. 그러다 어찌어찌해서 폭식의 묘미와 그것이 주는 쾌락을 알게 되었고, 정신적 심리적 문제가 발생할 때마다 폭식은 마치 처방전이라도 되듯 고모 곁을 따라다니게 된 것이다.

장씨 핏줄을 왜 이씨네가 키우느냐며, 큰이모한테서 나를 빼앗아 온 고모. 고모는 나를 맡아 키우기로 하면서 여덟 살인 내게 이렇게 말했다.

"불모지 땅이 몇십 배로 뻥튀기된 것보다 더 운이 좋은 건 바로 너야."

고모 말이 맞는지도 몰랐다. 부모와 남동생의 개 같은 죽음에 보상금 한 푼 받지 못한 상태였으니 말이다. 하지만 나는 그 운에 대한 보답으로 고모의 몸종이 돼야 했고 고모 돈에 구속된 채 살아야 했다. 내가 아르바이트라도 할라치면, 고모는 그깟 몇 시간 일해서 얼마나 번다고 그러냐며 관두게 했다. 나를 생각해 주는 듯한 말이었지만, 실은 그건 나를 빈털터리로 만들려는 속셈이었다. 내 주머니가 비어야 고모가 나를 용이하게 원격 조정할 수 있기 때문이었다.

사실 빈털터리인 나는 고모의 의도대로 잘 조정돼 왔다. 그 단적인 예가 대학 학과 선택이었다. 의류학 공부를 마치면 숍을 내 주겠다는 고모의 말에 나는 별 흥미 없던 의류학과에 들어갔다. 그러나 공부는 예상외로 재미있었다. 졸업 즈음 고모는 내게 대학원 공부를 더 해 보지 않겠느냐고 제안했다. 내 독립을 저지하려는 수작이었다. 나는 공부를 핑계로 고모와 떨어져 살 기회가 생겼다 싶어,

차라리 그러면 프랑스로 유학을 가겠다고 했다. 그러나 나를 아주 가까운 수평적인 위치에 묶어 두길 원하던 고모가 그걸 허락할 리 없었다. 고모는 국내 대학에서 석사를 마치면 정말 근사한 숍을 내주겠다며 또 사탕발림을 해 댔다. 아마 지금 하는 이 공부를 마치고 나면 고모는 또 박사과정을 밟아야 한다는 조건을 들이댈 것이다. 고차원적인 공부가 내 고유한 브랜드의 옷을 만드는 데 도움이 되는 건 아니라고 했지만 소용없는 일이었다. 고모는 기분이 틀어지거나 내게 화가 나면 너한텐 숍이든 재산이든 국물도 없어! 하고 으름장을 놓을 뿐이었다. 결국 난 고모의 자본력에 갇혀, 고모의 손에 놀아나는 바보가 돼 가고 있는 것이었다.

"몸매로 봐선 대식가로 안 보이는데?"

"체질이야. 지독한 체질."

"정말 그렇게 많이 먹어?"

"말로는 다 설명 못 해."

"'세상에 이런 일이' 같은 프로그램에 제보해야 하는 거 아니야?"

"그거론 부족해. '세상에 세상에 이런 일이' 정도는 돼야 해."

남자 친구가 피식, 웃으며 부엌으로 들어간다. 식탁을 보더니 두 사람만 사는 집 맞냐고 의문 조로 묻는다.

"이게 그 증거야. 얼마나 먹어 대는지 안 봐도 훤하지?"

나는 고모의 저 신성한 식탁 위에서 남자 친구와 그 짓을 하면 어떨까, 하고 생각한다. 그러자 갑자기 식탁이 푹신한 침대처럼 보인다.

"이 식탁 밥만 먹기엔 쓸데없이 너무 큰 것 같지 않니?"
남자 친구가 날 쳐다보며 긍정의 뜻으로 고개를 끄덕인다.
"여기서 그 짓을 하면 충격이 더 크겠지?"
"그게 무슨 말이야?"
순진한 남자 친구의 눈빛이 의뭉스럽게 변한다.

늙은 남자를 만나고 돌아온 고모는 사흘 동안 굶기 시작했다. 비워진 위장에 꾸역꾸역 음식을 담고 있는 고모의 모습이 다른 때와는 좀 달라 보인다. 감탄사도 연발하지 않고 가랑이도 벌리지 않는다. 늙은 남자와 무슨 일이 있었던 것 같은데 도통 아무 말이 없다.
고모는 수요일 저녁이 아니라 다음 날인 목요일 아침에 돌아왔다. 예정된 시간에 고모가 들어오지 않아 우리의 식탁 퍼포먼스는 실행으로 옮겨지지 못했다. 외출에서 돌아온 고모의 무릎과 팔에는 생채기가 나 있었다. 무슨 상처냐고 물었더니 대문 밖을 나서자마자 넘어져 생긴 상처라고 했다. 고모는 햇빛이 너무 강렬해 눈을 뜰 수 없었다고, 그래서 발밑에 장애물이 있는지 몰랐다고 했다. 결론은 햇빛과 수요일 때문이었다. 수요일은 여지없이 고모에게 불길한 요일이 되고 만 것이었다.
"천하에 나쁜 놈! 죽일 놈!"
고모는 음식이 그 늙은 남자라도 되는 양 씹어 먹는다. 나는 빈 접시를 개수대로 가져간다. 이제 고모 앞에 놓인 음식 접시는 딸랑 세 개뿐이다. 고모는 그 많은 음식을 먹어 치우고도 남은 음식이 더 있는지 묻는다.

"이제 없어요."

"벌써 다 먹었단 말이야? 근데 왜 이렇게 허전하지?"

고모는 지금 그 늙은 남자를 몸속에 집어넣고 싶은 것이다. 늙은 남자의 덩치만큼 고모의 위장은 비어 있고, 그 빈 공간은 음식으로도 채워질 수 없는 상태에 있다.

"두 달 후에 이민 갈 거란다. 그 나쁜 놈이 다른 나라에 가서 살 거란다. 배신자!"

순간 팔에 있던 기운이 쏙 빠져 버린다. 접시가 미끄러지듯 개수대로 떨어진다. 솔직히 나는 그 늙은 남자가 자신의 가정을 깨고 고모와 살아 주길 바랐다. 나에게서 고모를 좀 데려가 줬으면 싶었다. 늙은 남자의 가정은 원래부터 알맹이 없는 껍데기일 뿐이었으니 깨져 산산조각이 나도 상관없다고 생각했다. 고모를 나눌 수 있는 유일한 사람이었는데, 나의 유일한 희망이 사라져 버리는 순간이었다. 그러고 보니 늙은 남자는 고모가 아니라 나한테 더 필요한 사람이었다는 생각이 든다. 이기적인 건 고모가 아니라 바로 나였다!

"진짜 이민 간대요?"

"그래 이년아!"

"그럼 언제쯤 돌아온대요?"

"작정하고 가는데 돌아오긴 뭘 돌아와. 천하에 나쁜 놈! 내가 누구 때문에 난관까지 묶었는데."

아이를 빌미로 늙은 남자를 수렁에 빠뜨리고 싶지 않았던 고모. 좀 더 자유로운 관계를 위해 난관을 묶겠다고 자처한 쪽은 물론 고모였다. 이는 결혼으로 묶이긴 싫지만 그래도 오랫동안 관계를 유지

하고픈 늙은 남자에 대한 고모의 배려, 꼼수에 가까운 배려였다. 그럼에도 고모는 자신의 폐경 사실에 허탈해하며 이젠 진짜 아이도 가질 수 없게 돼 버렸네, 하는 모순된 말을 뱉어 내던 여자였다. 고모에게 아이가 있었다면, 그리고 그 아이가 고모의 폭식을 돕고 고모의 온갖 히스테리를 받아 줬다면, 난 그 아이를 믿고 이 집에서 벗어날 수 있었을 텐데. 그 아이를 희생양 삼아 자유로워질 수 있었을 텐데.

"그 사람 몰래 아이라도 낳아 키울 걸 그랬어. 염병할! 이젠 그렇게 하고 싶어도 못 하게 돼 버렸잖아."

지금이라도 늦지 않았으니 양자 양녀라도 들이라는 말이 목구멍까지 올라오는 걸 나는 겨우 참아 넘긴다. 나머지 세 개의 접시를 말끔히 비운 고모가 자신의 방으로 들어간다. 나는 개수대에 수북이 쌓인, 단지 먹을 수 없어 남겨 둔 접시를 물끄러미 내려다본다. 그 접시들을 보고 있는데 갑자기 고모가 없는 세상은 어떨까, 하는 생각에 머릿속이 행복해진다. 고모가 죽어 없어진다면 가능한 얘기였다. 그러고 보니 몸에 활성산소가 많으면 오래 살지 못한다는 말을 어디선가 들은 것 같다. 그 활성산소를 유발하는 것 중에 폭식과 과식도 있다고 했다. 난 고모가 없는 세상을 한 번은 살아 보고 싶었다. 고모와 살았던 시간보다 고모와 살지 않을 시간이 내게 더 많았으면 좋겠다. 그러기 위해서는 고모의 폭식을 조장하고 적극 도와야 한다. 고모의 몸속에 활성산소가 꽉 들어차도록 해서 노화를 촉진시키고 몹쓸 병이 생기도록 해야 한다. 자기 몸에 더 자주 더 많은 폭력을 가해 고모 몸에 피가 철철 흐르도록 해야 한다. 고모가 없는 세상이라니, 생각만으로도 좋아 웃음이 절로 나온다.
 방으로 들어간 고모가 화장대 거울 앞에 앉는다. 머리카락을 잡아 올리며 얼굴을 이리저리 돌려 비춰 본다.
 "내일 당장 각진 턱 좀 제거해 버려야겠어."
 고모는 더 아름다워진 얼굴로 늙은 남자를 더 깊이 유혹할 작정이다. 남은 두 달간 혼을 쏙 빼놓은 다음, 늙은 남자의 결정이 얼마나 잘못된 것인지, 얼마나 후회할 만한 것인지 뼈저리게 느끼게 할 작정이다. 어쩌면 고모의 페로몬에 조정당한 늙은 남자는 처자식을 버리고 그 먼 나라에서 뛰쳐나오게 될지도 모른다. 껍데기뿐이었던 늙은 남자의 가정은 산산조각 날 것이고, 그렇게 되면 고모는 늙은 남자에게 완전히 돌아갈 수 있게 되는 것이다. 늙은 남자가 나한테서 고모를 데려가 준다면…… 생각만으로도 행복하다.
 자신의 몸만으로도 모자라 타인의 몸까지 망가뜨리려 하는 고모. 고모의 폭식이 내게도 고통을 안겨 주듯 고모의 지나친 욕정은 늙은 남자의 가정을 찢어 놓을 수 있을까.

 오늘은 고모의 성화에 못 이겨 남자 친구를 집으로 초대하기로 한 날이다. 남자 친구 입에서 너랑은 안 되겠다, 하는 말이 나오게 될 날이기도 하다.
 각진 턱을 제거해 버린 고모는 2주 동안 제대로 된 식사를 하지 못했다. 턱이 회복되는 동안 굶었겠다, 얼굴도 예뻐졌겠다, 거기다 손님 초대에 쓸 음식까지 필요한 날이니, 오늘은 여러모로 고모에게 폭식하기 좋은 때다.

오늘 고모가 준비한 식탁의 주메뉴는 스테이크다. 2주 내내 죽만 먹으며 가장 많이 생각난 음식이 스테이크였기 때문이지, 결코 남자 친구의 식성을 고려한 상차림은 아니었다. 고모는 지금까지 그 훌륭한 요리 솜씨를 남을 위해 발휘해 본 적은 없었다. 늙은 남자에게조차 그랬다.

"그놈 왼손잡이냐 오른손잡이냐?"

고모가 싱크대 서랍에서 포크와 나이프를 꺼내면서 묻는다.

"오른손요."

고모는 남자 친구와 내가 앉을 자리에 포크와 나이프를 각각 놓는다. 그런데 포크는 오른쪽에 나이프는 왼쪽에 놓는다. 반대로 고모가 앉을 자리엔 포크를 왼쪽에 나이프를 오른쪽에 놓는다. 이것도 일종의 강박이 몰고 온 행동이었다. 고모로서는 오른손잡이의 오른손에 나이프를 쥐여 줄 순 없는 것이었다. 포크와 나이프를 바꿔 놓은 의도를 남자 친구가 알아채기라도 하면 어쩔 거냐며 대들어 보지만 소용없다.

"세상에 믿을 놈은 하나도 없다. 끔찍한 사고는 충동적으로 일어나는 법이야. 예방해서 나쁠 건 없잖냐."

고모 말이 맞는지도 모른다. 나도 죽이고 싶을 만큼 고모가 미웠던 적이 있었으니까. 고모의 행동이 과장되고 비현실적인 상황 연출에서 오는 거라지만, 한편으론 그 상황에 끼어들 수 있는 나를 발견하고 나조차 놀라게 된다. 이해받을 수 없는 자신의 행동이 예측 불능의 끔찍한 일을 만들어 낼 수 있다는 걸 알면서도 고모는 왜 저렇게 변해 가는 걸까.

식사 준비가 끝났을 때쯤, 남자 친구가 꽃다발을 들고 마당을 지나 집 안으로 들어온다. 고모가 꽃을 싫어한다는 사실을 남자 친구에게 얘기해 준다는 걸 깜빡 잊었다. 남자 친구는 거실에 발을 들여놓는 동시에 고모에게 깎듯이 인사를 한다. 꽃다발을 받아 든 고모는 탐탁지 않은 표정을 지으며 말한다.

"내가 꽃 싫어한다는 거 춘경이가 얘기 안 했나 보죠?"

당황한 빛이 역력해진 남자 친구가 머리를 긁적이며 대답한다.

"들었습니다. 그래도 한번 좋아해 보시라고 일부러 사 왔습니다."

"좀 무례하군요."

고모는 남자 친구의 꽃다발을 소파에 내팽개치고는 부엌으로 들어간다.

"일단 식사부터 하죠."

고모 뒤를 따르는 남자 친구의 발걸음이 무거워 보인다.

남자 친구가 식탁 의자를 빼고 앉는다. 식탁 위에 빼곡이 차 있는 접시와 음식에 놀란 남자 친구가 소리 없이 입을 벌린다. 이렇게 큰 식탁에다 빈틈없이 음식을 채울 거라고는 생각조차 못했을 것이다.

"스테이크 좋아해요?"

"네, 그럼요."

"어서 들어요."

남자 친구가 포크와 나이프를 놓인 대로 집지 않고 바꿔 들려고 한다.

"아니, 그냥 그대로 써요. 바꾸지 말고."

"네?"

"좀 불편하더라도 놓인 대로 쓰라고요."

남자 친구는 내 눈치를 보며 왼손으로 고기를 쓱쓱 썬다. 이어 고모도, 의도하지 않게 굶겨야 했던 자신의 위장 속으로 스테이크를 썰어 넣기 시작한다. 단숨에 스테이크 접시를 비우고 난 고모는 본격적으로 음식에 달려든다. 낯선 이가 마주 보고 앉아 있든 말든 게걸들린 사람처럼 접시를 하나씩 비운다. 이런 고모를 쳐다보는 남자 친구의 이맛살이 점점 찌푸려진다.

"음! 이거야 이거. 아!"

나는 이보다 더 농도 짙은 신음 소리가 튀어나올까 봐 조마조마하다. 제발 다리는 벌리지 말아야 할 텐데 걱정이다. 고모가 눈을 감고 턱을 치켜든다. 오르가슴에 도달한 사람처럼 고모의 표정이 야릇해진다. 안 되겠다 싶어 고모에게 말한다.

"고모, 아직은 턱에 무리 주면 안 되잖아요."

고모가 감았던 눈을 살며시 뜬다. 그제야 제정신이 돌아온 듯, 고모는 양 관자놀이를 손으로 꾹꾹 누르며 평상심을 되찾으려 한다. 고모는 의자를 잡아당겨 식탁에 배를 바짝 붙이고 천천히 음식을 먹는다. 그러고는 본격적으로 남자 친구에게 질문을 퍼붓는다.

"장남이라고 들었는데, 그래도 나하고 이 집에서 같이 살 수 있겠어요?"

"그럼요."

"대학원 마치면 뭘 할 셈이죠?"

"춘경이랑 동업할 생각이에요. 우리 둘이 합심해서 좋은 브랜드

우리들의 식탁

하나 만들어 보려고요."

"난 내 돈을 남의 목구멍에 처넣고 싶진 않다!"

고모가 나를 쳐다보며 소리친다.

"미안해요. 큰소리쳐서. 그럼 일단 오늘은 여기 차려진 음식을 다 먹어 보도록 해요."

"네?"

"난 가끔 폭식을 즐기죠. 우리 가족이 되려면, 아니 나랑 같이 살려면 서로에 대해 이해해야 하는 거 아니겠어요? 가령 내가 왜 폭식을 즐기는지, 그게 얼마만큼 황홀한지 알고 나야 친밀감을 느끼지 않겠느냐고요. 그래야만 젊은이도 내 폭식에 혐오감을 느끼지 않을 테고 말이죠. 우리 춘경이도 가끔 나를 위해 같이 음식을 먹어 주거든요."

고모는 지금 거짓말을 하고 있다. 나는 고모의 폭식에 동참한 적이 한 번도 없었다. 또한 고모가 자신의 폭식에 대해 내 이해를 요구한 적도 없었다. 아니 오히려 내가 혐오감을 느껴 주길 원했다. 지금까지 일방적이었던 폭식을 남자 친구에겐 양방향이어야 한다고 가르치고 있는 고모의 말은 다분히 의도적으로 보인다.

고모의 말에 오기가 발동한 남자 친구가 꾸역꾸역 음식을 집어 먹기 시작한다. 접시가 하나하나 비워질 때마다 남자 친구가 고통스럽게 몸부림친다. 그러더니 접시가 다섯 개째 비워질 찰나에 남자 친구가 의자에서 벌떡 일어선다.

"더, 더는 못 하겠습니다. 이만 가 볼게요."

남자 친구가 입을 틀어막으며 밖으로 뛰쳐나간다. 나는 남자 친구 이름을 부르며 뒤따라 나간다. 대문을 열고 나가려는 남자 친구를 불러 세운다.

"잠깐!"

남자 친구가 뒤돌아본다.

"네 고모는 미쳤어! 저런 사람을 평생 데리고 살아야 한단 말이지?"

"아니야. 그냥 장난삼아 해 본 걸 거야."

"장난? 네 고모가 나이프를 왜 왼쪽에다 놔뒀는지 이해가 된다. 고모한테 감사해야 할 것 같다. 하마터면 죄짓고 감방에 갈 뻔했어."

"각오했잖아."

"실제로 겪는 거하고는 달라. 아무래도 너랑은 안 될 것 같다."

남자 친구가 대문을 열고 나가 버린다. 아무리 불러도 남자 친구는 뒤도 돌아보지 않고 모퉁이로 사라진다. 나는 곧바로 부엌으로 달려 들어간다. 고모는 천연덕스럽게 음식을 먹고 있다.

"너무하잖아요!"

"하관이 너무 빠졌더라. 복이 없어 봬. 저놈은 우리 피 빨아먹고 살 놈이야."

나는 식탁 위에 있는 나이프를 집어 들고 싶은 것을 간신히 눌러 참는다.

오늘은 토요일이다. 고모는 아침 일찍 늙은 남자의 전화를 받고 나갔다. 부드럽게 바뀐 턱 선을 매만지며 보무당당하게 집을 나섰다. 현관에 머물렀던, 나를 두고 감히 네까짓 게 다른 나라에 가서 살 수 있을 것 같애, 하는 말에서는 독기가 뿜어져 나왔다.

나는 지금 내 방 침대에 누워 있다. 이틀째 물 한 모금 삼키지 못한 나는 배가 고프다. 고모가 외출하고 없는 지금, 뭐라도 가져다 먹을 수 있지만 절대 움직이지 않는다. 난 굶어 죽을 작정이었다. 고모가 내 인생에 뛰어들어 모든 걸 망치기 전에 나 스스로 목숨을 끊어 버릴 작정이었다. 고모 없는 세상을 사는 것보다 내가 먼저 죽어 주는 게 더 빠를 것 같다는 생각이 들었다. 누가 먼저 죽든 혼자 남겨지는 건 마찬가지일 테니까. 그런 결심을 가시화하는 방법으로 난 단식을 택했다. 단식은 내가 할 수 있는, 고모를 향한 최대한의 저항 방법이었다. 적어도 고모는 혼자 남겨질 자신을 생각해, 내가 죽어 없어지길 바라진 않을 것이다.

침대에 누워 있는데도 눈앞의 사물들이 어지럽게 움직인다. 고모는 어떻게 폭식을 위해 매번 그렇게 굶을 수 있었는지 모르겠다. 지금 상태라면 나도 고모처럼 12인용 식탁에 올라온 접시를 모두 비울 수 있을 것 같다.

목이 마르다. 물이라도 한 모금 마시고 와야지 이대로는 안 될 것 같다. 단식투쟁자한테도 물만큼은 허용되지 않던가. 나는 침대에서 몸을 일으킨다. 발을 내려놓으려는데 초인종이 울린다. 고모가 돌아온 모양이다. 나는 다시 침대에 누워 꼼짝도 하지 않는다. 고모는 계속해서 초인종을 눌러 댄다. 같은 소리임에도 왠지 방금 울린 초인종 소리에서는 신경질적인 느낌이 감지된다.

'쾅' 하고 대문 닫히는 소리가 난다. 곧바로 현관문 따는 소리가 들린다. 고모가 구두를 벗고 거실로 올라온다. 소파에 핸드백 던지는 소리와 커튼 치는 소리가 동시에 들린다. 이어 내 방으로 접근하는 고모의 발소리가 들린다. 고모가 내 방 문고리를 잡아 돌린다. 나는 모로 누워 이불을 뒤집어쓴다. 고모가 방문을 열어젖힌다.

"자냐?"

나는 대답하지 않는다.

"오늘도 아무것도 안 먹을 셈이야?"

고모의 한숨 소리와 라이터 켜는 소리가 동시에 들린다. 고모가 문턱을 밟고 서서 담배를 태우기 시작한다. 담배 연기가 내 침대에 닿을 때쯤 고모가 다시 입을 뗀다.

"세상에 글쎄, 그 사람 대신 그 마누라가 나왔지 뭐냐. 나쁜 놈!"

고모가 담배 연기와 함께 또 한번 깊은 한숨을 뱉어 낸다.

"더 놀라운 건, 우리 관계를 그 마누라가 이미 다 알고 있었다는 거야. 근 20년 가까운 시간인데 말이지. 자기 말로는 매주 그 사람을 나한테 보낸 건 자기 의지였다고 하더라. 자기 남편을 다른 여자한테 보내는 여자가 어디 여자냐? 생긴 건 곱상하니 정숙하게는 생겼더라. 이제 애들도 클 만치 컸고 더 이상 이대로 놔둬선 안 되겠다 싶었다나. 차라리 내 머리끄덩이 잡고 땅바닥에 패대기라도 쳐 줬더라면 기분이 이보다 더럽진 않았을 거야."

지금까지 완전하다고 믿었던, 늙은 남자와 고모만의 완전한 불륜이라고 믿었던 그것이 그 둘만의 작품이 아니었다는 사실에 소름이 돋는다. 세상에 고모보다 더 독한 여자가 있었다니.

"자기 남편한테 마지막으로 전하고 싶은 말은 없냐고 묻더라? 그래서 내가 뭐란 줄 아냐? 부드러워진 턱 선을 보여 주지 못해 유감이라고 해 버렸다. 웃기지? 진짜 웃기는 얘기였어."

고모는 문턱에서 발을 떼고 방문을 닫고 나간다. 고모가 흔들의자에 앉아 텔레비전을 켠다. 여러 채널을 넘나들더니 결국 홈쇼핑 채널에서 화면을 정지시킨다.

삐걱삐걱. 고모의 흔들의자가 흔들린다. 나는 이불을 걷어 내고 침대에서 일어난다. 현기증으로 잠시 몸이 비틀거린다. 물을 먹는다고 해서 고모한테 지는 건 아니다. 나는 조용히 방문을 열고 거실로 나간다. 고모는 옷도 갈아입지 않은 채 흔들의자에 앉아 눈을 감고 있다. 나는 발소리를 죽여 가며 부엌으로 걸어간다. 고모 옆을 지나치려는데 촉촉이 젖은 고모의 눈가가 발견된다. 하나밖에 없는 동생이 죽었을 때도 보이지 않던 눈물이다. 아니, 고모와 살아오는 동안 한 번도 보지 못한 눈물이었다.

고모의 손가락 사이에 끼워진 담배가 가늘고 곧은 연기를 피워 올린다. 나는 부엌행을 관두고 고모 손에 있는 담배를 빼내 재떨이에 비벼 끈다. 그러고는 고모를 흔들어 깨운다. 놀란 고모가 들고 있던 리모컨을 바닥에 떨어뜨린다. 고모는 눈곱을 떼어 내는 척하며 눈가에 있는 눈물을 닦아 낸다.

"깜빡 잠이 들었네."

"나 배고파요. 맛있는 것 좀 만들어 줘요."

고모가 나를 빤히 올려다보며 입술을 삐죽거린다.

"살아 있었냐?"

"배고파 죽겠어요."

"죽기는 싫은 모양이네."

"고모도 오늘 하고 싶잖아요."

"그런가? 그래 그런 것 같다."

고모가 흔들의자에서 일어난다.

고모의 도마질 소리가 멈춘 지 한참이 지났다.

"다 됐다. 얼른 나와라."

고모가 나를 부른다. 나는 배를 움켜쥐며 침대에서 일어난다. 그런 다음 힘겹게 부엌으로 발걸음을 뗀다. 부엌에서 풍겨 나오는 음식 냄새만으로도 한결 기분이 좋아진다. 식탁은 지금껏 내가 봐 온 식탁 중에서도 가장 풍성하다. 각 접시에 담긴 음식 양도 전에 비해 두 배쯤 많아 보인다. 고모는 지금 이 식탁이, 고모만의 식탁이 아닌 우리의 식탁이라는 걸 얘기하고 싶었던 모양이다.

"앉자."

고모와 나는 식탁에 마주 앉는다. 이틀간 굶주렸으니 최소한 이틀 분량의 음식은 먹어야 한다. 고모가 먼저 수저를 든다. 나도 뒤따라 수저를 들고 음식을 집어먹는다. 고모가 감탄사를 쏟아 낸다. 나도 고모를 따라 한다.

"와우! 좋아. 더! 더!"

비어 있던 위장이 음식으로 채워지는 순간 짜릿함이 몰려온다. 나는 오늘만은 고모가 돼 보기로 한다. 고모처럼은 할 수 없겠지만 먹을 수 있는 데까지 한번 먹어 볼 참이다. 고모처럼 가랑이도 벌려 보고 신음 소리도 내 볼 것이다. 빈속에 음식을 마구잡이로 집어넣을 때의 그 짜릿함과 허기가 해소되고 포만감이 느껴질 때의 그 교차 지점을 체험해 볼 것이다. 클라이맥스에서는 내 기분이 어떻게 바뀌는지, 정말로 숨이 차오르고 가슴이 뛰는지도 지켜볼 것이다.

"고모, 우리 내기할래요?"

"무슨 내기?"

"접시 비우기요. 진 사람은 설거지하기!"

"게임이 안 될 텐데?"

"해 봐야 알죠. 난 이틀이나 굶었다고요."

우리는 서로의 눈치를 살피다 각자 접시 하나를 차지한다. 나는 속력을 내기 위해 수저를 내팽개친다. 고모도 나를 따라 한다. 우리는 맨손으로 음식을 집어먹으며 탐색전을 펼치듯 서로의 눈을 쳐다본다.

고모와 내 접시가 동시에 비워진다. 우리는 또 다른 접시를 향해 팔을 뻗친다. 공교롭게도 고모와 내 손이 동시에 잡채 접시에 닿는다. 접시 하나를 서로 잡아당기려는 통에 접시가 허공에 머문다. 고모가 허공에 머물러 있는 잡채 접시와 나를 번갈아 쳐다보며 웃기 시작한다. 나도 고모를 보며 웃는다. 우리는 계속해서 웃고 또 웃는다.

붉은색을 먹다

여자는 오늘도 붉은색을 먹었다.

여자가 붉은색을 먹기 시작한 건, 몇 주 전 일요일 아침부터였다. 그날은 여느 때와 다름없이 무더웠고, 결코 특별한 일은 일어날 것 같지 않은, 그저 평범한 하루였다. 아니, 그렇고 그런 일상의 연속이었고, 토요일 밤에 이어 으레 찾아오는 일요일 아침일 뿐이었다. 그래서 여자는 여느 날과 마찬가지로 양미간을 찡그린 채 잠에서 깨어났다. 그리고 침대 머리에 등을 기대고 앉아 잠이 덜 깬 눈으로 창밖을 멍하니 응시했다. 그때 여자의 눈으로 들어온 건 양쪽으로 묶여 있던 붉은색 꽃무늬 커튼이었다. 여자는 매일같이 봐 오던 커튼 색깔이 그날따라 이상하게 느껴졌다. 익숙한 대상이 한순간 기묘하게 보일 때가 있는데, 여자에겐 그때 그 순간이 그랬다. 뒤이어 여자의 입에서는 의도하지 않은 말이 불쑥 튀어나왔다. 그건 난데없이 튀어나온 말만큼이나 난데없는 궁금증이었다.

"근데 저 커튼은 왜 붉은색이지? 붉은색은 왜 붉은색인 걸까? 할 수만 있다면 저 붉은색을 몽땅 먹어 버리고 싶어. 붉은색에서는 무슨 맛이 날까?"

갑자기 튀어나온 자신의 말에, 여자는 붉은색을 먹는다고? 하며 자신에게 반문했다. 여자는 실실 웃으며 천장을 올려다봤다. 그리고 어이없는 표정과 함께 이렇게 말했다.

"참 나, 무슨 뚱딴지같은 소리야! 지금은 꿈속이 아니란 말이야."

그러면서도 이상하게 호기심이 발동한 여자는 침대에서 일어나 커튼 가까이 다가갔다. 스스로 바보 같은 짓을 하고 있다고 여기면서도 여자는 왠지 그래 보고 싶었다. 여자는 눈을 감은 다음 혀를 내밀고 숨을 깊이 들이마셨다. 그래야 한다고 누가 가르쳐 준 것도 아닌데 그렇게 했다. 폐 깊숙이 숨을 들이마시고 나서 여자가 눈을 떴을 때, 여자의 입에서 비명에 가까운 소리가 터져 나왔다.

"엄마야! 이게 뭐야! 진짜로 사라져 버렸어! 붉은색이 진짜로 몽땅 사라져 버렸다고!"

놀란 나머지 여자는 손으로 입을 틀어막았다. 그러고는 커튼에서 한 발짝 뒤로 물러섰다. 거울 앞으로 달려간 여자는 입을 크게 벌려 입안을 들여다봤다. 목구멍과 목젖에는 커튼에서 빠져나온 것으로 짐작되는 붉은색이 선명히 보였다.

"뭐, 뭐야! 저, 정말로 내가 붉은색을 먹은 거야?"

여자는 고개를 틀어 탈색된 꽃무늬 커튼을 쳐다봤다. 그러니까 여자는 붉은색을 먹을 수 있다는 사실을 하루아침에 알게 된 것이었다. 억겁이 흐르는 동안 누구도 몰랐던, 그래서 누구도 가르쳐 줄 수 없었던 사실을 여자는 찰나적으로 운명적으로 깨달은 것이었다. 그것은 평범한 일요일 아침과는 너무나 어울리지 않은 결과물이었다. 혼이라도 빠져나간 사람처럼 여자가 중얼거렸다.

"말도 안 되는 상상이 진짜로 이루어지다니…… 이건 분명 꿈일 거야, 꿈."

여자는 눈을 비비고 다시 커튼을 쳐다봤다. 그러나 붉은색은 분명 사라지고 없었다.

붉은색을 먹을 수 있다는 사실을 알게 된 순간부터 여자는 세상에 불가해한 일은 없다는 생각에 빠져들기 시작했다. 단지 시도나 도전이 없었을 뿐이라고, 그래서 46억 년이란 지구의 역사에 비해 인류의 진보가 더딘 거라고 생각했다. 여자는 색이 바랜 커튼을 쳐다보며 말했다.

"도대체 세상엔 얼마나 많은 비밀이 감춰져 있는 걸까?"

그리고 생각했다. 세상을 만든 건 먼지나 가스 따위가 아니라 의문과 비밀 덩어리인지도 모른다고.

여자가 본격적으로 붉은색을 먹어 보기로 한 건 단순히 붉은색 인간이 되고 싶다는 열망 때문만은 아니었다. 물론 처음엔 그랬다. 처음엔 그저 아메리칸 인디언보다 더 붉은 인간이 되고 싶었을 뿐이었다. 단순한 호기심이나 장난처럼 그랬다. 하지만 붉은색을 먹으면 먹을수록 붉은색 인간에 대한 열망보다는 특별한 인간에 대한 열망이 여자의 마음을 사로잡기 시작했다. 여자는 결국 세상에서 가장 특별한 인간이 되기 위해 붉은색을 택한 셈이었다.

"특별한 사건이나 현상을 이끌어 낼 수 있는 특별한 인간이라니…… 정말 멋진걸."

어느새 붉은색은 평범하기 그지없던 여자를 흥분시키고 뒤흔들고 있었다. 그러나 붉은색을 먹을 수 있다는 사실 자체는 실로 엄청난 사건임에도, 붉은색을 먹는 방법은 의외로 쉽고 간단했다. 일단 먹고 싶은 붉은색부터 택해야 했다. 붉은색이라고 해서 맛과 향이 모두 같은 건 아니었다. 심지어 혀에서 느껴지는 감촉마저도 붉은색의 출처에 따라 다 달랐다. 가령 때수건에 있는 붉은색이 거칠고 쌉싸름한 맛이라면, 크레파스에 있는 붉은색은 좀 더 부드러우면서 시큼한 맛이 났다. 대체로 붉은색의 맛은 그 물질을 이루는 원료와 무관하지 않았다. 그래서 여자는 붉은색을 먹기 전에 대충 맛을 짐작할 수 있었다.

"저 운동화에 있는 붉은색 나이키 로고는 왠지 질기고 구릴 것 같아."

여자는 그런 식으로 맛을 상상했다. 상상 속의 맛은 실제의 맛과 일치하는 경우가 많았다. 그래서 한때 여자는 점점 탁월해지는 붉은색 맛에 대한 감각으로 편식에 빠져들기도 했다.

먹고 싶은 붉은색을 택했으면 붉은색이 들어간 대상물에 가까이 다가가야 한다. 여기서 중요한 것은 먹고 싶다는 강렬한 욕구와 함께 정신을 집중해야 한다는 점이었다. 그래야만 붉은색이 완전히 몸속으로 빨려 들어올 수 있기 때문이었다. 그렇게 기를 한데 모은 상태에서 숨을 완전히 뱉어 낸 후, 마지막으로 혀를 내밀고 숨을 깊이 들이마시기만 하면 붉은색 먹기는 끝이 난다. 물론 입과 혀를 통하지 않고도 얼마든지 붉은색을 먹을 수는 있었다. 콧구멍을 이용하는 방법이었는데, 하지만 콧구멍만을 통하는 경우엔 두 배의 힘이 필요했다. 게다가 두통을 일으킬 수도 있어 여러모로 고통스러운 방법이었다.

아무튼 그렇게 몸속으로 붉은색이 들어오고 나면 대상물에 있던 붉은색은 감쪽같이 사라지고 만다. 붉은색이 있었던 자리가 탈색된 것처럼 하얗게 바래 버리는 것이었다. 대신 사라진 붉은색만큼 여자의 몸엔 붉은색이 축적돼 갔다. 제로섬게임처럼 여자의 몸이 붉게 물들어 가는 동안 세상의 붉은색은 점점 사라지고 있었다.

여자가 커튼 다음으로 먹은 붉은색은 고무장갑에 있는 것이었다. 색은 젤리처럼 부드럽게 목구멍으로 넘어갔다. 고무 냄새가 조금 났지만 쫄깃쫄깃한 맛은 생각보다 나쁘지 않았다. 물론 붉은색을 빨아들이는 순간 고무장갑은 상앗빛으로 변해 버렸다. 여자의 눈에 색이 바랜 고무장갑은 기절해 쓰러진 것처럼 보였다. 그래서 여자는 두 번째로 붉은색을 먹던 날 배꼽을 움켜잡고 웃고 또 웃었다. 그날 밤 저녁 식사를 끝낸 여자의 엄마가 설거지를 하기 위해 고무장갑을 꼈다. 여자의 엄마는 연방 고개를 갸웃거리며 말했다.

"분명 빨간색이었는데……?"

여자의 엄마는 고무장갑을 뒤집어 보며 여자에게 물었다.

"혹시 네가 고무장갑 새로 사다 놨니?"

여자가 고개를 가로젓자 여자의 엄마는 자신의 건망증을 탓하며 설거지를 하기 시작했다. 그러면서 혼잣말을 했다.

"고무장갑도 락스 물에 탈색이 되나?"

붉은색을 먹다

문득 여자의 엄마는 여자에게, 네 방에 걸린 커튼 색깔이 왜 그러느냐고 물었을 때 여자가 한 대답이 생각났다. 여자는 커튼에 있는 붉은색을 먹던 날, 커튼을 락스 물에 담갔더니 탈색돼 버렸다며, 엄마에게 변명을 늘어놓았던 것이다.

여자가 세 번째로 먹은 색은 딸기에 있는 붉은색이었다. 딸기 향과 함께 입으로 들어온 붉은색은 아주 달고 맛있었다. 색을 다 먹고 나자 딸기 또한 고무장갑처럼 몸 색깔을 바꾸었다. 딸기는 마치 익기 전의 상태로 돌아간 듯했다. 그러나 창백해진 딸기의 맛은 변하지 않고 그대로였다. 붉은색만 사라졌을 뿐 딸기 속 고유의 맛까지 붉은색에 완전히 따라 나오는 건 아니었다. 다음 날 아침, 냉장고 속 창백해진 딸기를 발견한 여자의 엄마는 귀신이 곡할 노릇이라며 기겁을 했다.

"도대체 이게 무슨 조화라니? 딸기가 타임머신을 타고 과거로 갔을 리는 없을 테고."

"그, 그러게."

"이것들이 날 속인 거야!"

급기야 여자의 엄마가 창백해진 딸기를 들고 과일 가게로 쳐들어가려고 하자, 여자가 엄마에게 딸기를 들이밀며 말했다.

"보기엔 안 익은 것 같지만 그렇지 않아. 한번 먹어 보라니까."

그러나 여자의 엄마는 딸기를 입에 대려고도 하지 않았다. 여자가 못 가게 말려 봤지만 알뜰한 엄마를 당해 낼 순 없었다. 과일 가게에 들어선 여자의 엄마는 팔을 걷어붙이며 소리쳤다.

"어떻게 익지도 않은 딸기를 섞어 팔 수 있어요!"

과일 가게 아주머니는 그럴 리 없다며 의아해했다. 긴 언쟁을 지켜본 여자는 일단 집에 있는 붉은색은 먹지 말아야겠다고 생각했다.

붉은색은 아무리 많이 먹어도 포만감을 주지 않았다. 세상엔 저렇게 많은 붉은색이 있는데 저걸 언제 다 먹지? 하는 걱정 따윈 필요 없었다. 배가 부르지 않으니 하루에 먹을 수 있는 양이 제한된 것도 아니었다. 여자는 맘만 먹으면 지구 상에 존재하는 붉은색이란 붉은색을 얼마든지 먹어 치울 수 있었다. 그런 사실을 인지하게 되자, 여자는 붉은색이 사라진 세상은 어떤 모습일지 궁금해지기 시작했다. 한꺼번에 몽땅 붉은색을 먹어 치워 보겠다는 얄팍한 생각은 곧바로 행동으로 이어졌다. 여자는 일요일 하루 종일 바깥을 쏘다니며 붉은색 먹기를 강행했다. 신호등, 간판 글자, 행인들의 옷, 지나가는 소방차까지, 여자는 닥치는 대로 붉은색을 먹어 치웠다. 여자가 지나갈 때마다 뒤에서는 작은 소란이 일어났다.
"신호등이 고장 났나 봐요."
"어머, 내 옷이 왜 이래?"
특히 소방차가 하얗게 변하는 순간 사람들은 자신들의 두 눈을 의심했다. 그러나 곧 사람들은 소방차와 구급차가 결합된 신종 차인 모양이라고 생각해 버렸다.
이런저런 소란에도 아랑곳하지 않고 여자는 붉은색을 열심히 먹었다. 하지만 단시간에 모든 붉은색을 먹어 치우는 데에는 역시 무리가 따랐다. 그날 여자에게 남은 건 과도하고 잦은 흡입으로 인한 두통과 현기증뿐이었다. 아무리 포만감을 느끼지 못한다 해도 과식은 금물이었다. 여자는 그다음부터 과식은 물론 편식도 하지 말아야겠다고 다짐했다.

 여자의 몸이 변화를 보이기 시작한 건 며칠 전 아침부터였다. 잠에서 깬 여자는 손가락과 발가락 끝이 붉게 물든 사실을 확인하고는 침대 위를 방방 뛰어다녔다. 여자는 조만간 세상에서 가장 특별한 인간이 될 수 있을지도 몰랐다. 스물여덟 해 동안 세상에서 가장 평범한 삶을 살아온 여자가 말이다. 여자는 아메리칸 인디언보다 더 완벽한 홍색인종이 돼 가는 자신에게 이름을 붙여 주고 싶었다.
 "뭐라 이름 붙이면 좋을까?"
 여자는 자신의 몸에 어울릴 만한 이름을 궁리해 냈다. 그러고 나서 한참 뒤에 여자 입에서 몇 마디 말이 튀어나왔다.
 "빨간종? 그래 빨간종이야!"
 여자는 최초로 자신의 몸을 그럴듯한 말로 명명했다. 당연하게도 아침 식탁에 모인 식구들의 시선은 하나같이 여자의 열 손가락에 머물렀다. 가장 먼저 여자의 언니가 깜짝 놀라 물었다.
 "웬일이야? 너 봉숭아 물들였니?"
 어릴 때에도 봉숭아 물 한번 들인 적 없는 여자였으므로 언니의 반응은 의아함 그 자체였다. 여자의 남동생이 식탁 밑을 내려다보며 물었다.
 "되게 빨갛다. 근데 누나, 발가락에도 들였어?"
 아버지를 비롯해 식탁에 모인 식구들의 눈이 일제히 식탁 아래로 향했다. 엄마가 여자를 쏘아보며 물었다.

"쟤가 미쳤나. 너 왜 그러니?"

"내가 뭘?"

"어릴 때도 안 하던 짓을 갑자기 하니까 이상하잖아."

"재밌잖아."

한편 여자의 언니는 뭘 넣어서 그렇게 새빨갛게 물든 거냐며 궁금해했다.

"백반이라도 넣었니? 아무리 그래도 그 정도로 빨갛게 들이긴 힘든데. 솜씨 좋다?"

여자의 언니가 시종일관 고개를 갸웃거렸다. 여자는 식구들의 물음을 외면한 채 수저를 들고 조용히 식사를 하기 시작했다. 말하고 싶어 입이 간질거렸지만 꾹꾹 눌러 참았다. 여자는 붉은색을 먹을 수 있다는 사실을 다른 사람에게 알리고 싶지 않았다. 다른 사람이 알게 된다면 특별한 인간은 될 수 없었다. 특별하다는 건 소수를 의미하는 것이기 때문이었다. 아무튼 세상에 혼자만이 간직할 수 있는 비밀이 있다는 건 정말 짜릿하고 재밌는 일이었다.

가을이 찾아왔다.

어느새 붉은색은 여자의 손목과 발목에까지 올라왔다. 구청 직원들은 촌스럽게 빨간 장갑에 빨간 양말이 뭐냐며, 지나가는 말투로 얘기했다. 여자는 그럴 때마다 가볍게 웃어넘기고 말 뿐이었다. 그러나 직장 내에서는 여자가 빨간색 장갑을 낀 게 아니라는 사실이 금세 입에서 입으로 전해졌다.

"가까이에서 보니까 빨간색 장갑을 낀 게 아니더라고요."

"그럼 뭐예요?"

"모르겠어요. 혹시 손발에 붉은색 문신을 새긴 건 아닐까요?"

"그렇다면 왜 그런 짓을 했을까요?"

"그야 저도 모르죠."

이상한 눈초리였지만 여자는 자신에게로 쏟아지는 시선이 싫지만은 않았다. 식구들의 반응도 예외는 아니었다.

"봉숭아 물이 아니었어!"

놀란 여자의 엄마는 여자를 당장 피부과로 데리고 갔다. 원인 불명이라는 진단에 여자의 엄마는 의사 자격 운운하며 격분을 감추지 못했다. 의사가 내린 처방은 추이를 계속 지켜보자는 것뿐이었다. 그것은 여자가 바라는 바이기도 했다. 여자는 의사가 엄마에게 돌팔이 취급받는 게 미안했지만, 그렇다고 붉은색을 먹고 있다는 사실을 알릴 순 없었다. 의사인 당신도 당장 붉은색 인간이 될 수 있다는 사실을 알려 주면서까지 자신의 변화를 이해받고 싶지도 않았다.

붉은색이 손목과 발목에까지 차오르는 동안 여자는 예전보다 더 능숙한 솜씨로 붉은색을 먹게 되었다. 뭐든 시간이 지나면 요령을 터득하게 되고 숙련된 기술과 방법을 알게 되기 마련이었다. 이제 여자는 예전처럼 숨을 깊이 들이마시지 않아도 되었다. 애써 기를 모을 필요 없이 그냥 생각만으로도 붉은색 먹기가 가능해졌다. 붉은색을 먹기 위해 밖을 쏘다니지 않아도 되는 건 물론이었다. 여자는 소파에 앉아 텔레비전을 보면서 옆집에 있는 빨간 슬리퍼나 도로를 질주하는 빨간 스포츠카를 넘볼 수 있게 되었다. 그런 능력으로 여자는 잠들기 전 침대에 누워 우리나라에 있는 빨간색 신호등을 집중적으로 먹어 치웠다. 여자의 손목과 발목에까지 차오른 붉은색은 신호등에서 빠져나온 색들이었다. 빨간색 신호등이 사라지자 한때 교통 체계는 혼선을 빚었다. 빨간색 대신 하얀색 불이 켜지는 바람에 사람과 차 들은 멈추는 법을 잊어버렸고, 교차로에선 사고가 잇따라 일어났다. 빨간색이 정지신호라는, 사람들 머릿속에 굳어진 교통법규 때문이었다. 정부와 관계 부처는 신호등 색깔 변화에 대한 원인 규명에 나섰고, 빠른 시일 내에 신호등이 정상화되도록 하겠다고 했다. 하지만 수많은 신호등 색깔을 다시 빨간색으로 교체하는 데에는 막대한 예산이 필요했다. 하는 수 없이 정부는 하얀색을 정지신호로 쓰겠다는, 무책임한 결론을 내리고 말았다. 관련 부처 장관은 교사와 학부모에게 신호등 재교육의 필요성을 역설했다. 그리고 아이들의 안전에 만전을 기해 줄 것을 거듭 당부했다. 물론 정부와 부처는 신호등 색깔 변화의 원인을 밝혀내지 못한 데 대한 질책을 피해 가지 못했다. 충분히 예방할 수 있는 일 아니었냐는 한 기자의 질문에 장관은, 세상에 누가 신호등 색깔이 바뀌리라고 예상했겠습니까, 하고 응수했다. 여자는 텔레비전에서 흘러나오는 장관의 당혹스러운 말과 표정에 배꼽을 잡고 웃었다. 그러고는 폭로하고 싶어 죽겠다는 듯 큰 소리로 말했다.

"원인은 나야, 나! 이 바보들아."

그렇게 말하고 나자 여자는 한결 마음이 홀가분해졌다. 여자에겐 임금님 귀는 당나귀 귀, 하고 외칠 수 있는 대나무 숲이 그 어느 때보다 필요했다.

내일 여자는 구청 직원들과 단풍 구경을 가기로 했다. 전국 각지에 있는 단풍을 먹고 나면 붉은색은 팔꿈치와 무릎까지 올라올 것이다. 물론 여자는 직원들과 전국 각지에서 몰려든 단풍객들을 실망시킬 생각은 없었다. 그래서 붉은색 단풍 먹기는 단풍객들이 다 빠져나가고 없는 밤에 하기로 했다. 밤에 다 먹지 못한 단풍은 집에 돌아와 잠자리에서 해치울 생각이었다. 모레쯤이면 각종 언론 매체는 신호등에 이어 단풍이 말썽을 부리기 시작했다고 떠들어 댈지도 모른다. 종말론자들은 종말의 징후임에 틀림없다며 자신들의 존재를 드러내려 할 것이고, 식물학자를 비롯한 수많은 학자들 또한 '무능과 무지'라는 수렁에 빠져들 것이다. 여자는 자신에 의해 모든 것들이 바뀌고 뒤틀려 가는 게 마냥 신나고 즐거웠다. 여자는 분명 특별한 환경과 상황을 조성해 가는 특별한 인간이, 전지전능한 인간이 되고 있었다. 붉은색은 여자만을 위한 색이 되어 가고 있었다.

30분이 지나도 나타나지 않던 사진 속 남자가 드디어 모습을 드러냈다. 여자는 자신의 위치를 알리기 위해 손을 번쩍 들어 올렸다. 남자와의 만남은 붉은색을 먹기 전부터 여자에게 잡혀 있던 약속이었다. 남자는 오래전부터 여자의 직장 동료에게 여자와의 만남을 주선해 줄 것을 부탁해 왔다. 그들에게 몇 차례 만날 기회가 있었지만 약속을 깬 쪽은 언제나 여자였다. 붉은색을 먹느라 바빠졌기 때문이었다.

여자의 엄마는 소개팅 나가는 여자에게 스카프로 목을 단단히 동여맬 것을 당부했다. 그것도 모자라 옛날에 자신이 쓰던 붉은색

망사 장갑을 내밀며 힘주어 말했다. 아주 촘촘한 망사 장갑이었다.

"식사 중에도 절대 벗어선 안 돼!"

여자의 엄마는, 오늘 한번 만나고 말 사람이라도 몸이 붉어지고 있다는 사실을 알게 해서는 안 된다고 했다. 그도 그럴 것이, 어느새 붉은색은 여자의 목까지 올라와 있었다. 목까지 차오른 붉은색은 아주 다양한 곳에서 빠져나온 색들이었다. 축구장에 모인 붉은 악마, 각종 과일과 야채, 세계의 국기와 꽃…… 모두 말하자면 수없이 많았다. 생각만으로 붉은색을 먹을 수 있게 되다 보니 몸에 축적돼 가는 붉은색에도 가속도가 붙었다. 이제 가족들은 여자의 몸을 온도계 수은주 바라보듯 무심히 바라보게 되었다. 언니와 남동생은 빨리 여자의 얼굴이 빨개지기를 기대하는 눈치였고, 그에 반해 엄마는 얼굴까지 빨개지면 어쩌나 하고 걱정하는 눈치였다. 여자는 물론 전자에 속했다.

붉은색이 여자 몸으로 들어와 사라지게 되면서 세상은 점점 부도덕해져 갔다. 대표적으로 과일이나 야채를 파는 장사치들이 그랬다. 익은 과일과 익지 않은 과일의 구별이 모호해지자 장사치들은 익은 과일과 익지 않은 과일을 섞어 팔아 폭리를 취했다. 사과, 수박, 딸기, 토마토 등이 그러한 과일과 야채에 속했다. 이런 파렴치한 상행위는 리어카나 트럭을 모는 장사치들에게 흔히 나타났다. 단풍을 구경하던 단풍객들도 괜한 히스테리를 부렸다.

"울긋불긋한 멋이 없잖아요. 갈색 단풍도 별로 아름답지가 않아요."

"저 어중간함은 뭐야? 다시 여름이 되려는 것도 아닐 텐데. 말세야 말세."

이파리 색깔이 푸른빛으로 역행해 가는 원인을 묻는 전화가 학계에 빗발쳤지만 명쾌한 해답을 주지는 못했다. 고작해야 오존층 파괴와 기후 변화 어쩌고 하는 것일 뿐, 학자들도 파괴돼 가는 자연의 질서를 손 놓고 지켜볼 수밖에 없었다. 그뿐만이 아니었다. 유수한 디자이너들은 붉은색 옷감을 구하지 못해 골머리를 앓았고 화장품 업계 또한 빨간색 립스틱 수급에 차질을 빚었다. 축구장에서 대한민국을 외치던 붉은 악마들은 하얗게 탈색된 서로의 옷을 쳐다보며 공포에 떨기도 했다. 하지만 가족이나 주변 사람들 어느 누구도 세상에서 사라져 가는 붉은색과 여자 몸에 축적돼 가는 붉은색의 상관관계를 눈치채지 못했다. 붉은색 관련 기사를 접한 여자의 엄마조차도 그때 고무장갑하고 딸기가 그래서 그랬던 거야, 하고 싱겁게 말할 뿐 여자와 그 일을 연관 짓지는 못했다. 사람들은 우주의 정체 모를 거대한 물질이 블랙홀처럼 붉은색만 빨아들이고 있다는, 언론과 학자들의 그럴듯한 가설만을 믿는 듯했다. 그래도 분명한 건 붉은색 하나가 세상을 우습게 만들어 가고 있다는 사실이었다.

여자가 앉아 있는 테이블 가까이 다가온 남자가 여자에게 정중히 인사를 건넸다.

"늦어서 죄송합니다."

자리에서 일어난 여자는 오히려 약속을 몇 차례 미뤄 온 자신이 더 미안하다고 했다. 남자는 자리에 앉자마자 종업원이 갖다 준 물을 벌컥벌컥 들이켰다. 남자가 긴장을 풀기 위해 넥타이를 잡아당겼다. 여자가 불편하면 넥타이를 풀어도 괜찮다고 하자, 남자는 그래도 되겠느냐며 조심스럽게 넥타이를 풀었다. 여자가 먼저 남자에게 물었다.

"초등학교 선생님이라고 들었어요."

남자가 수줍게 웃으며 네, 하고 대답했다. 그때까지도 남자는 이마에 맺힌 땀을 손수건으로 찍어 대고 있었다. 여자는, 땀이 많은 사람치고 악한 사람은 없다는 엄마의 말이 생각났다. 남자가 수줍은 미소를 지으며 여자에게 물었다.

"제가 이틀에 한 번꼴로 구청에 간 거 모르시죠? 쓸데없는 민원 서류 떼느라 돈깨나 들었습니다."

여자는, 남자가 자신을 얼마만큼 좋아하는지 직장 동료로부터 들어 익히 알았다.

"인감증명 떼느라 수업에 늦어 교장실에 불려 간 적도 있었는걸요."

"세상에나. 근데 한 번도 얼굴을 뵌 적이……."

"당연하죠. 매번 모자를 푹 눌러쓰고 갔으니까요."

"아, 모자였군요. 갈색 야구 모자!"

"네."

여자는 평소 구청 출입이 잦다 싶었던 모자 쓴 사람을 기억해 냈다. 모자 아래 얼굴이 궁금했던 여자는 챙 밑을 보기 위해 일부러 허리를 굽힌 적도 있었다. 여자는 모자 쓴 남자를 보면서 필시 구청 여직원 중에 저 남자가 좋아하는 사람이 있을 거라고 짐작했다. 분명한 건 그게 여자 자신은 아닐 거라는 생각이었다. 그런데 자신이

붉은색을 먹다　　227

었던 것이다. 남자가 여자의 손을 내려다보며 말했다.

"빨간색 망사 장갑이 참 잘 어울리네요."

여자는 잠시 잊고 있었던 자신의 피부색을 떠올렸다. 남자와 피부색이 달라져 가고 있다는 사실에 여자는 남자와의 만남이 오늘로 끝일 거라고 단정해 버렸다. 여자는 남자에게 자신의 신체 변화에 대해 얘기할 참이었다. 성사되지 못할 관계라면 일찌감치 단념하는 게 나았다. 여자는 목에 두른 스카프를 푼 다음 손에 낀 빨간 망사 장갑을 벗었다.

"놀라셨죠?"

"아닙니다. 이미 알고 있었는걸요. 주희 씨 몸이 붉어지고 있다는 사실요."

남자의 표정은 목소리만큼이나 차분했다. 놀랍게도 남자는, 세상에 일어나고 있는 붉은색 소동이 여자와 무관하지 않을 거라고 했다. 남자는, 여자의 몸이 붉어지기 시작한 시점과 세상의 붉은색이 사라지기 시작한 시점이 일치한다는 논리를 들었다.

"억측일지 모르지만, 혹시 주희 씨 몸으로 모든 붉은색이 들어가고 있는 건 아닌지 상상했죠."

흥분한 여자가 물을 한 모금 들이켰다. 여자는 부정도 긍정도 하지 않은 채 말없이 남자를 쳐다봤다. 급기야 남자는 자신도 붉은색 인간이 되고 싶다며 방법을 가르쳐 달라고 했다. 자기만 붉어진다면 여자와의 결혼은 쉽게 성사될 거라고까지 했다. 첫 만남에 남자가 '결혼'이라는 말을 꺼내자 여자는 좀 당황한 듯 보였다. 그래도 여자는 방법 같은 건 없다고 잡아뗐다.

"거짓말인 거 알아요. 전 주희 씨 손가락 끝이 붉게 물들기 시작할 때부터 지켜봐 온 사람이에요."

여자는 붉은색을 먹을 수 있다는 사실을 다른 사람과 공유하고 싶진 않았다. 하지만 왠지 이 남자에게만은 문을 열어 주고 싶었다. 남자의 진심이 여자에게 통하고 있었던 것이다. 첫 만남이었지만 여자도 남자가 싫지는 않았다. 혼자 가는 외로움을 누군가와 함께 나눈다면 좋을 것 같기도 했다. 그게 자신을 지켜 줄 수 있는 배우자라면 더더욱 그럴 것 같았다.

"저도 좀 가르쳐 주세요. 네?"

남자의 끈질긴 요구에 백기를 든 여자는 남자에게 일단 빨간색 망사 장갑을 쳐다보라고 했다. 여자가 숨을 들이마시자 장갑은 순식간에 흰색으로 바뀌었다. 그 광경을 지켜본 남자는 조금 놀란 듯했다. 여자는 남자에게 붉은색 먹는 방법을 가르쳐 주기 시작했다. 처음엔 두통과 현기증에 시달릴 수 있다는 점과 시간이 경과하면 좀 더 쉽게 먹을 수 있게 된다는 점도 일러 줬다.

"나중엔 생각만으로도 먹을 수 있게 되죠."

여자의 말을 선뜻 이해하지 못한 남자가 고개를 갸웃거렸다.

"상상 말이에요. 머릿속으로 빨간 스포츠카를 먹는 걸 상상하면 된다는 뜻이에요."

"정말요?"

"그렇다니까요."

남자는 자기도 그게 가능하냐고 의문 조로 물었다. 여자는 아마도 그럴 거라고 대답했다.

"저처럼 평범하고 보잘것없는 사람도 드물 거예요."
"그러니까 누구한테나 가능하다는 얘긴가요?"
"네. 다들 몰랐을 뿐이죠."
"근데 왜 하필 붉은색이죠? 다른 색은 먹을 수 없나요?"
"제가 해 본 결과 다른 색은 먹을 수 없더라고요."
"왜죠?"
"글쎄요. 가장 원초적이면서 화려하고 잔인한 색이기 때문에 없앨 수 있는 여지를 만들어 놓은 게 아닐까요?"
"그건 모순 아닌가요?"
"모순이라면 모순일 수 있겠죠. 하지만 그게 신의 영역인지도 모르죠. 그러고 보면 세상엔 인간이 파헤치지 못한 비밀이 아주 많은 것 같아요. 그렇죠?"
"그렇군요."
"어쩌면 세상은 우리가 생각한 것보다 훨씬 환상적이고 불가사의한 건지도 몰라요."
여자의 말에 남자가 고개를 끄덕이자 여자는 자신의 새끼손가락을 남자 앞으로 내밀었다.
"붉은색을 먹을 수 있다는 건 이제 당신과 나만의 비밀이에요. 알았죠?"
남자는 아주 진중히 고개를 끄덕이며 자신의 새끼손가락을 여자의 새끼손가락에 걸었다.

공원 벤치에 앉아 호수를 바라보던 여자가 하늘을 가리키며 말했다.

"저기 좀 봐요. 무지개가 떴어요. 그것도 쌍무지개예요."

남자가 하늘을 올려다봤다.

"하나는 내가 먹을게요. 어떤 느낌일지 궁금해요. 노을하고 맛이 비슷할까요?"

"그럴 것 같은데요."

여자는 근래에 남자가 먹은 노을 맛이 무척 궁금했다. 남자의 말로는 소프트아이스크림처럼 부드럽게 입안으로 녹아들어 갔다고 했다. 남자가 먼저 빨간색 무지개 띠를 먹자 여자가 입술을 달싹이며 궁금한 듯 물었다.

"어때요? 노을하고 비슷한가요?"

"음, 아주 비슷해요. 차갑고 부드러운 게. 주희 씨도 어서 먹어 봐요."

남자에 이어 여자가 눈을 감고 무지개 속 붉은색을 빨아들였다. 여자의 입가에 잔잔한 미소가 번졌다.

"정말 기분 좋은 맛이네요."

여자와 남자는 시간 날 때마다 데이트를 즐겼다. 맛집을 찾아다니는 보통 연인들과 달리 여자와 남자는 붉은색을 먹으러 다녔다. 이제 남자도 여자처럼 쉽게 붉은색을 먹을 수 있게 됐지만, 남자는 데이트를 핑계 삼아 여기저기 돌아다니며 붉은색을 먹었다. 특히 남자가 그림을 좋아해 두 사람은 일요일마다 전시회장을 찾았다. 그들의 시선이 머물다 간 세계의 명화들은 더 이상 감명을 주지 못했다. 붉은색이 빠져나간 명화는 더 이상 명화가 아니었다. 초대된

명화들의 색깔 변화에 전시회 주최 측은 애써 태연한 척 말했다.

"본국에 있었어도 결과는 마찬가지였을 거야."

더 안타까운 건 붉은색 물감이 없어 복원 작업도 불가능하다는 사실이었다. 그렇게 그들만의 데이트를 즐기는 동안 남자의 몸은 목 아래까지 붉어진 상태였고, 여자는 이미 완전히 붉은 인간이 된 상태였다. 붉은색이 남자 목까지 올라오기 시작하자 남자의 부모는 여자와의 결혼을 승낙했다. 처음에 여자로부터 몹쓸 병을 옮겨 와 몸이 붉어진다고 생각한 남자의 부모는 여자와 헤어질 것을 종용했다. 하지만 여자를 만나기 전부터 몸의 변화가 있었다는 남자의 거짓말에 부모의 태도는 돌변했다. 상견례 자리에서 남자의 엄마는 여자의 엄마에게 살긋이 미소까지 지어 보이며 말했다.

"우리 아들도 붉어졌지 뭐예요. 아무래도 댁의 따님과는 천생연분인가 봐요."

이에 질세라 여자의 엄마가 화답했다.

"댁의 아드님을 만나려고 우리 애가 빨개진 모양이에요."

상견례 분위기는 시종일관 화기애애했고, 두 집안은 결혼 날짜를 잡는 데까지 입을 모았다. 결혼 날짜가 잡힌 뒤 남자는 여자와 같아지기 위해 더 열심히 붉은색을 먹었다. 이제 붉은색은 세상에 거의 남아 있지 않았다. 사람들의 입술은 창백해졌고 얼굴은 생기를 잃었다. 사람들 몸속을 흐르던 혈액마저도 투명한 액체가 되었다. 그러다 보니 교통사고나 살인 사건 현장은 예전만큼 끔찍하지 않았다. 피가 투명한 액체로 바뀌면서 가장 손해를 본 곳은 생리대 생산업체들이었다. 기존에 생산되던 생리대는 모두 무용지물이 된 데다 새로운 상품 개발과 생산에 막대한 돈을 쏟아부어야 할 판국이기 때문이었다. 어마어마한 적자와 파산이 예고되는 가운데 생리대 생산업체 소속 노동자들은 정부 보조를 외치며 거리 시위에 나섰다. 물론 일부에선 갓난아이 기저귀에 빗대며 기존의 것을 사용해도 무방하지 않겠느냐는 반응을 보이기도 했다. 그러자 이번엔 여성 단체들이 들고일어났다. 기저귀와 생리대의 역할은 엄연히 다르다며 여성 단체들은 새 제품 개발에 정부가 나서 줄 것을 촉구했다. 이에 비하면 아주 사소해 보이는 불평불만도 터져 나왔다. 바로 미식가들의 불만이었다.

"아무리 맵고 맛있어도 백김치는 식욕을 돋우지 못해!"

미식가들은 붉디붉은 파김치와 깍두기가 먹고 싶다고 떠들어 댔다. 요리 연구가나 푸드 스타일리스트들의 불만도 미식가들과 별반 다르지 않았다. 화가와 디자이너들도 실력을 발휘하지 못하긴 마찬가지였다. 이러한 현상은 붉은색을 기억하는 사람들에게 공통적으로 나타났다.

예상치 못한 혼란이 계속되는 가운데 급기야 남자는 '새빨간'이라는 언어와 낱말 속에 있는 붉은색마저 먹어 버렸다. 빨간색이 사라져 가니 빨간색이라는 언어와 낱말도 필요 없을 거라는 생각에서였다. 언어 속 붉은색을 먹는 순간 "앵두 같은 입술"이나 "새빨간 거짓말"이라는 말도 동시에 사라져 버렸다. 사전에서도 이제 그러한 낱말은 찾아볼 수 없게 되었다. 대신 사람들은 "시멘트 같은 입술"이라든가 "새파란 거짓말"이라는 말을 사용했다. 이런 추세라면 붉은색에 대한 존재 자체도 사람들 머릿속에서 빠져나올 터였다. 이러한 사태에 가장 당혹스러워하는 집단은 정치권이었다. '빨갱이'라는 말이 사라질 위기에 놓였으니 그럴 수밖에 없었다. 특히 보수성향의 의원들은 '빨갱이'를 대처할 수 있는 언어를 만들어 내기 위해 머리를 맞댔다. 여야 의원들은 이에 대해 치열한 공방전을 펼쳤다. 한쪽에서는 비록 언어라 할지라도 그런 시대착오적인 유물은 사라져야 한다고 성토하는 반면, 다른 한쪽에서는 공산주의와 사회주의가 완전히 붕괴되지 않은 이상 필요한 언어라고 못을 박았다. 또 다른 진보 정당은 정치적으로 악용돼 온 언어가 사라진 건 시대적 대세라며 흐뭇해했다. 보수 논객들도 하나둘 뭉쳐 '빨갱이' 사수에 나섰다. 중요하고 만만한 글감이 사라지게 될 위기에 놓였으니 당연했다.

이렇듯 세상은 점점 혼돈으로 빠져드는 것만 같았다. 붉은색이 사라진 대신 갈등과 반목과 알력만이 생겨난 듯했다. 그래서 여자와 남자는 세상에 존재하는 모든 붉은색을 다 먹고 나면 마지막으로 사람들 기억에 남아 있는 붉은색마저 먹어 버리기로 했다.

그리고 얼마 후, 붉은색은 사람들 기억에도 존재하지 않는 색이 되고 말았다. 붉은색은 여자와 남자 몸에서만 볼 수 있을 뿐이었다. 그러다 보니 부부가 거리를 거닐 때면 수많은 시선이 그들을 따라다녔다. 사람들은 부부에게 어느 나라에서 왔느냐고 물었고, 그 이상한 색을 뭐라고 불러야 하느냐고도 물었다. 그들과의 신체 접촉을 꺼리는 사람들도 하나둘 나타나기 시작했다. 이제 사람들에게 붉은색은 아주 낯설고 기분 나쁜 색이 돼 버렸다. 더불어 힘들어진 건 여자의 직장 생활이었다. 구청 민원인들은 여자한테서 민원 상담받기를 꺼렸고, 여자가 건네는 것이라면 신청한 민원서류도 선뜻 받으려 하지 않았다. 구청장 앞으로 걸려 오는 전화에는, 피부색 이상한 여직원 좀 어떻게 할 수 없느냐는 내용이 대부분이었다. 얼마 전에 여자는 길 가던 여중생들로부터 '사탄'이라는 손가락질까지 받아야 했다.

학교 생활이 어려워지기는 남자도 마찬가지였다. 몇몇 학부모들은 남자가 아이들에게 신종 바이러스를 옮길지도 모른다고 호들갑을 떨었다. 극성맞은 학부모들 때문에 추측은 삽시간에 기정사실화되어 교육청에까지 소문이 들어갔다. 남자는 병원에서 진단서를 받고서야 겨우 위기를 모면할 수 있었다. 남자는 아이들이, 선생님은 왜 우리하고 피부색이 달라요? 하고 물어 올 때가 가장 당혹스러웠다. 햇볕을 많이 쬐서 그렇단다, 하고 궁색한 변명으로 순간을 모면해 왔지만 남자는 늘 아이들에게 미안했다. 남자에게 미안한 건 늘 여자였다. 여자는 그때 남자에게 붉은색을 먹을 수 있다는 사실과 방법을 가르쳐 주지 말았어야 했다고 생각했다.

"미안해요. 당신을 끌어들이는 게 아니었어요."

여자가 그렇게 말할 때마다 남자는 고개를 절레절레 흔들었다.

"그렇지 않아요. 이건 내가 택한 길이었어요. 수적 우위를 차지할 수 없다면 이건 당연한 결과예요. 예상했던 일인걸요."

남자는 여자의 배를 어루만지며 다만 앞으로 태어날 우리 아기가 문제라고 말했다. 짐작은 하고 있었지만 당신들 몸 색깔과 같은 색의 아기가 태어날 거라는 산부인과 의사의 말에 여자와 남자는 잠시 혼란을 겪었다. 그들은 자신들 스스로 붉은색 인간을 택했지만 아기는 그렇지 않았다. 다름을 인식할 만한 나이가 됐을 때의 아이를 생각하면 남자는 가슴이 답답해졌다. 어느 날 아이가, 왜 우리 가족만 피부색이 이래? 하고 물어 오면 뭐라 답해 줘야 할지 막막했다. 햇볕을 많이 쬐서 그렇다는 대답은 아이에게 설득력이 없을 것이었다. 세상의 붉은색을 먹어서 그렇게 됐단다, 하고 솔직하게 말하면 아이는 이해할 수 있을까. 남자는 고개를 저었다. 그건 세상에 붉은색이 존재했을 때나 이해할 수 있는 말이었다. 세상엔 붉은색이라는 색깔도 붉은색이라는 말도 사라지고 없었다. 사람들 머릿속에도 그 색은 존재하지 않았다. 붉은색이 완전히 사라진 대신 세상은 다시 평온을 되찾았지만 아기가 자랄 세상은 그렇지 않을지도 몰랐다. 남자는 아기를 만나는 일이 점점 두려워졌다.

 의사 말대로 붉은 아기가 태어났다. 딸이었다. 붉은 엄마와 붉은 아빠 사이에서 태어난 정상적인 아기였지만 세상의 반응은 달랐다. 흉흉한 일이라도 일어난 것처럼 사람들은 쉬쉬했다. 아기와 함께 쏟아져 나온 붉은 피에 대해서도 사람들은 수군댔다. 다들 끔찍하다는 반응이었다.
 "피부색이 다르니까 피 색깔도 다른가 봐요."
 "그런 색이 몸속에 돌아다닌다고 생각하면 소름이 돋아요."
 "냄새도 아주 비릿하더래요."
 사람들은 일제히 얼굴을 웅그리며, 여자와 남자뿐만 아니라 그들 사이에서 태어난 아기한테까지 동정 섞인 눈빛을 보냈다. 그러한 시선이 못마땅했지만 여자와 남자로서도 어쩔 수 없는 일이었다.

긴 겨울방학이 막 시작된 터라 육아는 일단 남자가 맡기로 했다. 시어머니는 물론 친정 엄마마저도 선뜻 손녀를 봐주겠다고 나서지 않았다.

"구청에서도 내심 그만두길 바라는 눈치예요. 나 때문에 업무에 지장이 있다면서요."

여자는 육아휴직을 신청하고 싶었지만 몇 달간 쉬고 나면 영영 복귀하지 못할 것 같아 관뒀다. 딸을 위해서라도 직장은 그만둘 수 없었다. 그래도 남자가 있어 다행이라고, 여자는 애써 자신의 처지를 위로했다. 여자는 직장에서 받은 스트레스를 딸 얼굴 보는 것으로 해소했다. 하지만 딸이 언제까지 천진난만한 얼굴을 하고 있을지는 의문이었다. 그래서 여자는 지나가는 말로 남자에게 이렇게 말했다.

"애가 더 크기 전에 섬으로 들어가 사는 건 어때요?"

남자는 신중히 뱉어 낸 여자의 말을 단칼에 베어 버렸다. 남자는 딸이 세상과 맞서 싸워 주길 바랐다. 그러기 위해서는 이곳이 필요했다. 하지만 붉은색이 완전히 사라진 세상은 좀 곤란했다. 자신의 피부색이 세상에 존재하지 않는 색이라는 걸 알게 된다면 딸은 삶을 포기하려 들지도 몰랐다. 이런저런 고민 끝에 여자는 남자에게 말했다.

"그럼 혜린이 몸에 있는 붉은색을 우리가 먹어 버리는 건 어때요? 그러면⋯⋯."

남자는 아주 단호하게, 안 돼요! 하고 말했다. 그렇게 되면 부모자식 관계마저 의문시될 거라고 했다.

"우리와 피부색이 다르다면 그건 혜린이한테 더한 고통이 될 거예요. 그러다 나중에 있지도 않은 진짜 부모를 찾아 나서겠다고 하면 어쩌려고요."

여자는 남자의 말에 고개를 끄덕였다. 그래서 남자는 요즘 몸에서 붉은색을 뱉어 내는 방법에 대해 연구 중이었다. 먹을 수 있다면 뱉어 낼 수도 있을 거라는 게 남자의 생각이었다. 결코 세상에 붉은색을 돌려주지 않겠다는 여자의 확고한 의지에도 불구하고 남자의 생각에는 변함이 없었다. 남자는 여자를 설득해 보기로 했다.

"우리 혜린이를 위해서예요."

"그럴 순 없어요. 차라리 붉은색이 없는 세상이 우리 혜린이한테 더 득이 될지도 몰라요."

"그렇지 않아요."

"아니에요. 세상 사람들이 모르는 색이니 더 특별해질 거라고요."

"그래서 더 불행해질지도 몰라요."

여자와 남자의 논쟁은 끝날 줄을 몰랐다. 한 발짝 물러난 여자가 남자에게 제안했다.

"그럼 사람들 머릿속에만 붉은색을 심어 놓는 건 어때요?"

붉은색의 질서와 가치를 사람들에게 일깨워 준다면 자신들 피부색의 가치 또한 높아질지 모른다는 생각에서였다.

"붉은색이 얼마나 아름다운 색이었는지 사람들이 깨닫게 된다면……."

중간에 말을 끊은 여자가 생각에 잠겼다. 남자도 곰곰이 생각에 빠져들었다. 그리고 마침내 그들은 결론을 내렸다. 붉은색을 뱉어 낼 수 있게 된다면 사람들 머릿속에다만 뱉어 내기로.

얼마나 많은 시간이 흘렀을까. 끊임없는 연구와 각고의 노력 끝에 여자와 남자는 붉은색을 뱉어 내는 법을 터득하게 되었다. 먹을 때보다 더 많은 고통이 뒤따랐지만 붉은색에 관한 한 확실한 권력을 쥐게 된 것이었다. 여자와 남자는 그들이 합의한 대로 사람들 머릿속에만 붉은색을 심어 놓았다. 사람들은 예전에 자신들의 피가 붉은색이었다는 사실과 신호등 정지신호가 붉은색이었다는 사실 등을 하나씩 알아 가기 시작했다. 붉은색의 존재를 인식하게 된 세상은 또다시 혼란에 빠져들었다. 여자가 남자에게 말했다.

"세상이 다시 시끄러워졌어요."

"그러게요. 이를 어쩌죠. 다시 붉은색을 먹어 버릴까요?"

뱉어 내는 능력까지 보유한 여자와 남자는 시끄러운 세상을 더 이상 보고 싶지 않았다. 세상 사람들이 붉은색의 소중함을 느끼는 것 같지도 않았다. 여자와 남자는 다른 방법을 강구해 보기로 했다. 그 방법은 저녁 식사 도중 여자의 입에서 불쑥 튀어나왔다.

"이렇게 하는 건 어때요? 우리 혜린이 미래를 위해 세상의 모든 인간을 붉게 만들어 버리는 거예요."

"사람들을요?"

"그래요. 우리가 지금까지 먹어 온 붉은색의 양이 얼마나 막대한 지는 당신이 더 잘 알잖아요."

남자가 깊은 생각에 빠져들었다. 지구 상에 있는 모든 인간들이

붉은색을 먹다   239

붉어진다면 딸의 미래는 밝아질 것이었다. 다름이 사라진 세상, 그런 세상이라면 딸은 아무런 문제없이 자라 줄 것이었다.

"특별하다는 게 어떤 건지 몸소 체험해 본 우리잖아요. 우리 혜린이한테는 그딴 거 물려주고 싶지 않아요. 모든 인간들이 붉어진다면 우리 혜린이는 눈에 띄지 않게 된다고요."

남자는 신중히 생각하고 또 생각했다.

"그리고 인간들 머릿속에 오직 인간만이 붉다는 사실을 심어놓는 거예요. 그러면 다시 벌어지고 있는 세상의 혼란도 조금은 잠잠해질 거라고요. 이건 일석이조라니까요."

여자의 부연 설명에 남자는 고개를 주억거렸다. 오직 인간만이 붉다는 것! 그리고 그러한 사실을 인간들 머릿속에 심어 놓는 것! 그래 그거였다. 그에 따른 예기치 못한 문제가 발생할지 모르지만, 딸을 위한 최선의 방법이라는 데에는 이견이 없었다.

그들은 식사를 중단한 채 행복하면서도 의미심장한 미소를 지으며 서로를 쳐다봤다. 그러고는 창가로 걸어갔다. 창밖으로 몸을 내민 그들은 동시에 입으로 붉은색을 토해 내기 시작했다. 온 세상의 인간들이 붉어질 때까지 그들은 붉은색을 토해 내고 또 토해 냈다. 여자가 남자를 쳐다보며 말했다.

"지구는 빨간종의 세상이 될 거예요."

남자가 화답했다.

"그래요. 눈에 보이는 모든 사람들은 붉어질 거예요."

이때 지나가는 행인들의 몸이 붉은색으로 물들어 가는 게 보였다. 다행히 동요하는 기색은 없었다. 남자가 여자에게 말했다.

"보여요? 동네 사람들이 빨간 몸을 자연스럽게 받아들이고 있어요."

여자가 웃으며 대답했다.

"정말 그렇네요."

흡족해진 여자와 남자는 더욱더 온 힘을 다해 붉은색을 토해 냈다. 그렇게 그들이 토해 낸 붉은색으로 동네 사람들 모두가 붉어져 가고 있을 즈음, 여자와 남자의 이마 끄트머리에서는 조금씩 살구색이 내비치기 시작했다.

면
도

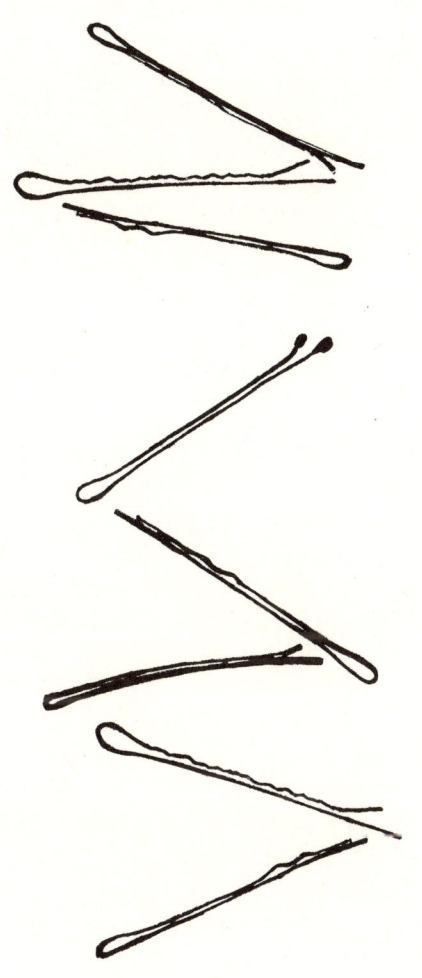

도심은 데칼코마니 기법으로 찍어 낸 나비 날개 모양 같았다. 특히 도심 속 아파트 숲은 서로를 닮지 못해 안달이라도 난 듯 서 있었다. 그래서였을까. 도시 생활을 시작할 무렵 그녀는 아파트 숲을 헤매다가 길을 잃어버리곤 했다. 결국 집을 잃어버린 날, 남의 집에 열쇠를 넣어 보고 나서야 자신의 집이 아님을 알게 된 그녀는, 맞는 열쇠 구멍을 찾기 위해 한참 방황해야만 했다.

그렇다. 무언가를 잃어버린다는 건 방황을 예고하는 것이었다. 가을의 쌀쌀한 날씨만큼 차가운 방황을. 테세우스처럼 실타래를 가지고 들어가야 할 정도로, 한동안 이 아파트 숲은 그녀에게 풀기 어려운 수수께끼였다. 또한 1년이 넘는 도시 생활에 부적합이라는 꼬리표를 달게 한 첫 번째 원인이기도 했다. 그래서 그녀에게는 도심 속에서 살아남기 위한 용기가 필요했다. 아스팔트 위에 서 있는 사람들을 무심하게 헤치고 갈 만큼의 용기. 시멘트와 철근에 잘 융화되고 있음을 보여 주는, 어설프지만 뻔뻔하게 연기할 줄 아는 용기. 그러나 아스팔트 위의 사람들을 피해 달아나는 사람은 언제나 그녀였고, 도시화에 먼저 지쳐 버린 쪽도 그녀였다. 도시의 헐렁한 옷을 입기에 그녀의 몸은 너무 왜소했고, 도시의 복잡한 구조를 이해하기에 그녀의 머리는 너무 단순했다.

그런 곳으로 한 여자가 이사를 왔다. 도시에 흡수되어 사라져 버릴 만큼, 도시와 너무 잘 어울려 구분조차 할 수 없는 그런 여자가. 회색빛 보호색을 띤 여자는 너무도 당당하게 도심을 뚫고 그녀 앞에 나타났다.

옆집은 1년 반 동안 빈집이었다. 노부부가 시체로 발견되기 전까지는 그녀에게도 이웃이란 게 있었다. 비록 도시성에 맞게 문을 꼭꼭 걸어 잠그고 소통 불능 상태로 지내긴 했지만, 그래도 옆집에 사람이 살고 있다는 생각에 깊은 공황 상태로까지 빠져들진 않았다. 하지만 노부부마저 떠나고 없는 동안, 암흑 같은 빈집과 함께해야 한다는 건 호러 무비에 감금된 죄수 그 이상의 고통이었다. 그녀는 빈집을 지나쳐야만 자신의 집에 들어갈 수 있는 아파트 구조가 싫었고, 벽 너머의 어두컴컴한 빈 공간이 자신을 노려보고 있다는 게 싫었다. 그래서 부동산에서 사람이 찾아오면 제발 살아 달라고, 들어와 달라고, 옆에 좀 있어 달라고 마음속으로 추파를 던졌지만, 그들은 매번 탐탁지 않은 눈빛만 남기고 등을 돌려 버렸다. 그랬던 곳에 한 여자가 이사를 온 것이었다. 노부부의 죽음을 기억하는 유일한 목격자인 그 빈집으로.

이사는 아침 일찍부터 시작된 모양이었다. 곤돌라가 남아 있는 몇 개의 박스를 막 실어 올리려던 참이었다. 덕분에 그녀는 여자가 소유한 물건들을 하나도 볼 수 없었다. 덩달아 여자의 취향 또한 살펴볼 수 없었다. 가령 좋아하는 가구 스타일이라든가, 사물을 다루는 태도라든가, 혹은 낡거나 자질구레한 것들에 대한 관심 같은 것들 말이다.

그녀의 그런 아쉬움을 달래 주려는 것이었을까. 못 보던 빨간색 승용차 한 대가 아파트 단지 주차장으로 미끄러져 들어왔다. 깔끔한 주차 솜씨를 자랑하며 한 여자가 차에서 내려섰다. 그녀는 단번에 그 여자가 옆집에 이사 온 사람이라는 걸 알아볼 수 있었다.

여자는 깔끔한 회색빛 치마 정장 차림이었다. 낮은 구두를 신었음에도 여자의 키는 그녀보다 훨씬 컸다. 여자의 굵은 파마머리는 고급 미용실에나 가야 나올 법했고, 예쁘게 모아진 가슴과 잘록한 허리에 이어진 다리 선은 여자의 여성스러움을 한층 돋보이게 했다. 잘 정돈된 여자의 손톱을 탐욕스럽게 꾸며 주고 있는 것은 투명 매니큐어였다. 여자의 위용을 과시하려는 듯 손톱은 눈부시게 반짝거리고 있었다.

그런데 손톱보다 더 눈부시게 빛나는 것이 있었으니, 여자의 또렷한 이목구비였다. 평면적이다 못해 백지장처럼 밋밋하기까지 한 그녀의 얼굴과는 사뭇 달랐다. 자신감으로 똘똘 뭉친 여자의 자태는 모자 밑으로 가려진 그녀의 찌질한 모습과는 분명 달라 보였다. 결코 아파트 숲에서 길 따윈 잃어버릴 것 같지 않은, 그래서 집을 찾기 위해 방황한다는 것조차 이해하지 못하는, 이 복잡한 도시와 아주 잘 어울리는 여자처럼 보였다.

그녀의 어릴 적 소원은 도시에서 살아 보는 것이었다. 스무 살이 되면 도시로 나가겠다는 꿈을 한 번도 버린 적 없던 그녀는 결국 도시 여자가 됐다. 그때까지만 해도 그녀는, 도시로 나가기만 하면 도시의 회색빛이 자신을 상대방의 콧대를 부러뜨릴 수 있을 만큼 도도하고 이지적이며 당찬 여자로 만들어 줄 거라 믿었다. 하지만 그러기는커녕, 콘크리트와 아스팔트와 철근은 그녀의 자신감을 소진시켰고, 무능함과 못난 외모를 더욱 두드러지게 만들 뿐이었다. 그녀는 그때 알았다. 도시 여자란 만들어지는 게 아니라 태어나야 한다는 것을. 깨달음은 도시처럼 그녀의 몸을 빠르게 관통해 나갔다.

차에서 내린 여자가 아파트 현관 입구를 지나 텅 빈 엘리베이터에 올라탔다. 여자를 놓칠세라 그녀도 뒤따라 탔다. 여자는 눈부시게 빛나는 손가락을 '13'이라는 숫자 버튼에 갖다 댔다. 그러고는 버튼 쪽에서 멀찌감치 떨어졌다. 올라가려는 층의 버튼을 누르라는 뜻이었다. 여자와 같은 층이었던 그녀는 '닫힘' 버튼을 소심하게 눌렀다.

여자는 층 표시기를 올려다보며 허밍으로 노래를 불렀다. 처음 들어 보는 음조였지만 경쾌한 느낌이 그녀에게까지 전달되었다. 반대로 엘리베이터가 올라가자 그녀의 머릿속은 어지러워지기 시작했다. 바닥으로 끌어당기는 중력과 상승하는 엘리베이터 사이의 어긋난 힘은 항상 그녀에게 멀미를 요구했다.

그녀는, 엘리베이터를 탈 때마다 무슨 대가처럼 요구되는 이 멀미가 죽기보다 싫었다. 그래서 아래층 집을 구하려고 애써 봤지만 마음처럼 쉽지 않았다. 도시에서 집을 구하는 일은 자기가 원하는 집을 찾는 게 아니라 그저 주어지는 대로 받아들여야 하는 것이었다. 그녀가 도시에서 배운 첫 번째 좌절은 바로 그런 것이었고, 그녀는 그 좌절을 통해 도시가 수동형 인간을 배출해 내는 세련된 공장에 다름 아니라는 사실을 배웠다. 그러나 그녀는 도시의 그 수동성이 자신의 성격과 닮은 듯해 오히려 맘에 들었다. 그런 내맡김 탓인지 끔찍하게만 여겨졌던 13층에서의 공중 생활도 이제는 제법 익숙해졌다. 그녀는 변해 가는 자신의 모습을 보며 무언가에 쫓기고 뒤처지고 있다는 자괴감에서 조금은 헤어날 수 있었다. 진짜 도시인이 된 것 같아 뿌듯해지는 건 물론이었다.

  엘리베이터가 멈춰 섰다. 동시에 여자의 허밍도 그쳤다. 그녀는 여자의 뒤를 따라 복도를 천천히 걸어 들어갔다. 여자는, 모자를 깊숙이 눌러쓴 그녀를 수상쩍게 여길 법도 했지만, 그런 건 별로 신경 쓰지 않는 듯했다. 남의 시선 따윈 안중에도 없는 여자라니……그녀는 여자의 그런 자세가 마냥 부러웠다. 그도 그럴 것이, 그녀는 타인의 시선이 늘 부담스러워 벙거지 모자를 푹 눌러쓰고 다녔다. 벙거지 모자가 타인과의 소통 불능을 일으키는 데 일조하고 있다는 사실을 잘 알면서도, 그녀는 선뜻 모자를 포기하지 못했다. 아니, 오히려 그녀는 얼굴 절반을 가려 주는 모자가 자신의 도시 생활에 윤활제가 돼 주고 있다고 생각했다. 극히 평면적이고 각진 얼굴에다 여드름과 주근깨마저 공존하는, 한마디로 쓰레기통 같은 얼굴을 가리는 데에는 모자만 한 게 없기 때문이었다. 그래서 외출할 때마다 그녀 곁을 따라다니는 건 예쁜 강아지가 아니라 벙거지 모자였다. 그녀는 자신의 콤플렉스를 가려 주는 모자를 써야 비로소 의기양양해졌고, 평생 동안 없었던 자신감도 한번씩 생겨났다.

사람들은 가끔 모자 아래 감춰진 그녀의 얼굴을 보기 위해 허리를 구부리곤 했다. 특히 편의점에 들르는 손님 중에 짓궂은 남자 몇몇이 그랬다. 허리를 구부리는 수고로 그녀의 얼굴 절반을 구경하고 나면, 그들은 으레 모자를 눌러쓴 이유를 알았다는 듯 고개를 끄덕였다. 편의점 점장도 가끔 그녀에게 핀잔을 줬다. 그래도 손님 대하는 일인데 그렇게 모자로 얼굴을 가리면 어떡하느냐고, 손님들이 불쾌하게 생각하지 않겠느냐면서 말이다. 하지만 그녀는 편의점을 그만두는 한이 있더라도 모자만은 결코 벗지 않을 작정이었다. 유일하게 그녀답지 않은 당당함이었다.

여자와 여자의 집을 지나친 그녀가 복도 끝에 있는 자신의 집 앞에 멈춰 섰다. 손은 열심히 열쇠를 고르고 있었지만, 그녀의 눈은 모자 챙 너머의 여자에게 가 있었다. 여자는 집으로 들어가려다 말고 창가에 기대어 섰다. 뭘 하려나 했더니, 여자는 핸드백에서 담배 하나를 꺼내 물었다. 첫 모금을 길게 빨아들인 여자가 서너 번의 잔기침을 해 댔다. 마치 담배를 처음 피워 보는 사람 같았다. 이내 여자는 시시하다는 듯, 한번 빨다 만 담배를 창밖으로 던져 버리고는 자신의 현관문 앞으로 다가갔다. 삐삐삐삐. 여자가 현관문에 장착된 번호 키를 눌렀다. 노부부가 살고 있을 때는 못 보던 번호 키였다. 새것답게 번호 키는 진짜 도시인의 전유물처럼 반짝반짝 빛나고 있었다. 여자의 간편한 출입 방식을 보고 나자 그녀는, 낡은 열쇠로 문을 열고 들어가야 하는 자신의 방식이 조금 촌스럽게 느껴졌다. 더불어 등장부터 지금까지 줄곧 자신을 초라하게 만드는 여자가 얄미워지는 것이었다. 그녀는 괜한 심통에 여자를 향해 이렇게 말했다. 물론 아주 작은 목소리였다.
"그 집에서 노부부가 자살한 건 알고 있어요?"
그러나 그딴 사실을 안다 해도 저 여자는 왠지 개의치 않을 것만 같았다.

이사하고 이틀이 지난 이른 새벽에 여자는 그녀가 일하는 편의점에 나타났다. 빨간색 차를 몰고 온 여자는 라면과 각종 레토르트 식품을 비롯해 당장 필요한 몇 가지를 사 갔다. 물론 여자는 아직도 그녀가 옆집에 사는 사람이란 걸 모르고 있었다. 여자는 타인의 시선을 끌 줄은 알아도 타인의 시선 따윈 안중에도 없는 부류의 사람이기 때문이었다. 게다가 여자와 그녀의 생활 패턴은 정반대였다. 그녀는 자정부터 다음 날 아침 8시까지 편의점에서 일했다. 계산대 위에 올려진 물건의 바코드를 찍고 컴퓨터가 계산해 놓은 대로 거스름돈을 건네기만 하면 되는 아주 단순한 일이었다. 반대로 여자는 아침 일찍 출근했다. 여자의 퇴근 시간은 일정치 않았지만 대개 자정을 넘기기 일쑤였다. 그녀가 자정쯤에 출근하고 나면 여자가 퇴근을 했고, 그녀가 일을 마치고 돌아오는 시간이면 여자는 이미 출근하고 없는 상태였다. 그래서 여자와 그녀는 아파트에서 서로 어깨를 부딪칠 일이 별로 없었다.
여자는 좀 일찍 퇴근해 돌아오는 날이면 오디오를 켰다. 오디오에서 흘러나오는 음악은 끈적끈적한 재즈나 부드러운 피아노 협주

면도

곡이 대부분이었다. 한번씩 그녀의 귀에 익은 팝송도 들려오긴 했지만, 여자의 음악을 그녀의 것으로 만드는 데는 많은 시간이 필요할 듯싶었다.

여자의 음악을 같이 듣고 있다 보면, 그녀는 여자에 대한 궁금증이 일어나곤 했다. 한번 일어난 궁금증은 발기된 남자의 페니스처럼 좀체 가라앉을 줄 몰랐다. 가령 이런 식이었다. 여자의 직업은 뭘까? 저렇게 멋진 여자는 집에서 어떤 옷을 입고 있을까? 나처럼 목이 다 늘어난 티셔츠를 입고 있진 않겠지? 목욕할 땐 장미를 띄운 거품 목욕을 할 거야. 잠이 안 오면 수면제 대신 와인을 마실 거고. 잠잘 땐 레이스 달린 잠옷으로 갈아입겠지? 침대 옆엔 늘 책이 놓여 있을 테고, 화장대에는 백화점에나 가야 살 수 있는 화장품으로 가득할 거야. 그렇게 생각하고 나면 그녀는 자신의 삶이 더없이 초라해졌다.

새벽 1시. 지난번 그 시간에 옆집 여자가 또 나타났다. 늘 빨간색 차를 몰고 다니던 여자였지만, 오늘은 차가 보이지 않았다. 그래서 그런지 여자는 몹시 지쳐 보였다. 아침에 정성 들여 했을 메이크업은 하루 동안 쌓인 피로와 개기름으로 뽀얀 빛을 잃고 있었다. 여자의 발에는 낮은 신발 대신 하이힐이 신겨 있었다. 꽉 낀 하이힐을 배겨 내지 못한 한쪽 발은 이미 뒤축을 짓이기고 나와 있었다.

피곤에 찌든 모습으로 편의점에 들어선 여자가 상품 진열대를 따라 움직였다. 사고자 하는 물건을 찾지 못한 듯, 여자는 또 한번 사방을 둘러보기 시작했다. 접어 신은 한쪽 하이힐 때문인지, 여자의 발걸음이 눈에 거슬렸다. 수고를 좀 덜어 주고자 그녀는 여자에게 찾는 게 뭐냐고, 조금 당당하게 혹은 세련되게 물어봐야겠다고 생각했다. 모처럼 용기를 낸 그녀가 목을 가다듬었다. 막 입을 벌리려는데, 혼자 찾는 걸 포기한 여자가 계산대로 다가와 그녀에게 물었다.

"저, 여기 혹시 교체용 면도날 같은 거 파나요?"

짐작대로 여자의 목소리에서는 도시적인 냄새가 풍겨 나왔다. 당황한 그녀가 네? 하고 반문했다.

"그러니까 면도기에 끼워서 쓰는 면도날 있죠? 다섯 개들이로 된……"

"아, 이거 말씀하시는 거죠?"

그녀는 계산대 한쪽 구석에 진열돼 있는 면도날을 여자에게 디밀었다. 계산대 옆에는 껌이나 건전지, 초콜릿, 어린이용 소시지, 그리고 그 밖에 면도날을 포함한 작은 물건을 배치해 두었다. 종종 그걸 발견하지 못하고 이리저리 찾아다니는 손님들이 있었다.

그녀가 다섯 개들이 면도날을 내밀자 여자는 맞아요, 이거예요, 하고 말하며 그것을 덥석 받아 들었다. 그러고는 다시 맨 끝 코너로 걸어갔다. 여자는 각종 생리대와 아기용 기저귀가 진열돼 있는 데를 한참 둘러보았다. 되돌아오는 여자의 손에는 슬림형 생리대 하나가 들려 있었다.

계산대 위에 생리대와 면도날이 올라왔다. 여자는 가방 속 지갑에서 지폐를 꺼내 들었다. 그녀는, 명품일 게 뻔해 보이는 여자의 가방과 지갑을 호시탐탐 쳐다보며 생각했다. 저렇게 비싼 것들을 몸에 지니고 다니려면 어떤 직장에서 일해야 할까? 저 가방은 내

한 달 치 월급을 훨씬 웃돌 거야. 저 옷과 저 하이힐도 유명 브랜드의 것이겠지? 저렇게 머리끝에서 발끝까지 꾸미려면 얼마의 돈이 필요할까? 순간, 긴 한숨과 함께 그녀의 양어깻죽지가 축 처졌다.

바코드를 찍어 대기가 바쁘게 여자는 구입한 물건을 가방 안으로 집어넣었다. 검정 비닐봉지를 챙겨 주려는 그녀의 손이 무색해질 정도였다. 거스름돈을 받아 든 여자는 수고하라는 말을 남기고는 새벽의 어두운 거리를 유유히 가로질러 갔다. 하이힐에 혹사당한 한쪽 발 때문에 여자의 발걸음은 가는 내내 뒤뚱거렸다. 불규칙하게 또각거리는 하이힐 소리가 멀어져 갈수록 그녀의 머릿속에는 이질적인 두 물건의 잔상이 맴돌았다. 생리대와 면도날. 융화되기엔 좀 어색해 보이는 두 물건은 그러나 여자의 가방 속에서 한데 뒤섞였다.

그녀는 아침 퇴근길에 막 차에 오르는 여자를 보았다. 그녀가 퇴근하는 아침에는 항상 여자의 빨간색 차가 보이지 않았다. 오늘은 다른 때보다 출근이 좀 늦은 모양이었다. 바지 정장 차림으로 나선 여자는 급하게 핸들을 꺾어 아파트 숲을 빠져나갔다. 여자의 차가 완전히 사라지는 걸 확인한 후에야 그녀는 멀미 나는 엘리베이터에 몸을 실었다. 노부부가 죽어 나간 빈집으로 여자가 이사를 왔지만, 여전히 그녀는 자신의 집 현관에 이르기 위해 아무도 없는 빈집을 지나쳐야만 했다.

그녀가 바지 주머니에서 키 홀더를 꺼내 현관 열쇠를 골랐다. 열쇠를 고르는 동안 그녀의 시선은 습관처럼 모자 챙 너머의 여자 집에 가 있었다. 그녀가 나지막한 목소리로 말했다.

"아무도 없는 빈집이라…….."

열쇠를 고르던 그녀의 손이 멈췄다. 그녀는 모자를 추어올리며 주변을 두리번거렸다. 뭘 훔치겠다는 게 아니었다. 단지 구경만 하고 싶을 뿐이었다. 당당한 여자의 삶은 어떤지, 그 내밀한 삶에서도 당당함이란 위용이 느껴지는지 궁금할 뿐이었다. 그녀가 내심 별문제 아니라는 듯 이렇게 말했다.

"잠깐 들어갔다 나올 건데 뭐."

자신의 말을 허락의 의미로 받아들인 그녀의 몸은 벌써 여자 집으로 향하고 있었다. 아랫입술을 깨문 그녀가 반짝반짝 빛나는 여자의 현관 번호 키를 응시했다. 현관 비밀번호는 1379였다. 그녀가 여자의 집 비밀번호를 알게 된 건 아주 우연이었다. 며칠 전 한낮에 쓰레기를 버리러 나갔다가 집으로 들어오는 여자와 마주친 게 발단이었다. 집에 중요한 것을 놓고 오기라도 한 듯, 여자는 바삐 현관 비밀번호를 눌렀다. 잠깐의 스침이었지만, 번호를 누르는 여자의 손동작은 명확하게 그녀의 눈으로 들어왔다. 직사각형 모양의 숫자판을, 그것도 네 군데 모서리를 차례대로 누르던 여자의 모습. 비밀번호는 1379가 분명했다.

마른침을 삼킨 그녀는 주변을 두리번거리며 번호 키 덮개를 위로 밀어 올렸다. 그리고 숫자 판의 네 모서리를 차례대로 눌렀다. 그녀는 숫자를 누르는 동안 생각했다. 여자는 지금 집에 없어. 집을 나선 지 불과 몇 분도 안 됐으니까 평소대로 퇴근한다 해도 오후 7시는 돼야 돌아올 거야. 그러니까 들킬 염려는 없어. 무사히 들어가기만 하면 끝나는 거야. 그녀가 마지막 숫자 버튼을 누르자 여자의 현관문이 마법처럼 삐리릭, 하고 소리를 냈다. 확신하던 비밀번호가 정말로 맞아떨어지는 순간, 그녀는 여자의 집이 자기 집이 된 듯한 착각에 빠져들었다.

잠시 숨을 고른 그녀가 현관문을 잡아당겼다. 두근대는 심장이 느껴졌다. 도둑년 팔자는 못 되는 모양이라고 생각하며, 그녀는 잽싸게 문을 열고 안으로 들어갔다. 닫힌 문이 등 뒤에서 삐리릭, 하고 소리를 내며 자동으로 잠겼다. 영리하고 자발적인 번호 키의 성능에 놀란 그녀는 가슴을 한번 쓸어내려야 했다.

그녀는 신발을 벗고 여자 집 안으로 들어갔다. 집 안은 여자의 아침이 얼마나 바쁘게 진행되었는지 말해 주고 있었다. 식탁에는 먹다 남긴 토스트와 커피가 막 식어 가고 있었다. 토스터 속에는 검게 타 버린 식빵이 미처 빠져나오지 못한 채 걸려 있었다. 침대에 벗어놓은 잠옷과 스타킹은 한데 뒤엉켜 있었다. 레이스 잠옷은 아니었지만, 그녀의 짐작대로 여자는 잠잘 때 잠옷으로 갈아입었다.

작업대로 보이는 책상 위는 각종 서류 뭉치와 쓰레기로 난잡했다. 책상 한쪽 귀퉁이에 놓인 재떨이에는 겨우 한 모금이나 빨아들였을까 싶은 꽁초 몇 개가 지저분하게 짓눌려 있었다. 그리고 컴퓨터 모니터에는 포스트잇이 덕지덕지 붙어 있었는데, 포스트잇에 적힌 메모는 영어가 대부분이어서 그녀는 잘 알아먹을 수 없었다.

화장대 위는 전쟁터를 방불케 했다. 로션 크림 할 것 없이 뚜껑이 제대로 닫힌 건 하나도 없었고, 닫아 놓았다 해도 어긋난 채로 맞물려 있었다. 백화점에 가야 살 수 있는 화장품인지 어쩐지는 모르겠지만, 여자가 소유한 화장품이 그녀가 생각했던 것보다 많지는 않았다. 그녀가 발견한 여자의 첫 번째 의외성이었다. 화장대 아래에는 립스틱 자국이 묻은 화장지가 떨어져 있었다. 거기에는 인조 속눈썹이 하나 붙어 있었는데, 눈썹은 자세히 들여다볼수록 징그럽기 그지없었다.

계속해서 그녀는 여자의 옷장과 냉장고 속을 구경했다. 옷은 정장이 대부분이었고, 냉장고에는 반조리 음식이 한가득이었다. 여자는 모던 계열의 가구를 좋아하는 것 같았다. 가구는 산 지 얼마 안 된 것처럼 깨끗했고, 오래되어 낡아 빠진 것들은 좀체 보이지 않았다. 자질구레한 물건들 또한 별로 눈에 띄지 않았다.

1차 탐색전을 끝낸 그녀가 여자의 책상 위를 집중 탐구하기 시작했다. 책상은 그녀가 궁금해하던 여자의 직업을 알려 줄 것이었다. 그녀는 책상 위에 어지럽게 널브러진 서류 뭉치를 넘겨본 다음, 서랍이라고 생긴 것은 몽땅 열어 보았다. 여자의 직업을 정확히 집어낼 순 없었지만, 광고계에 몸담고 있는 것만은 확실해 보였다.

"광고를 만드는 여자라니…… 정말 멋진걸."

그녀는 여자가 앉았던 의자에 엉덩이를 살짝 걸쳐 보았다. 그때 머릿속에 잔상 하나가 떠올랐다. 지난번에 여자가 생리대와 함께 사 간 면도날이었다. 그렇다면 그 면도날은 혹시 일과 관련된 게 아닐까. 창의적인 일을 하는 사람이라면, 특히 생소한 분야를 다뤄야 할 때라면 더더욱 직접적인 체험만큼 중요한 건 없으니까. 면도와 관련된 광고 카피를 쓰기 위해서든 직접 광고 대본을 작성하기 위해서든 어쨌거나 면도날이 필요하지 않았을까. 여자로서 미개척 분야인 경우엔 더더군다나. 면도를 직접 한번 해 봄으로써 얻는 효과는 해 보지 않고 생각해 내는 것보다 더 무궁무진할 테니까. 그녀는 그렇게 여자에 대해 이것저것 생각해 보았다. 아니, 여자가 면도날을 사 간 것에 대해 나름의 이유를 대 보았다.

그녀가 만들어 낸 생각의 연결 고리는 그녀를 욕실로 안내했다. 아침에 샤워를 했는지 욕실에서는 샤워젤 냄새가 났다. 샤워 부스에는 물이 맺혀 있었고, 수챗구멍에는 검은 머리카락들이 미처 빠져나가지 못하고 뒤엉켜 있었다. 변기 옆 쓰레기통에는 여자가 이미 사용한 생리대가 보였다. 그녀의 짐작대로 세면대 위에는 면도기가 있었다. 질레트 면도기에 꽂힌 면도날은 며칠 전 그녀가 건네준 것이었다. 면도날에는 검은 솜털이 씻겨 나가지 못한 채 그대로 달라붙어 있었다. 면도 전후에 셰이빙 크림과 애프터 셰이브를 사용한 흔적도 엿보였다. 관찰 결과, 면도날에 붙은 털은 분명 음부나 겨드랑이에서 잘려 나온 건 아니었다.

"그렇다면 팔이나 정강이? 그것도 아니면 진짜 턱수염?"

하지만 턱수염이라고 단정 짓기엔 면도날에 묻어 있는 털이 좀 가늘어 보였다. 혹시 여자와 같이 사는 남자가 있는 건 아닐까? 하지만 여자의 집 어디에도 면도기를 제외한 남자의 흔적 같은 건 찾아볼 수 없었다. 그녀가 털의 정체에 대해 더 깊숙이 접근해 보려는 그때, 아파트 복도를 파고드는 다급한 발소리 하나가 희미하게 들려왔다. 하이힐 소리였다. 뒤이어 현관문 여는 소리가 났다. 여자가 되돌아온 모양이었다. 어떡하지, 어떡하지! 그녀는 가슴이 철렁 내려앉았다. 두 번의 삐리릭 소리와 함께 여자의 목소리가 들려왔다.

"아, 짜증 나!"

큰일이었다. 어떻게 해야 할지 몰라 당황해하던 그녀는 일단 욕실 문부터 닫았다. 여자는 들어오자마자 뭔가를 찾기 시작했다. 여자의 동선은 거실에서 벗어나지 않았다. 아마도 찾는 물건이 거기 어딘가에 있다고 확신하는 모양이었다. 그녀는 혹시나 여자가 요의를 느껴 욕실로 들어오면 어쩌나 걱정했다. 아니, 그도 그렇지만 현관에 벗어 두고 온 신발이 걱정이었다. 그녀의 신발이 하이힐을 신고 나가려는 여자 눈에 띄기라도 한다면…… 겁에 질린 그녀가 숨을 몰아쉬었다. 그 사실을 알 리 없는 여자는 불안하게 집 안을 왔다 갔다 했다. 소파 쿠션을 하나씩 들어 올리더니, 그다음엔 침실로 들어가 이불을 걷어 냈다. 뭔가가 여자의 발아래로 '뚝' 하고 떨어졌다. 하얀색 스마트폰이었다. 휴대폰을 주워 든 여자가 거실로 나오며 누군가에게 바로 전화를 걸었다.

"팀장님? 저 지영이에요. 죄송해요. 어제 새벽까지 일하다 늦잠을 자는 바람에…… 지금 가고 있어요. 네네. 브리핑 자료요? 당연히 다 끝내 놨죠. 아, 결과 발표됐겠네요? 자동차 카피 건요. 아, 그래요…… 그럼 누구…… 네? 신입 장민철 씨요? 팀장님도 제가 한게 더 낫다고 그러셨잖아요. 이번엔 진짜 될 줄 알았는데…… 또 이유가 뭐래요? 하, 말도 안 돼. 페미니즘 냄새라니…… 아니 요즘 세상에도 자동차가 남자들 전유물이래요? 팀장님이라면 흥분 안 하게 생겼어요? 아, 알았어요. 일단 가서 얘기할게요."

전화를 끊고 난 여자가 한숨을 푹 내쉬더니 거칠게 말을 뱉었다.

"개새끼들!"

여자가 현관 쪽으로 서둘러 걸어갔다. 그리고 두 번의 삐리릭 소리와 함께 그녀의 심장을 헤집던 긴장의 소용돌이는 여자를 따라 집 밖으로 사라졌다. 다행히 여자는 바쁘게 나가느라 그녀의 신발을 못 봤다. 그녀는 내내 참아 왔던 한숨을 토해 내며 욕실 문을 열어젖혔다.

"지영…… 지영이라고?"

그녀는 여자가 남기고 간 이름을 한번 되뇌어 보았다. 그런데 면도날은 정말로 일 때문에 구입한 걸까? 아니면 여자가 진짜로 면도라도 한 걸까? 아무튼 들키지 않아 천만다행이었다.

여자가 트레이닝 복을 입고 편의점으로 들어온 건, 그녀가 오후 타임에 일하는 남자 아르바이트생과 막 교대하려던 찰나였다. 채 마르지 않은 머리를 뒤로 질끈 묶고 나타난 여자는 어깨에 큼지막한 가방을 메고 있었다. 며칠 전부터 한동안 직장인을 위한 야간 스쿼시 센터 개장을 앞두고 광고지가 나돌았다. 광고지는 문틈에 끼워지기도 했고 현관문에 붙여지기도 했다. 여자는 바쁜 시간을 쪼개 운동을 시작하기로 마음먹은 모양이었다. 여자에겐 트레이닝 복도 참 잘 어울렸다.

운동을 마친 뒤라 여자의 얼굴엔 화장기가 없었다. 화장을 지운 상태였지만 그녀의 콤플렉스 중 하나인 여드름이나 주근깨 같은 건 어디에도 찾아볼 수 없었다. 저 흠집 하나 없는 부드러운 살갗에 면도날을 댄다는 건 어울리지 않는 일처럼 생각되었다. 급기야 여자의 면도를 자해 행위로까지 치부해 버린 그녀는 여자가 미워지기까지 했다. 여자가 아무렇게 대하는 저 깨끗한 피부가 그녀에겐 부러움의 대상이기 때문이었다.

여자가 이온 음료 하나를 계산대 위에 올려놓았다. 그녀는 여자의 얼굴을 살피기 위해 고개를 들어 올렸다. 모자챙 너머로 여자의 얼굴이 아슬아슬하게 보였다. 그녀는 특히 여자의 입 주위를 자세히 살폈다. 하지만 그녀로서도 여자의 뽀얀 얼굴에 감히 수염이 돋아나리라고는 상상할 수 없다는 표정이었다. 아기 피부처럼 고운 여자의 얼굴을 유심히 관찰하고 난 순간, 그녀는 그 면도기의 주인은 여자가 아닌 어떤 남자의 것이 분명하다고 단정 지었다. 그러나 그녀의 생각을 이내 반박이라도 하려는 듯, 여자는 손으로 자꾸 코밑과 왼쪽 턱을 매만졌다. 턱을 매만지던 여자의 손은 거칠어 보였다. 무채색 매니큐어로 반짝거리던 손톱에는 아무것도 발라져 있지 않았고 예전만큼 정돈된 느낌도 아니었다. 게다가 뭉툭하게 잘려 나간 손톱은 여자와 어울리지 않아 보였다. 그녀는 맘 같아서는 여자에게 묻고 싶었다. 이제 손톱 손질 같은 거 안 할 생각이세요? 왜요? 귀찮아진 건가요? 그 면도날로 정말 면도를 하긴 한 건가요? 그러나 그녀에게는 그런 걸 물을 용기가 없었다.

여자는 계산한 음료수를 벌컥벌컥 들이마시며 경쾌하게 사라져 갔다. 멍한 표정과 부러운 눈으로 여자를 지켜보고 섰던 그녀를 편의점 점상이 깨웠다.

"뭘 그렇게 넋 놓고 쳐다보고 있나!"

불시에 들이닥친 점장은 퉁명한 목소리로 그녀에게 잔소리를 해대기 시작했다.

"저기 컵라면 진열대 비어 있는 거 안 보이나?"

"……."

"빈자리 생기지 않게 하라고 몇 번을 얘기해야 알아듣겠나. 그리고 제발 그 모자 좀 벗을 수 없나! 나, 원 답답해서."

점장의 잔소리에 그녀는 얼른 물품 보관 창고로 들어가 컵라면을 꺼내 왔다. 그녀는 비어 있는 진열대에 컵라면을 가지런히 진열하며 모자를 꾹꾹 눌러썼다.

여자의 빨간색 차가 보이지 않았다. 그럴 때마다 그녀의 머릿속에는 비밀번호 1379가 비집고 들어왔다.

그날 이후로 매일같이 그녀는 여자의 집에 들어가고픈 유혹을 눌러 오던 참이었다. 불쑥 되돌아온 여자도 여자지만, 여자에 관해 뭔가를 하나씩 알아 가는 게 좋은 것만은 아니라는 판단 때문이었다. 그녀에게 그런 의무 따윈 없었다. 그녀와 아무런 관련도 없는 타인에 대해, 떠나 버리면 이웃이란 관계마저 파기되는 여자에 대해, 그녀가 굳이 알아야 할 것은 없었다. 이건 분명 도시성에 위배되는 일이었다. 철창에 갇힌 괴수처럼 살아가야 하는 게 이 도시고 서로 이방인이 되어 살아가야 하는 게 또한 이 도시성의 법칙이었기 때문이다. 단단하게 무장된 사방의 벽과 집집마다 다른 열쇠 구멍과 비밀번호는 출입 불가를 의미하는 것이었다. 주인의 허락 없이 담을 넘어서는 안 된다는 법규. 그러나 생각과 행동은 늘 이율배반적으로 작용했다. 두 번은 안 된다고 생각하면서도 그녀는 한쪽 귀에서 들려오는 악마의 속삭임을 뿌리치지 못했다. 결국 유혹을 견

디지 못한 그녀는 여자의 현관문 앞에 섰다. 번호 키 커버를 위로 올려 네 자리의 숫자를 누르자 문은 어김없이 삐리릭, 하고 열렸다. 여자와 그녀만의 비밀은 그렇게 계속 지켜지고 있었던 것이다.

하지만 뿌리치지 못한 유혹에 대한 대가였을까. 그녀가 문고리를 잡아 돌리려던 순간, 난데없이 옆집 문이 열리는 것이었다. 꾹꾹 눌러 담은 쓰레기봉투를 들고 한 중년 부인이 나왔다. 얼굴 절반을 가린 모자 때문인지 부인이 그녀를 힐끔 쳐다봤다. 수상쩍은 행동을 보여서는 안 된다는 생각에 그녀는, 열린 현관문을 제집인 양 당당하게 잡아당겼다. 다행히 부인은 아무런 의심 없이 엘리베이터를 향해 뚜벅뚜벅 걸어갔다. 그녀는, 세 번은 못 할 짓이라고 생각하며 여자의 집으로 냉큼 들어갔다. 등 뒤에서 자동으로 잠기는 현관문은 이번에도 그녀의 기분을 독려해 주었다.

현관에는 웬 검정색 남자 구두 한 켤레가 놓여 있었다. 순간, 누군가가 있을지 모른다는 생각에 그녀는 입을 열어 보기로 했다.

"계세요? 실, 실례합니다."

예상대로 대답은 없었다. 그럼 이건 누구 구두지? 주름 하나 잡히지 않은 구두에서는 광택이 났다. 구두는 한 번도 신은 적이 없는 것처럼 보였다. 그녀는 지금 이딴 게 중요한 게 아니야! 하고 말하고는 낯선 구두를 뒤로한 채 안으로 들어갔다.

여자의 집은 지난번에 비해 많이 정돈된 분위기였다. 식탁에는 젖은 행주로 닦은 흔적이 보였다. 그 위에는 립스틱 묻은 커피 잔 하나가 놓여 있을 뿐이었다. 책상 위에 마구 흩어져 있던 서류 뭉치는 서류꽂이에 정돈돼 있었다. 화장대 또한 말끔히 정리된 상태였다. 변화가 있다면 남성용 화장품이 생긴 것이었다. 구두에 이은 두 번째 남자 물건이었다. 그녀는 확인 차 뚜껑을 열어 냄새를 맡아 보았다. 향이 자극적인 것이, 남성용 화장품이 맞았다. 그 밖에도 베란다 빨래 건조대에는 남성용 사각팬티가 세 개나 걸려 있었고, 거실 벽에는 회색빛 양복이 비닐 커버가 벗겨지지 않은 채 걸려 있었다. 예전에 비해 깔끔해진 집과 남성용 구두와 양복, 그리고 남성용 사각팬티까지. 여자의 집에는 남자 물건들이 숨은 그림처럼 자리하고 있었다.

"그새 남자와 동거를 시작하다니……"

그녀는 여자가 어떤 남자와 동거를 시작한 게 틀림없다고 단정지었다. 그러자 그녀는 여자가 사귀는 남자가 궁금해지기 시작했다. 물론 그 남자도 여자만큼이나 멋진 직업에 자신감이 넘쳐 나는 사람일 것이다. 거기다 적어도 여자보다는 더 유능한 사람일 테다. 생김새는 어떨까? 여자만큼이나 잘생겼겠지. 그녀는 여자와 어울릴 만한 남자를 머릿속에 그려 보았다. 유명 남자 배우들의 얼굴이 스쳐 지나갔다. 여자의 남자는 왠지 배우처럼 잘생겼을 것만 같았다.

어느새 그녀의 몸은 지난번처럼 여자의 욕실 앞에 가 있었다. 욕실 문을 열어젖혔지만 그때처럼 욕실 안을 가득 메웠던 샤워 젤 냄새는 나지 않았다. 지난번에는 세면대 위에 있던 질레트 면도기 역시 보이지 않았다. 물론 그녀가 여자에게 팔았던 면도날도 보이지 않았다. 버리지 않았다면 어딘가에 있을 거라는 생각에 그녀는 욕실 진열장을 샅샅이 살펴보았다. 짐작대로 면도기와 면도날은 진열장 구석에, 다시는 사용하지 않을 것처럼 처박혀 있었다.

면도날은 세 개까지 쓰다 만 상태였다. 대신 욕실 콘센트에는 전기 면도기가 꽂혀 있었고, 선반 위에는 몇 번 넘겨 본 흔적이 있는 사용 설명서가 놓여 있었다. 여자의 남자가 거품 면도의 불편함을 느꼈던 걸까, 아니면 거품 면도를 하다 얼굴을 베기라도 한 걸까? 사실 그런 이유가 아니더라도 바쁜 현대인에게 거품 면도는 정갈함의 장점 말고는 달리 좋은 점이 없을 것이다. 적당한 때에 면도날을 교체해 줘야 하고, 면도하기 전에는 산타클로스처럼 입가에 셰이빙 크림을 잔뜩 발라 줘야 하니, 좀 귀찮은 일인가. 게다가 매일같이 그 위험한 칼날을 얼굴에 쓱쓱 그어야 했다. 혹여 면도할 때 손이라도 잘못 놀리게 되면 얼굴에 상처를 남기는 건 기본이었다. 얼굴을 벤 재수 없는 아침은 하루 종일 그를 따라다닐 것이고, 상처는 세수할 때마다 시림증을 만들어 낼 것이다. 그러니까 여러모로 여자의 남자에겐 전기 면도기가 편리해진 것이었다. 그래서 덩달아 여자는 면도날을 사러 올 필요가 없어진 것이었다. 어쩌면 여자의 남자는 아침에 거품 면도를 할 때마다 괜히 여자에게 짜증을 부렸을지도 모른다. 아침마다 얼굴에 칼을 들이대야 하는 남자들의 불편을 여자들이 이해나 하겠느냐면서 말이다. 특히 얼굴이라도 벤 날이면 그 강도는 더 심했을 것이다.

    그녀는 전기 면도기의 전원 버튼을 누른 후 그것을 가만히 턱에 갖다 댔다. 턱에 진동음이 느껴지면서 뭔가가 빨려 들어가는 느낌을 받았다. 그녀는 면도를 하면서, 며칠 전 잡지에서 본 전기 면도기 광고 문구를 떠올려 보았다. 그 잡지에 의하면 요즘 전기 면도기에는 피부를 보호하거나 피부 자극을 최소화해 주는 시스템이 장착돼 있다고 했다. 3차원 입체 방식으로 얼굴 윤곽에 맞게 면도해 주는 것은 물론, 수염 길이에 따라 알아서 수염을 깎아 준다고 했다. 심지어 남아 있는 면도 분량까지 표시할 수 있다고 하니, 확실히 세상은 현관 번호 키처럼 지능적으로 변해 가고 있었다. 하지만 여성인 그녀는 전원을 켜고 면도기를 턱에 갖다 대는 것 이상은 알 수 없었다.

 금세 면도에 심드렁해진 그녀는 전기 면도기를 원래 자리에 내려놓고 욕실에서 나왔다. 여자 혹은 여자의 남자가 곧 들이닥칠지도 모른다는 불안감에 그녀는 그만 신발을 꿰어 신기로 했다. 그런데 잠금 장치를 풀고 막 현관문을 나서려던 그녀의 발걸음을 멈춰 세운 게 있었으니, 신발장 옆에 세워진 쓰레기봉투였다. 여자의 쓰레기봉투는 절반도 채워지지 않은 상태였다. 쓰레기만큼 그 사람의 내밀한 속내를 여실히 드러내는 게 또 있을까 싶어, 그녀는 쓰레기봉투를 살짝 엿보기로 했다.

 봉투 속에는 컵라면 용기, 과자 봉지, 각종 영수증, 무언가를 닦아 낸 화장지들, 과일 껍질과 먹다 남긴 순대 꽁다리 등이 버려져 있었다. 여자도 순대를 먹다니. 그녀가 발견한 여자의 두 번째 의외성이었다. 쓰레기봉투 안에는 버리지 않아도 되는 것들도 보였다. 멀쩡한 머그잔과 새것으로 보이는 수첩과 아직 많이 남아 있는 립스틱 등이 그것이었다. 개중엔 여성용 속옷도 있었다. 포장이 채 뜯기지 않은 것도 몇 개 보였다. 그녀가 보기에 오래 입어 누런빛을 띤다거나 낡아 해진 것 같지는 않았다. 삼각팬티와 브래지어는 새것이나 다름없었다. 실크 재질로 만들어진 살구 빛 슬립 또한 깨끗해 보였다. 레이스가 적당히 배합된 속옷은 그녀가 평소에 입어 보고 싶은 것들이었다.
"이 아까운 걸 왜 버렸대? 정말 사치가 심한 여잔가 봐."
그녀는 망설임 끝에 포장이 뜯기지 않은 팬티 세트 하나를 집어 들었다. 아쉬운 마음에 분홍색 립스틱 하나를 더 슬쩍했다. 그녀는, 쿵쾅거리는 심장을 달래기 위해, 도둑질을 했다는 죄책감에서 자유로워지기 위해, 자신에게 힘주어 말했다.
"버린 건데 뭐 어때."
그녀는 팬티 세트와 립스틱이 버려진 봉지가 쓰레기봉투라는 걸 다시 한번 확인하고는 여자의 집에서 나왔다.

새벽 1시가 막 넘어가고 있었다. 여자의 빨간색 승용차가 그녀의 편의점 앞에 멈춰 섰다. 그런데 운전석에는 여자가 아닌 남자가 앉아 있었다. 그녀가 그렇게 궁금해하던 전기 면도기의 주인이 틀림없었다. 그녀는 남자를 보기 위해 차에서 내리는 여자를 뒤로한 채 고개를 쳐들었다. 하지만 챙 너머로 볼 수 있는 범위에는 한계가 있었고, 어두운 새벽은 남자의 얼굴을 호락호락 보여 주지 않았다.
편의점으로 들어온 여자는 와인을 골랐다. 운전석에 우두커니 앉아 여자를 기다리던 남자는 그새를 못 참고 차에서 내렸다. 드디어 남자의 얼굴을 보게 된 것이다. 깔끔한 양복 차림의 남자는 샤프해 보였다. 배우만큼 잘생기지는 않았지만 호감 가는 인상이었다. 그런데 남자가 입은 양복은 여자 집 거실에 걸려 있던 그 회색빛 양복이 아니었다. 남자가 신은 구두 또한 여자의 현관에서 본,

광택 나는 구두가 아니었다.

여자를 따라 편의점으로 들어온 남자는 여자 옆에 바싹 붙어 서서 같이 와인을 고르기 시작했다. 남자는 이왕이면 비싼 걸로 사자고 했지만, 여자는 극구 싼 걸 권했다. 결국 작은 실랑이 끝에 남자의 요구대로 여자는 가장 비싼 와인을 선택했다.

남자가 와인을 들고 계산대로 다가왔다. 뒤이어 여자가 따라왔다. 다가온 그들의 몸에서 냄새가 풍겼다. 그녀가 코를 실룩거렸다. 언젠가 맡아 본 적 있는 냄새였다. 여자의 화장대 위에 있던, 남성용 화장품에서 맡았던 향과 비슷하다고 생각한 그녀는 상체를 남자 쪽으로 기울였다. 그러나 남자에게서는 어떤 냄새도 풍기지 않았다. 그녀는 조심스럽게 고개를 여자 쪽으로 돌렸다. 냄새는 여자에게서 나는 것 같았다. 여자에게 어울리지 않는 향이란 생각 때문인지 냄새는 왠지 거북스럽게 느껴졌다.

계산대 액정에 찍힌 가격을 확인한 남자가 양복 상의에서 지갑을 꺼냈다. 남자가 신용카드로 와인 값을 지불하려고 하자 여자가 자신의 신용카드를 급히 꺼내 들며 남자에게 말했다.

"내가 마시고 싶다고 한 거니까 내가 살게."

그러자 남자가 토라진 목소리로 대답했다.

"내가 산다잖아. 이런 거라도 좀 양보해 주면 안 돼? 남자가 체면이 있지."

"남자 체면? 그래, 좋아. 자기가 사."

잠깐의 실랑이가 오간 끝에 결국 와인 값은 남자가 지불했다. 서명을 하는 남자의 얼굴에서는 승리감인지 흡족함인지 모를 표정이 묻어났다. 여자의 남자가 몹시도 궁금했던 그녀는 모자챙을 고쳐 올리며 남자를 훔쳐봤다. 남자의 턱에는 푸르스름한 수염이 나 있었다. 이제 막 돋아나기 시작한 굵은 수염이었다. 아침에 면도를 하고도 저녁때가 되면 금세 털이 자라는, 그래서 하루에 두 번 정도는 면도를 해야 하는 남자인 모양이었다. 그런 남자라면 아무래도 거품 면도보다 전기 면도가 더 편했을 것이다. 그때였다. 남자가 여자 쪽을 쳐다보기 위해 살짝 고개를 틀었다. 남자의 오른쪽 턱에 상처 하나가 보였다. 생긴 지 얼마 안 된 듯한 상처에는 아직도 딱지가 남아 있었다.

계산을 끝낸 그들은 다시 차에 올라탔다. 물론 운전대를 잡은 건 남자였다. 남자는 아파트 숲을 향해 핸들을 꺾었다. 여자를 태운 빨간색 차는 어느 때보다 강하고 빠른 속력으로 사라져 갔다.

여자는 야간 스쿼시 센터에 빠지지 않고 나가는 것 같았다. 그래서였을까. 여자의 몸은 예전에 비해 더욱 강해 보였다. 여러 운동 중에서도 스쿼시가 가장 운동량이 많다는 얘길 듣긴 했지만, 몸이 저렇게 달라질 줄은 몰랐다. 자기만의 일과 자기만의 취미와 자기만의 생활이 있는 여자. 그녀는, 분위기 있게 와인을 마시고 오너 운전자가 되어 도시를 활보하고 다니는 여자가 더없이 부러웠다. 때와 장소에 맞는 옷을 매일같이 갈아입고 멋진 남자와 스스럼없이 말을 주고받으며 연애하는 여자에게 실투가 났다. 엉어들 낙서처럼 끼적이고, 음악을 들을 줄 알며, 자신의 몸을 가꿀 줄 아는 여자의 삶이 탐났다.

그녀는 주위를 두리번거리다 잠시 머리에 쓰고 있던 모자를 벗었다. 그리고 감시용 볼록거울에 비친 자신의 모습을 바라봤다. 너무 작아 잘 보이지 않았지만, 그녀는 숨은 그림이라도 찾듯 볼록거울을 뚫어지게 쳐다봤다. 왜곡된 거울 속에는 도시에 파묻힌 채 살아가는, 그러나 도시를 따라잡기엔 이미 지쳐 버린 몰골 하나가 들어 있었다. 그녀는, 이 화려한 도시에서 자신이 할 줄 아는 거라곤 상품 바코드를 찍어 대는 일뿐이라는 생각이 들자 울적해지기 시작했다. 자신의 초라한 모습이 싫어진 그녀는 다시 모자를 눌러썼다.

꼬리가 길면 밟히는 법이라던데…… 혹시 여자가 눈치라도 챈 걸까. 그때 그 팬티 세트와 립스틱에 손만 대지 않았어도…….

어제 그녀는 여자의 집에 들어가기 위해 당당하게 비밀번호 네 자리를 눌렀다. 그런데 문이 열리지 않았다. 출입증이 사라져 버린 이상, 그녀는 이제 여자의 집에 들어갈 수 없게 돼 버린 것이었다. 그녀는 신경 쓰지 않으려고 했지만, 자꾸 여자에게 들켜 버렸다는 생각이 들어 며칠 동안 잠을 이룰 수 없었다.

시간은 새벽 4시를 향해 가고 있었다. 그녀는 계산대 위에 턱을 괸 채 눈을 붙이고 앉아 있었다. 손님이 뜸한 이 시간이 되면 그녀는 몰려오는 졸음 때문에 고개를 떨구곤 했다. 특히, 감시의 눈초리로 불시에 들이닥치던 점장도 이 시간에는 잘 나타나지 않는 터라, 잠시 눈을 붙이기엔 안성맞춤이었다. 바뀐 비밀번호 때문인지 고개를 떨구던 그녀의 양미간은 시종일관 찌푸려져 있었다.

손님 발소리가 그녀의 귓속으로 파고들었다. 조건반사라도 일어난 것처럼 자리에서 벌떡 일어선 그녀는 손님 몰래 눈을 비볐다. 손님이 진열대를 따라 이동하는 틈을 타 그녀는 길게 하품을 했다. 그리고는 눈물이 그렁그렁해진 눈으로 어두운 바깥을 멍하니 응시했다. 신나게 질주하는 차들이 공허하게 남아도는 도로 위에 가끔 나타날 뿐 인적은 보이지 않았다. 그때였다. 실내등을 켠 빨간색 승용차 한 대가 아파트 숲에서 막 빠져나오고 있었다. 교차로 앞에서 정지신호를 받고 멈춰 선 차는 좌회전 깜박이를 연방 깜박거렸다. 파란색 신호가 떨어지자 차는 바로 핸들을 틀어 쏜살같이 달려 나갔다. 깔끔한 회색빛 양복 차림에 스포츠머리를 한 운전자는 어둠을 뚫고 어딘가를 향해 질주해 나갔다. 굉장히 빠른 속력이었다.

들어온 손님이 캔 맥주 다섯 개를 계산대 위에 올려놓았다. 그녀는 바깥으로 향해 있던 시선을 정리하고 캔 맥주 바코드를 찍었다. 계산을 마친 손님이 나가자 그녀는 또다시 계산대 위에 턱을 괴고 앉았다. 캄캄한 바깥을 바라보며 무언가를 골똘히 생각하더니, 그녀가 혼잣말로 중얼거렸다.

"도대체 비밀번호는 왜 바꿔 버린 걸까……."

그리고 그녀는 생각했다. 집주인한테 얘기해 자기 집도 번호 키로 바꿔 봐야겠다고. 집주인이 해 주지 않는다면, 다음 달 월급을 받은 즉시 여자의 것과 똑같은 번호 키로 바꿔 달 계획이었다. 물론 비밀번호는 여자가 버린 1379로 할 생각이었다. 조금이나마 옆집 여자를 닮아 간다는 생각에 그녀의 마음이 조금 뿌듯해졌다.

작가의 말

소설을 쓰는 일은 낱말을 조립하는 것,
그 이상도 그 이하도 아니다.
언어의 상상력은 무한하고, 상상하는 것은 모두 소설이 된다.
숫자만큼 무한한 이야기의 가짓수에서
내가 건져 올릴 수 있는 이야기는 과연 몇 개나 될까.
소설은 알 수 없는 미래와도 같다.
내 앞에 어떤 낱말 카드가 떨어질지 모르기 때문이다.

남들과 똑같이 먹어 가는 나이를 제외한
모든 것이 더디다.
토끼와의 경주에서 거북이가 이긴다는 설정은 동화일 뿐이다.
하지만 결론은 존재한다.
그게 언제가 됐든

결국은 거북이도 결승점을 통과할 거라는 것.

한 남자를 짝사랑하는 중이다.
그게 누구냐고
제발
묻지
말아 주시길.

또, 봄이 간다.

2012년 초여름

김희진

작품 해설

그녀, 소설을 먹다

강유정(문학평론가)

1 어디에도 없고, 언제도 아닌

　김희진 소설에는 시대적 징표가 거의 없다. 특별한 장소에 대한 언급도 거의 없다. 김희진 소설에 조형된 시공간이 어디이고 언제인지 알 수 있는 단서는 거의 없다. 그곳은 어디에나 있지만 어디에도 없는 곳이기도 하고, 아주 먼 과거이기도 하지만 아직 오지 않은 미래일 수도 있다. 특별한 유행가 가사가 등장하지도 그렇다고 지도에서 발견할 법한 지명이 등장하지도 않는다. 어떤 점에서 김희진은 소설의 사실적 지표라거나 현실과의 핍진한 고리를 일부러 끊어 놓은 듯싶기도 하다.

　그래서인지 김희진이 창조해 낸 소설 속 공간과 그 이야기들은 동시대적 증상이라기보다는 좀 더 원형적으로 보인다. 그곳은 우리가 말하고 살아가는 규범으로 이루어진 상징계적 공간이라기보다는 그 이전의 공간, 의식이 아닌 무의식이 경험하는 세계의 원형과 더 닮아 있다.

그렇다고 김희진의 소설을 알레고리로 읽어 내기에는 고전적 소설이 보여 주는 기본적 약속이 지켜지지 않는다. 소설을 이해하기 위해 우리가 학습해 왔던 개연성이나 핍진성과 같은 묘사의 규칙들이 너무도 당연히 배제되어 있기 때문이다. 작가는 독자에게 어떤 특정한 상황을 제시한다. 가령 이런 식이다. "혀가 사라집니다.", "붉은색을 먹습니다.", "해바라기를 두려워하는 사람이 있습니다."라는 식의 전제가 개연성을 포함해 버린다. 어떤 점에서 보면 순환논증의 오류처럼 전제가 개연성의 근거가 되고 개연성이 전제를 가능케 한다. 김희진의 소설은 우리가 먹고, 잠자고, 살아가는 일상성 위에서의 통시적 소설 공간이라기보다는 김희진이 구축한 독자적 언어 공간이다. 때로는 통사론적으로 결합된 말들을 화용론이 아닌 상징이나 메타포로 읽어야 제대로 이해될 때도 있다. 말하자면, 여기는 단순한 소설 공간이 아니라 '김희진의 언어로 구축된 김희진만의 소설 공간'이다.

그래서 우리는 김희진의 소설에서 "나는 너를 미워해."라고 말하는 언어 이면에 자리 잡고 있는 "나는 너를 사랑해."를 목격하게 된다. 프로이트가 말하는 농담의 진실처럼 김희진의 소설 언어는 거꾸로 읽어야 이해되는 역설을 품고 있다. 김희진은 소설을 통해 우리가 살고 있는 지금, 이곳, 동시대적 현재의 삶을 보여 주는 게 아니라 지금, 이곳에 사는 자신의 이면을 보여 주고자 한다. 따라서 우리는 김희진 소설을 읽기 전에 먼저 김희진의 소설 조형법, 그만의 독자적 언어 규칙을 이해해야 한다.

그 언어는 고독에서부터 태동했다. 지극히 독자적인 작가의 소설 공간은 지독하게 외로운 한 개인의 언어에서 출발한다. 김희진의 소설 언어를 재구성하고 이해하는 것은 그러므로 지독하게 고립된 한 개인의 내면 깊숙한 곳을 탐색하는 행위와도 같다. 인위적 조작이 강할수록 그 언어는 일상어가 배제되거나 숨겨진 내면 깊숙한 곳과 더 가까워진다. 이상한 나라의 언어일수록 그것은 무의식의 진술에 더 가까워진다. 그러므로 김희진의 소설을 읽는다는 것은 내 안에 괄호 쳐 둔 무질서한 욕망과 조우하는 일이기도 하다. 우선, 그 만남을 위해 그 언어의 규칙을 알아야만 한다.

2 조작적 세계의 무의식

일차적으로 김희진의 소설 공간은 매우 인위적이다. 이 인위성은 김희진의 개성으로 받아들여지는 몇몇 상황들로 설명될 수도 있다. 첫째, 김희진 소설의 주인공들은 '특별'해지고자 한다. 둘째, 김희진 소설의 인물들은 고립되어 있다. 셋째, 김희진 소설의 인물들은 대개 극단적 상황에 처해 있다. 문제적인 것은, 이 세 가지 조건이 구조적 인과관계처럼 서로의 원인이 되기도 하고 결과가 되기도 한다는 점이다. 즉 그들은 특별하기 위해 고립되기도 하고 고립되었기에 극단적 상황에 처하기도 한다.

그래서인지, 김희진의 인위적 공간에서 우리는 감정의 극단적 고양 상태를 쉽게 목격하게 된다. 가령 "놈은 의자에 앉아 해바라기를 바라보고 있다. 보고 싶어서 보는 게 아니라, 볼 수밖에 없기 때문에 바라보고 있는 것이다." 제목에서도 짐작되다시피 「해바라기밭」은 해바라기에 대한 어떤 이미지를 소묘하며 출발한다. 「해바라기밭」의 서사적 기점에는 두 가지 전제가 자리 잡고 있다. 하나는 해바라기에 극단적 공포를 느끼는 사람이 존재한다는 사실이고 다른 하나는 해바라기밭으로 둘러싸인 고립된 집이 있다는 점이다.

강박과 공포를 축으로 진행되는 「해바라기밭」의 서사는 핍진성 너머 존재하는 필연성에 대한 암묵적 합의를 기반으로 한다. 「백 투 더 퓨처」 같은 SF 영화를 볼 때 시간 여행의 가능성을 서사적으로 용인하는 것처럼 말이다. 이는 카프카의 『변신』에서 사람이 벌레가 될 수 있는 가능성을 어떤 상징으로 해석하는 것과도 연관된다. 즉 해바라기에 대한 공포는 서사적 합의이거나 기표 너머의 상징일 수 있다.

흥미로운 점은 김희진이 해바라기를 공포와 강박의 대상으로 설정했을 뿐 그것의 인과성이나 필연성에 대한 묘사는 배제한다는 사실이다. 작가는 공포의 원인을 탐색하지 않고 공포의 현장을 묘사하는 데 집중한다. "듣던 대로 놈은 해바라기를 두려워한다."와 같은 단정적 서술이 공포에 대한 묘사를 대신한다. 이는 김희진에게 공포의 재현이 아닌 공포에 대한 동의가 더 중요하다는 것을 의미한다.

씻지도, 면도도 못 하게 한 채, 정해진 시간에 식사를 제공하는 인물의 행위나 해바라기 때문에 탈출할 엄두도 못 내는 남자의 행동은 쉽게 납득되지 않는다. 그들의 행위는 일부러 동선을 맞춰 둔 일종의 퍼포먼스처럼 보인다. 해바라기가 밧줄보다 더 강력한 감금 장치가 된다는 설정 자체도 상징적 계약처럼 여겨진다. 일차적으로 남자와 여자의 관계는 감금과 고문의 상황이지만 좀 더 들여다보면 이는 어떤 연극적 상황에 더 가깝다.

'해바라기'는 남자를 감금한 여자가 사랑했던, 하지만 지금은 고인이 된 남자가 좋아했던 꽃이다. 여자는 남자가 그를 죽였다고 믿고 있다. 말하자면 '해바라기'는 남자가 여자에게 품고 있을 법한 죄책감의 오브제다. 하지만 좀 더 엄밀히 말하자면 그 죄책감은 남자를 감금하고 있는 여자의 것이라고 보는 편이 옳다. 사랑하는 남자가 사라지고 '그'와 부부가 되고 싶었던 욕망, 남자는 그 욕망을 실현하려 한다. 이에 여자는 남자를 감금함으로써 스스로의 욕망을 부정하고자 한다. 여자는 남자에게 강렬한 욕망을 느낄수록 그를 더욱 지저분하게 방치하고, 그를 만지고 싶은 욕구가 강해질수록 더욱 세게 묶어 둔다. 여자는 그의 신체를 묶어 자신의 욕망을 잠그는 것이다.

그렇다면 그들은 왜 이 기묘한 이인삼각을 지속하는 것일까? 남자가 여자의 아버지이기 때문이다. 생물학적 아버지는 아니지만 그는 엄마의 남편이었다. 사랑했던 남자에 대한 복수심은 아버지에 대한 성적 욕망을 합리화하는 표면적 알리바이에 불과하다. 그러므로 '해바라기밭'은 금기된 욕망을 현실화하기 위해 마련한 무대라고 할 수 있다. 그들은 성교 대신 감금과 고문을 건네고 희열 대신 고통을 나눈다. 일상적 삶의 공간과 동떨어진 해바라기밭에 우연히 들러 그들을 '부부'로 호명하고 떠나는 신혼부부의 역할도 마찬가지다. 그들은 손님이면서 객관적 호명의 주체를 담당한다. 여자는 그들을 '부부'로 보는 신혼부부의 호명에 경멸을 표현하지만 사실 이 외부적 인증이야말로 그녀가 가장 원했던 것이다. 이 심리적 드라마를 위해 감금과 격리가 요구된다. 감금과 고문이란 퍼포먼스는 그녀가 보여 준 히스테리 무대의 일부였던 셈이다.

김희진 소설의 인위성은 「혀」나 「붉은색을 먹다」에 이르러 더욱 강화된다. 「혀」는 어느 날 갑자기 사람들의 언어를 빼앗아 입 밖으로 달아난 '혀'라는 설정에서 시작된다. 혀는 마치 날개 달린 새처럼 허공을 유영하며 사람들의 말을 옮기고 나른다. 자신의 혀가 아닌 다른 '혀'를 삼켰다가 죽는 사람이 생기기도 하고 '혀'를 되찾기 위한 강도짓이 발생하기도 한다.

혀가 달아난다는 설정도 인위적이지만 그 혀가 언어적 기록을 탑재한 채 빠져나간다는 상황은 더욱 인공적이다. 이 인위적 공간은 판타지와 상징성의 스펙트럼 가운데 어디쯤 자리 잡고 있다. 김희진은 조작적 세계의 강렬함을 위해 때때로 개연성을 거부한다. 「붉은색을 먹다」도 마찬가지다. 주인공은 집 안 커튼의 붉은색을 보고 먹고 싶다는 생각을 하게 된다. 그리고 그 생각을 실현해 붉은색을 삼킨다. 그녀는 점점 집 밖으로 벗어나 세상의 모든 붉은색을 삼키기 시작한다. 따라서 노을도 붉은색을 잃고 혈액에서도 붉은색이 빠져나가며 급기야 사람들의 머릿속에서 '붉다'라는 언어의 기의마저 사라지고 만다.

문제는 붉은색을 먹는 이유와 그로 인해 발생한 결과다. 여자는 그냥 붉은색을 먹는다. 그러다가 "특별한 인간에 대한 열망"을 실현하기 위해, "세상에서 가장 특별한 인간이 되기 위해 붉은색을" 먹는 데 집중하게 된다. "특별한 사건이나 현상을 이끌어 낼 수 있는 특별한 인간"이 되기 위해 붉은색을 먹는 셈이다. 하지만 특별한 인간이 되기 위해 특별한 사건을 일으킨다는 것은 일종의 모순적 자기 수식이라고 할 수 있다. '특별한 인간은 특별하다.'와 같은 오류를 지니고 있다는 의미다.

문제는 특별한 인간이 된 후 세상의 주목을 받게 된 것이 아니라 배척을 당한다는 사실이다. 그녀는 능력과 비밀을 공유할 한 남자를 만나 아이까지 갖게 되지만 이미 붉은색을 잃어버린 사람들은 그들을 개념적으로 이해하지 못한다. 특별하고 싶었던 그들은 스스로를 "빨간종"이라 명명하면서도 한편으로는 고립에 대해 괴로워한다.

특별하고 싶으면서도 고립감에 괴로워하는 이 인물들은 김희진 소설 곳곳에서 목격되는 인물형이기도 하다. 엄밀히 말해 붉은색을 먹는 행위는 그들의 선택이지 우연적 결과가 아니었다. 그들은 특별해지기 위해 의도적으로 붉은색을 먹었고 그로 인해 세상으로부터 소외된다. 게다가 삼켰던 붉은색을 뱉는 능력까지 보유한 이들은 일종의 초능력자처럼 보일 정도다.

주목해야 할 것은 작가 김희진이 특별하면서도 보편적인 것을 주구하지만 한편으로 그 불가능성을 괴로워한다는 점이다. 붉은색을 삼키고 뱉는 재능을 지닌 그들은 일상적 삶의 평이성과 동떨어진 예술적 자의식의 현현이라고 볼 수 있다. 토마스 만의 비유를 따르자면 붉은색을 더 많이 먹을수록 일상적 시민의 삶과는 멀어진다. 하지만 붉은색을 삼키고 싶은 데에는 특별한 이유가 없다. 그저 예술가가 되고 싶은 것처럼 다만 붉은색이 먹고 싶을 따름이다. 특별하면서도 보편적일 수 있는 것, 어쩌면 이는 모든 예술가들이 꿈꿔온 삶과 예술의 접이지대일지도 모른다.

3 '욕조'와 당신

그렇다면, 이 조작적 상상력의 원천은 어디에 있을까? 강렬한 상상의 세계를 개연성이나 핍진성으로 추적해 낼 수 없다면 과연 그 상상의 원천은 어디에서 찾아야 하는 것일까? 김희진에게 지독한 작위적 상상력을 추동하게 한 그 근본적 체험은 무엇일까? 표제작이기도 한 「욕조」는 이 강렬한 인위성으로 이루어진 김희진의 소설 세계에 대한 어떤 실마리가 되어 줄 만하다.

불면증에 시달리는 여자는 욕조를 구입해 그곳에서 잠을 청한다. 콜센터에서 전화 안내원으로 일하는 그녀에게 인간관계라 부를 만한 일은 거의 없다. 어느 날 우연히 엘리베이터에서 만난 남자에게 약간의 호감을 느끼기도 하지만 약혼자가 있다는 말에 그나마 품고 있던 감정마저도 지우고 만다. 타인에게 건네고 싶은 그녀의 마음은 발화되기도 전에 사그러진다. '그'와 가까워지고 싶은 마음은 있지만 언제나 수행되지 못한 욕망으로 휘발되고 만다. 당연히, 그녀는 무척 외롭게 살아간다.

그런 여자에게 욕조는 엄마의 자궁처럼 아늑한 공간이다. 욕조에 대한 애착은 체모에 대한 혐오감과 동궤를 이룬다. 이차성징의 상징이라고 할 수 있을 체모는 그녀에게 끔찍한 현기증을 선사한다. 몸 한가운데 있는 체모는 어머니가 될 수 있다는 상징이기도 하지만 자신을 낳아 준 엄마와 영원히 동떨어져 있는 독립적 개체임을 보여 주는 낙인이기도 하다. 이차성징을 한다는 것은 '개인'이자 '성인'으로서 다른 누구를 만나 그녀 역시 부모가 될 수 있다는 가능성이기 때문이다. 욕조는 그러므로, 되돌아갈 수 없는 엄마의 자궁을 은유한다.

문제는 엄마의 자궁 속 공간이 안전한 도피처이기도 하지만 고립된 공간이기도 하다는 점이다. 게다가 그곳은 영원히 머물 수 없는, 누구나에게 과거가 되어야만 하는 잃어버린 낙원(utopia)이다. 자궁 속 안락함은 되찾을 수 없는 향수(nostalgia)의 기억이다. 누구에게나 다 어머니의 따뜻한 자궁에 대한 상상계적 기억이 있겠지만 우리는 자궁 바깥에서 타자와 만나야만 한다. '욕조' 안에는 타인과의 관계가 존재할 수 없다. 어른이 되기 위해서는 타인과 만나야만 하고, 그러기 위해서는 욕조 밖으로 나와야만 한다.

타인과의 관계는 긴장과 고통, 오해와 착시의 연속이다. 먹고살기에 급급했던 엄마에게 욕조가 늘 김치나 버무리는 큰 통과 다를 바 없던 이유도 그와 유사하다. 엄마는 여러 번 다른 남자를 만나 왔고 딸 역시 그녀의 자궁에 연결된 하나의 고리에 불과하다. 엄마에게는 욕조가 어떤 용도이듯이 자궁 역시 쓸모에 의해 판단된다. 이미 그녀에게 욕조(자궁)는 상징적 기원이 아니다.

엄마와의 불편한 애착 관계는 김희진 소설의 여자들이 고립된 삶을 살 수밖에 없는 주요한 요인으로 제시된다. 「우리들의 식탁」에 등장하는 고모와 '나'의 관계도 마찬가지다. 부모님이 사고로 세상을 떠나고 난 후 고모는 여자에게 실질적 부모가 되어 준다. 결혼도 포기한 채 여자와 살아온 고모는 어느 새 폐경을 맞는다. 자궁에 찬 에너지를 흘려 내 버릴 수 없게 된 고모. 아이를 낳지도, 결혼을 하지도 않은 고모는 자신의 욕망을 탐식으로 해결하고자 한다. 그리고 탐식의 향연에 꼭 조카인 여자를 동참시키고자 한다.

여자는 고모의 식사를 일종의 고문으로 받아들인다. 같은 식탁을 공유하는 그녀들의 관계는 도착적 애증으로 얽혀 있다. 먹는 것에 대한 집착은 욕망을 구강기적으로 퇴행시키고자 하는 어떤 도착의 결론이라고도 할 수 있다. 그녀들은 자신이 여성임을 일깨우는 상징계적 욕망이 아니라 상징계적 분열이 발생하기 이전, 입의 욕망으로 돌아가려 한다. 그래야만 다른 욕망의 주체인 두 사람이 '하나의 식탁'을 공유한 채 만족할 수 있기 때문이다.

김희진 소설의 여성 인물들은 엄마 혹은 상징적 엄마라는 존재로부터 멀어지고 싶어 하면서 고착되어 있고 집착하면서도 멀어지고자 한다. 그녀들에게 '엄마'는 욕망의 양가성, 그 자체다. 완전한 주체가 되기 위해서는 타자와의 만남이 요구된다. 타자와 만나기 위해서는 상상계적 엄마와 분리되어야만 한다. 하지만 분리에 대한 갈망은 고착에 대한 욕망만큼이나 질기다. 이 양가적 욕망의 분열 속에서 그녀들의 고립은 점점 깊어진다.

그들은 대개 20~30대의 젊은 여성들이다. 그들은 모두 하나의 독자적 개체로 다른 누군가를 만나고 싶어 한다. 「면도」에 등장하는 옆집 여자처럼 그녀들은 다른 누군가를 만나 관계를 맺고자 한다. 하지만 김희진 소설의 여자들은 하나같이 그런 세계를 동경하면서도 유리창 너머를 구경하는 성냥팔이 소녀처럼 자신의 공간을 빠져나오지 못한다. 그녀들의 욕망은 "옆집 여자"처럼 살아가는 것이다. 여성스러움을 살리고 눈부시게 아름다운 스스로를 전시하는 삶, 그런 삶이 바로 옆집 여자의 삶이다. 강박과 조작적 삶, 인위적 공간의 에너지와 삶과 예술의 불협화음, 이 가운데에는 바로 엄마 그리고 여자로서의 자아가 놓여 있다.

4 그녀의 소설 탐식법

어떤 점에서 김희진은 가혹한 상상의 언어로 말을 거는 예외적 존재로서의 작가라고 할 수 있다. 그녀의 상상력은 꽤나 급진적인데 현실적 기반은 허약하다. 강력한 상상력으로 말을 거는 그 언어들은 지금껏 우리가 소설적 공간에서 목격해 왔던 관습적 태도들과는 거리가 멀다. 낯설기도 하고 과격하기도 하며 꽤나 높은 비등점을 향해 끓고 있다. 정제되지 않은 격렬한 감정들이 김희진의 언어 속에 녹아 있는 것이다.

그런가 하면 그 격렬함 이면엔 엄마의 겨드랑이 속을 파고드는 연약한 아이가 숨어 있다. 과격한 언어를 쓸수록 그 이면은 더욱 가냘프다. 어쩌면 이 양가성은 작가 김희진이 계속해서 소설을 쓸 수밖에 없는 이유이기도 할 것이다. 세상이 요구하는 "도시 여자"로서의 정체성과 그가 추구하고자 하는 과격한 상상의 세계 가운데에 작가 김희진이 놓여 있기 때문이다.

그래서 그녀는 붉은색을 삼키는 소설 속 인물처럼 소설을 먹고, 소설을 삼킨다. 모두 먹은 다음엔 그녀 자체가 소설의 한 징후가 되고자 한다. 이 과정들은 "빨간종"처럼 김희진을 독특한 '소설종'으로 분류케 하는 어떤 징표가 될 것임에 분명하다. 소설종이 된다는 것은 특별한 체험이기도 하지만 특별히 외로워지는 고립을 선택하는 것이기도 하다. 특별한 삶에서는 보편적 삶의 무난한 쾌락이 휘발되고 만다. 특별한 언어 세계의 특별한 상상력, 김희진의 소설엔 이 독특한 다름이 있다. 그러므로 우리는 그녀를 지켜봐야 할 것이다. 소설을 먹고 삼키고 난 이후 그녀가 내뱉은 소설은 또 무엇일지, 그녀만의 소설적 인간은 또 어떤 모습을 띠고 있을지 말이다.

김희진 1976년 광주에서 태어났다. 2007년《세계일보》신춘문예에 단편소설「혀」가 당선되어 작품 활동을 시작했다. 첫 장편소설 『고양이 호텔』로 대산창작기금을 받았으며 2011년 두 번째 장편소설 『옷의 시간들』을 출간했다.

욕
조

1판 1쇄 찍음 2012년 6월 8일
1판 1쇄 펴냄 2012년 6월 15일

지은이 김희진
발행인 박근섭·박상준
편집인 장은수
펴낸곳 (주)민음사

출판등록 1966. 5. 19. 제16-490호
주소 (135-887) 서울시 강남구 신사동 506번지
      강남출판문화센터 5층
대표전화 515-2000 | 팩시밀리 515-2007
홈페이지 www.minumsa.com

ⓒ김희진, 2012. Printed in Seoul, Korea

ISBN 978-89-374-8475-9 (03810)

• 이 책은 2008년도 한국문화예술위원회의 문예진흥기금을 받았습니다.